心跳陷阱

鹊鹊啊 著

上册

青岛出版集团 | 青岛出版社

图书在版编目（CIP）数据

心跳陷阱/鹊鹊啊著.—青岛：青岛出版社，2024.9
ISBN 978-7-5736-1563-3

Ⅰ.①心… Ⅱ.①鹊… Ⅲ.①长篇小说—中国—当代 Ⅳ.①I247.5

中国国家版本馆CIP数据核字（2023）第203559号

XINTIAO XIANJING

书　　名	心跳陷阱
作　　者	鹊鹊啊
出版发行	青岛出版社（青岛市崂山区海尔路182号）
本社网址	http://www.qdpub.com
邮购电话	18613853563
责任编辑	李文峰
特约编辑	王羽飞
校　　对	郭金乔
装帧设计	千　千
照　　排	千　千
印　　刷	三河市良远印务有限公司
出版日期	2024年9月第1版　2024年9月第1次印刷
开　　本	32开（880mm×1230mm）
印　　张	18
字　　数	495千字
书　　号	ISBN 978-7-5736-1563-3
定　　价	69.80元（全2册）

编校印装质量、盗版监督服务电话 4006532017　0532-68068050

上册

第一章　黑色雨伞　　　　1

第二章　退烧药　　　　　27

第三章　老唱片　　　　　49

第四章　新婚礼物　　　　72

第五章　金屋藏娇　　　　105

第六章　婚后焦虑　　　　141

第七章　蝴蝶来信　　　　172

第八章　腮　红　　　　　198

第九章　悬　月　　　　　235

下册

第 十 章 单向喜欢	269
第十一章 解　药	301
第十二章 偏　爱	336
第十三章 灵　感	372
第十四章 着　迷	411
第十五章 心动频率	447
第十六章 粉雾海	488
第十七章 游戏奖励	523
出版番外 甜心小狗	565

第一章
黑色雨伞

　　夜色如幕，星光闪烁。雪夜里，一排尖角木屋矗立在半山腰上，透明玻璃屋顶上堆积了一层厚厚的积雪。

　　室内壁炉火光跃动，玻璃上覆着一层潮湿的水汽。空气里弥漫着馥郁的玫瑰香气，那是她不小心打翻的一瓶花露散发的味道，混合着温热的呼吸。

　　女人赤足侧身，双目紧闭，蜷在长绒地毯上，纤薄的颈背如蝶翼，鬈发慵懒地铺在脸侧，半张好看的脸庞被灯光照亮。此刻，女人睡颜平静，炉火照在脸上，鼻尖显得挺翘小巧，鼻翼上那颗小红痣显得尤为鲜活灵动。

　　她漂亮得让人移不开眼。

　　室外摩托车马达轰鸣。夜色被惊扰，不过很快又恢复宁静。

　　林绵像只猫，慵懒地睁开眼，轻轻地握住男人交叠在胸口上的手，没有回头，而是靠在他的臂弯上蹭了蹭，很轻地笑了笑："你回来了？"

　　男人带着一身冰雪的寒意，将她拥紧，声音清亮："你猜我抓到什么了？"

　　林绵的嘴角轻轻地上扬。她倚在男人的怀中，仰起脖子摸他的脸颊，问道："什么？"

男人左耳上的银色耳钉折射出雪光。他笑着吻她的耳朵："兔子。"

林绵来不及思索林中怎么会有兔子，就被男人带到床边拥抱缠绵。他们早已养成默契，知道怎么做最能取悦对方。

室内，热气氤氲，如火焰般热烈，蒸汽化成水珠，沿着玻璃蜿蜒淌下。

"Roy，"林绵坐在男人的腿上，俯身跟他接吻，几缕鬓发飘下来，落在男人的指缝间，她用指尖抵着男人的肩膀，轻声低语，"我想当兔子。"

男人用掌心贴着她的腰，攀上脊背，颇有技巧地往下按压，声音喑哑："绵绵。"

男人带着她掉转方向，亲吻她的嘴角后，就再也没有松手。灼热的气息在她耳边萦绕，如盛开的玫瑰奔放热烈，收成一张细细的网，将她的心脏笼住。

林中细枝不堪其重，簌簌落雪。"林绵""绵绵""Roy"的声音在夜色浓重的夜晚交替回荡。

"咚！咚！咚！"

林绵在梦中一脚踩空，被跌入深谷的失重感吓醒，将整张脸埋进枕头里，轻轻地蹭着。林绵的额头和脖颈上布满细汗，眼底的疲惫驱散不去，被汗浸润的睫毛湿漉漉地轻颤。

她又做这个梦了，已经不知道是第几次梦见Roy了。

她明明都记不起他的长相了，可对于那种力量爆发的热烈感久久难忘，仿佛真在小木屋里跟他厮混过一夜。

宿醉感袭来，她的身体累到极致。

林绵听到敲门声再次响起，确认不是幻觉，懒洋洋地支起身，套上睡衣，下床，趿拉着拖鞋，慢条斯理地穿好睡袍，拉开门，看都没看门外一眼，转身往室内走。

"宝贝，你快醒醒！"闻妃扶着林绵的肩膀轻晃，问她，"头痛吗？"

林绵站着没动，几缕头发贴在脖颈上，显得十分慵懒。她抿抿唇："本来不痛的，被你晃痛了。"

闻妃赶紧推着林绵到沙发上坐下："江玦派车过来了，在楼下等着呢。"

林绵捂着嘴，打了个哈欠，眼圈湿漉漉地泛着光。她问："江玦为什么派车过来？"

"那是江玦疼你啊，宝贝！"闻妃忍不住感慨道，"江玦对你好，大家都看在眼里。"

林绵长得漂亮，命又好，以童星的身份出道，星途顺风顺水。三年前她主演了一部文艺片，直接摘获了最佳新人奖，同时也获得了星盛娱乐继承人的关注。闻妃作为林绵的经纪人，无时无刻不希望林绵跟江玦修成正果。

"我们只是朋友。"林绵轻声强调道。

闻妃耸了耸肩膀，让造型师先进来做造型，将赞助商提供的礼服取出来，铺在床面上。林绵伸了个懒腰，解开腰间的系带，让睡袍垂落在脚边，盖住脚踝。

林绵换完礼服后，手机很准时地响了。闻妃拿过来，朝林绵挤眉弄眼："江玦打来的。"

林绵接过手机，按下接听键，听见男人温润的嗓音响起："抱歉，公司临时有点儿事情，只能让司机过去接你。"

林绵礼貌地回应道："谢谢江总，不需要这么麻烦的。"

"不麻烦，"男人低语道，"不要总跟我这么客气。"

林绵淡淡地"嗯"了一声，挂了电话，问了闻妃才知道，造型师取来的珠宝不是品牌方提供的，而是江玦遣人送来的。

林绵坐上已经在酒店门口候着的车，闭上眼竟然有点儿不真实感。

三天前，银穗电影节开幕，由她主演的电影《潮生》同时斩获最佳摄影奖、最佳编剧奖、最佳音效奖以及最佳新人奖等几项奖项。二十二岁的林绵斩获最佳新人奖，上台领奖时，脑子空白，踩下的每一步犹如置身云端。今晚她将举办庆功宴，届时也会公布她签约的新东家——星盛娱乐公司。好像未来的一切触手可及。

手机的铃声再次响起。林绵收回思绪，垂眸看了一眼来电之人，微微抿起红唇，漆黑的瞳仁里浮起冷冷的光。

"绵绵，阿姨的电话不接吗？"

林绵翻过手机扣住，偏头看向窗外。

"在想什么？"闻妃见她不说话，关切地问道。

"机车。"她坦白道。

闻妃松了口气，笑着说："你还在想《潮生》啊，知道他们当时怎么评价你吗？他们说你身上有种破碎的美感，你是美神，是造物主的偏爱之作。"

偏巧林绵今天的造型也将她的美衬托到了极致——一袭黑色曳地织纱抹胸礼服勾勒出曼妙的曲线，与瓷白的肌肤形成对比；肩膀瘦削，锁骨小巧纤瘦，脊背如蝶翼般纤薄，天鹅颈衬托出精致的线条，鬟发被束起绾成简单的发髻；妆容精致，除了一对夸张的耳饰，再无其他装饰。她不需要多做修饰，出尘的眼神就能使她脱颖而出。

车子缓缓驶入地下车库，林绵及时阻止闻妃背诵媒体评语。

一位身材高挑、俊朗儒雅的男人立在不远处，将车门打开，伸手来扶林绵下车："辛苦了。"

林绵浅笑着不动声色地避开，同男人一起进入电梯。

"我先带你去见一个人，可以吗？"

林绵以为是去见业内人士，便没拒绝，跟着他来到休息室，问道："谁啊？"

江玦也没想到室内空无一人，站了几秒，听见脚步声后转头，看见一个少年走进来。他问："阿聿人呢？"

少年说："聿哥倒时差呢，还在睡觉，说待会儿过来。"

"告诉他别迟到了。"江玦见怪不怪，叮嘱少年后转头又对林绵表示歉意："本来打算带你认识一下我弟弟，可惜他还没来。"

林绵惊讶地蹙眉，说道："怎么没听江总提起过弟弟？"

江玦笑得温暖如春风:"他之前一直在国外,刚回来接手星盛的事业。"

原来是未来新老板。林绵点点头,随江玦离开了。

半个小时后,庆功宴准时举行。

林绵荣膺最佳新人奖,同时又宣布加入星盛娱乐,一时风头无两。

室内传来欢声笑语。每个人都身着华丽的礼服,举杯穿行,跟这位打招呼,跟那位寒暄,好像认识在场的所有人。

林绵不太喜欢这喧闹的场合,端着酒杯,远远地躲在人群之外。闻妃陪在她的身旁,偶尔提示她来打招呼的人是谁。

当然,她也被闻妃逼着去向那些导演、主创人员和投资方代表示好,主动拉关系,把该见的人都见了一遍。

林绵的脸上一直挂着笑,导致嘴角有些僵硬。即便如此,她的美貌也丝毫没有受损,反而透露出慵懒的美感。

"你猜这是江玦第几次偷看你?"闻妃晃动酒杯,又让她猜江玦什么时候会过来。

林绵把玩着酒杯,忍不住吐槽道:"你好无聊!"

林绵转身抬眼随处看,忽然听到门口传来一阵喧闹声,下意识地跟随大家看过去。

她看见几位前辈簇拥着一位身姿挺拔、宽肩窄腰的男人走进来。处于中心位置的男人手执酒杯,露出白皙的手腕,垂眸,用唇轻轻地抵着酒杯,接着慢条斯理地抿了一口酒,动作优雅自如,帧帧如画。

灯光照亮男人的侧脸。他少了几分大男孩儿气,多了几分成熟矜贵的气质,一出场便如众星捧月,让其他人都成了陪衬。或许是感知到打量的目光,他忽然转头朝林绵看了过来,目光冰冷陌生。两个人的视线短暂地相接一秒后,林绵的心脏重重地一跳。

是他? Roy?他怎么会在这里?

三年了,记忆里早已模糊的脸顷刻间变得无比清晰——浓黑的眉毛、漂亮的眉眼、完美的下颌线条。Roy 重新站在了她的面前,让那些个热情似火的夜晚的记忆如浪潮般汹涌而至。

"他什么时候回来的?"闻妃瞪圆了眼,像是看见了什么不得了的人。

林绵的耳边传来女孩儿们的低声议论。

"你看到他手指上的婚戒没有?外面传他已婚,看来是真的啊!"

"好可惜啊!"

"半年了也没被爆出结婚的对象,我看八成是假的。"

看起来这三年他过得不错,都已经结婚了吗?林绵边听边想,同时为自己早上做的那场梦而感到羞愧。

闻妃挺直了脊背,握着林绵的手腕,准备凑过去打招呼,看到林绵站着不动,疑惑地回头催她:"快!绵绵,跟我过去打招呼。"

"不用了吧。"林绵挪不动步子。她要是告诉闻妃,即将去恭维的人被自己甩过,闻妃会不会剁了她?

在两个人磨蹭期间,Roy已经摆脱簇围,缓步朝这边走来。

剪裁得体的西装、利落的发型、无名指上银色的戒指,无一不昭示着这个人和三年前不一样了。

见男人朝她们走来,闻妃压抑着激动的心情提醒林绵:"他是星盛娱乐老板的小儿子江聿。"

江聿?

原来他叫江聿。是哪个聿?

Roy……江聿。林绵在心里交替念了一遍,觉得还挺好听,随后很轻地眨了眨眼睛,声音很小地说道:"见过。"

闻妃来不及惊讶林绵什么时候跟江聿见过,已经看到江聿站到了她们的面前。

空气里弥漫着淡淡的焚香过后散发的味道,又混合了那种海水与酒水交融后散发出来的香气。这气味跟江聿的表情一样,暗藏着攻击性。

他清亮的嗓音里此刻含着几分讥讽之意:"恐怕不止见过,绵绵——当初你还给我留了一笔钱。"

林绵哑然,感觉后背像有一双手来索命。室内太过吵闹,以至于这戏剧性的一幕没有被旁人发觉。闻妃瞪大了眼睛，已经无法用语言表达惊讶。

林绵的身体轻轻地颤抖，脑子里浮现出和Roy缠绵的日子。她一时很难把Roy和江聿联系到一起，无意间抬眸看过去，对上一双浅褐色的眼睛。

"是吗，绵绵？"沉默对峙间，江聿的目光一寸寸地将她凌迟。

林绵的脊背上浮起一层凉意。她甚至怀疑，再沉默下去，江聿会冲上来扼住她的喉咙，将她掐死来泄愤。但他竟然没那么做，在听到有人唤他的名字后，干脆利落地离开了。

林绵松了一口气，提着裙角往外走。

"绵绵，你去哪儿？"闻妃在后面追，"等等我。"

林绵躲进休息室里，后知后觉地大口喘气，心脏"扑通扑通"地乱跳个不停。几秒后，她有种劫后余生的庆幸之感。

江玦来敲门，关切地问道："林绵，你没事吧？"

林绵打开门，抬起有些泛白的脸："我不太舒服，想先回去。"

江玦立刻追问道："要上医院吗？我送你去吧。"

林绵客气地拒绝。

江玦又开口问道："不喜欢那些珠宝吗？怎么不戴上？"

"那些珠宝太贵重了，我让闻妃给江总送回来。"林绵捞起沙发上的披肩，边裹边往外走，高跟鞋踩在空旷的长廊地板上，发出清脆的声响。她跨过大门口，骤然停住脚步，因为她听见了别的脚步声。

她一侧头，入目的果然是江聿。他在墙边站定，手上有一搭没一搭地按着打火机，打开又合上，合上又打开，打火机发出响声。

江聿低着头，垂眸挡住眼里的情绪。一缕光刚好照在他的下颌和喉结的位置，使得旁边的一颗小痣清晰可见。

林绵抿着唇，江聿也不抬头，就这么沉默着。

"Roy，"不知道过了多久，林绵先叫了他的名字，"原来你叫江聿。"

江聿猛地一顿，合上打火机，掀起眼帘，用浅褐色的眼眸望向她,不疾不徐地说道:"你也没告诉我。"

"嗯?"林绵看他。

江聿轻哂一声,眼里的讥笑之意越发明显:"你还想当我嫂子。"

时间像是过了一个世纪那么漫长。林绵的心绪被江聿牵动,一寸寸地被凌迟。她不得不怀疑,江聿是故意躲在这里围堵,甚至可能连她跟江玦的对话都听了去。

她更惊讶江聿和江玦的关系,下意识地否认:"我没有。"

短促的音调里透着几分虚张声势的愠怒。只是"没有"两个字说得实在太过无力,很难让人相信。

江聿抬眸,嘴角的讥讽之意更浓。他瞳孔颜色偏浅,似笑非笑的样子平白地给眼神蒙上一层迷惑人的浮光。

"这次打算玩多久分手?"

林绵扯了扯嘴角,嗓音里透着凉意:"我想你误会了,我跟江玦没有任何关系。"

随后,两个人都陷入沉默中。

江聿像是听进去了,又像是没听进去,用指尖摩挲着打火机的磨砂轮,过了几秒后又顿住,薄唇里吐出一句话:"那就是他在单方面追求你?"

林绵沉默着没有应答。从江玦要微信约饭到事无巨细地打点送珠宝,她不是没有察觉到江玦的用意,只不过他代表资本,而自己只是个小演员。她总不能在对方没有明确表态前把关系闹僵。

"你记得我们是什么关系吧?"江聿偏过头看向她。他的眼神很深沉,似在探究又似在警告。

"我以为当年我做得可以了。"林绵说。

江聿的眼底闪过一抹意味深长的光,薄唇勾出极小的弧度:"是做得不错。三千欧元买我一个月,你还满意吗?"

林绵回到车上,拿过薄毯盖住自己。

闻妃找不到林绵,又听江玦说林绵不舒服,赶紧往车里走。

"小祖宗，你能解释一下吗？"今晚的事情太出乎闻妃的意料。

林绵轻轻地转身，转过脸来正对着闻妃："你想知道什么？"

闻妃怔了几秒，问了最令她震惊的一件事："你跟江聿认识？"

林绵没有否认，大方地坦白道："他是我的前任。"

她语气平淡地说着，像是在陈述一段无足轻重的经历，好像已经跟过去彻底斩断，眼里半点儿情绪都没有。

"恕我冒昧，你们俩是怎么认识的？又是怎么分手的？"闻妃实在无法将林绵和江聿联系到一起，毕竟她看好的一直是林绵和江玦啊！

林绵拉回渐渐飘远的思绪，直接跳过诸多细节，语气极淡地回答道："我甩了他。"

在一起一个月后的某天早晨，她从他的臂弯里挣脱，在床头上留下了她为数不多的存款，悄然回国。她以为金钱能弥补他，也能让他们好聚好散。显然她错了。

闻妃显然过于惊讶，好一会儿没出声。

林绵也知道闻妃在担心往后的合作，毕竟她的合约签到了前男友家的公司旗下，可这也是她无法预料的事情。

过了半晌，闻妃缓过劲儿来，又问："你以前怎么不早说？不然打死我我也不费劲儿攀上星盛啊。"林绵刚签约，就可能要面临被穿小鞋的风险。闻妃简直要头痛死了。

林绵丝毫没有这种担忧，看向窗外，轻声道："我也是今天才知道的。"

闻妃看向她："什么意思？"

"我认识他的时候，他叫Roy。"

那时候，他还是一个喜欢穿工装裤和黑色马丁靴，骑着高档摩托车送外卖上门的痞酷少年。时隔三年，他穿上西装皮鞋，已然与林绵记忆中的张开臂膀追风的少年模样不同。

怪只怪，那个时候的她只顾当下，并未深究他的身份信息。

闻妃幸灾乐祸地问她："采访一下，签到前男友家的公司旗下是什么感觉？"

· 9 ·

林绵被逗笑:"要不你试试?"

闻妃摇摇头,说起试镜在即的新片《逐云盛夏》。它是一部和《潮生》同类型的文艺片,闻妃还说这是曲导的倾心之作,觉得林绵的气质很符合女主角的人设,让林绵无论如何都要争取到角色。

林绵轻轻地皱眉,跟闻妃商量道:"我能不能不接文艺片了?"

闻妃先是一愣,随即没忍住吐槽道:"你不接文艺片,想接什么?偶像剧还是活动?你别忘了啊,你是美神,是为文艺片而生的。"

林绵抿着唇没说话。闻妃降低音调,柔声哄着:"小祖宗,不是说你不能接其他的,虽然文艺片在国内不卖座,可曲导的作品不一样啊,可以冲击国际影片大奖,你懂吗?"

林绵自始至终表情都很淡。闻妃见她沉默,又问:"我能知道你为什么不想演文艺片吗?"

林绵很轻地牵动嘴角,眼里没什么波澜,语调很缓慢:"我入戏了。"

车子平稳地行驶,车内的温度适中,音箱里播放着林绵喜欢的轻音乐。她很快陷入一个梦里。

五月的伦敦浸润在水汽里,每天阴沉沉的,似乎有下不完的雨。她刚到伦敦,好几次出门都忘了带伞,被淋得湿漉漉的。

在一个阴沉的傍晚,林绵再次忘了带伞,被大雨追赶着躲到一家不起眼的小店门口。

欧式建筑的屋檐极窄,遮不住飘来的雨。林绵占据的一小块地方很快也被雨水浇湿。

她贴着冰冷的墙面,退无可退,抱着双臂,开始衡量是站着淋一场雨,还是抱着手臂冲回公寓。

几秒后,她的头上倾斜过来一把黑伞,伞骨做工精致,银色泛白,上面刻着很小却略显昂贵的商标。伞被往她这边推了一些,几乎将她整个人包裹住。

林绵惊讶地偏过头,看见一条黄皮肤男人的手臂。那人手腕上缠着一把钥匙样式的手链,骨节分明的手指握着伞柄。明明他只是做了一个寻常的动作,却十分好看。

"伦敦经常下雨,你出门怎么不带伞?"男人的声音清朗好听。

林绵抬起头,对上一双浅色的眼睛,因为靠得近,几乎能看见他眼里的自己。

"不好意思……我……"她没好意思说忘了。

男人的眼神太过真诚,好像有着无端引人信任的魔力。林绵看着他银色的耳钉,扬起淡淡的笑。

"你不用跟我道谢,伞借给你了。"男人头发漆黑,五官立体,骨相极好,轮廓线条优美,除浅褐色的瞳仁外,完全是华人长相,中文说得字正腔圆。

在异国他乡遇到一位华人实属难得,尤其是对方释放出的善意更加让林绵感到亲切和放松。她接过伞,握住了伞柄,感受着男人残留的余温,真诚地发问道:"我怎么还给你?"

男人的嘴角勾出一点儿漫不经心的笑意。他转头看向大雨滂沱的街道,答道:"明天下午五点,还在这儿等我。"

"那我怎么称呼你?"

男人扬唇,吐出好听的音节,比雨声悦耳:"Roy。"

接着,他推开小店的玻璃门走了进去。门口的风铃相互碰撞,发出一连串"叮叮当当"的声响。

另一头的车内,气氛微妙。

江玦处理完公事后,合上电脑,才有空看向江聿:"时差倒得怎么样了?"

江聿在玩手机,垂着眼眸,漫不经心地说道:"就那样吧。我听小敛说你找我,什么事?"过去半天的事情终于被江聿想起来了。

江玦的语气很淡,但多少掺杂了不悦:"打算带你见见林绵。"

江聿指尖稍顿,一秒后又在屏幕上若无其事地打字。他反问道:"那个小演员?"

江玦没有否认。

"哥,我们这种家庭怎么可能容忍你娶一个小演员?"江聿慢条斯理地陈述事实。

作为继承人的江玦对这件事再清楚不过——江家的门第观念根深蒂固,小辈的婚姻从来都由不得自己。

"林绵和别人不一样。"江玦辩驳道。

江聿嗤笑着看向江玦,眼里带着几分揶揄之意:"你怎么知道?你怎么确定她是不是在玩你?"

江聿的话语太过直白逼人,让江玦脸上稍显不快。他语气低沉地说:"你都没见过林绵,不要这么评价她。"

江聿摆出一副无所谓的样子,只是在手机屏幕暗下去时,眼神也跟着黯了。他说:"既然她这么好,改天带出来一起吃个饭。"

江玦没应,江聿也就不自讨没趣,继续翻看手机上的照片。

江玦瞥见江聿手机上的机车照片,问道:"你真的不打算玩儿摩托车了?"

江聿心不在焉地回答道:"不了。"

"为什么?"江玦记得江聿很喜欢摩托车,称得上爱车如命,亲切地称那些车为"老婆",总是不厌其烦地炫耀他的宝贝爱车,为了摩托车甚至跟家里人闹翻。

"被一个坏女人骗了。"江聿语调随意,让谁听了都觉得他风流洒脱。

林绵回到家里,换掉了华丽厚重的礼服,泡了个热水澡,换上灰色的丝绸睡袍,露出两条笔直纤细的小腿,脚踝白皙,赤足踩在长羊绒地毯上,无声无息。

林绵将头发用抓夹随意地固定在脑后,几缕浸润着水汽的发丝飘下来,缠在颈间,衬得林绵的脖颈白皙纤细。她取下抓夹,随意地拨弄,把如瀑布般的头发披散在颈背上。

林绵点燃香薰蜡烛,打开黑胶唱片机,听见缓缓流淌的音乐后,才不紧不慢地拾起在地毯上响个不停的手机。看见来电之人，她下意识地蹙起眉头，没想好是接还是不接，只握着手机僵持着。对方一遍遍地打来，呼之欲出的掌控欲让林绵窒息。

"妈妈。"林绵按下接听键，垂下眼眸。风从门缝里挤进来，轻轻地撩动着她的裙摆。

"绵绵，报纸上写的你跟江玦的事到底是怎么回事啊？你怎么能不跟爸爸妈妈商量就换经纪公司呢？你是不是偷偷跟江玦谈恋爱了？"

一声声质问犹如细网，带着重重的压力将林绵紧紧缠绕。林绵望向玻璃门上映出的冰冷、漂亮的眉眼，没什么表情地回答道："没有。"

"我们不是反对你谈恋爱，但是谈恋爱这么大的事情是不是得经过爸爸妈妈同意？你现在正处在事业上升期，不要因为谈恋爱毁了你的前途。"女人松了口气，但似乎还不放心，又补了一句，"宝贝，你要是想谈恋爱了，得提前告诉妈妈。"

林绵手机拿远了一些，说："我知道了，妈妈。"

每一次接完妈妈打来的电话后，林绵都会生出一点儿反骨。那不是关心，而是枷锁，是束缚她的羽翼的镣铐。

挂断电话之后，林绵看到手机软件推送过来一条提醒——您关注的北京前往伦敦的机票已更新。她扔下手机，整个人蜷缩在地毯上，眨着眼睛，慢慢地陷入沉思中。

谁也想不到，三年前在伦敦的某天雨后，林绵主动拉住Roy的手，缠着他的脖子索吻求欢，是她为了脱离掌控做过的最疯狂、最离经叛道的事情。

林绵做了一个很长的梦，梦里面的伦敦总是下雨。醒来后，她望着窗外的细雨恍惚了很久，费了很长时间才分辨出自己在哪里。

手机上有江玦发来的消息：早安，身体好点儿了吗？

林绵立在洗漱台旁，一边用一只手刷牙，一边用另一只手轻点屏幕：好多了，谢谢江总关心。

等了对方好几秒后没得到回复，她才将视线重新投回到镜子上，刷牙、洗脸、护肤、化妆一气呵成，再拿起手机时，看到了江玦的新消息悄无声息地躺在对话框里：你今天有空吗？我想请你和我弟弟吃顿饭。

林绵眨了眨眼，呼吸停顿了两秒。她打字回道：不用了，今天行程很满。

其实不止今天，但江玦只说吃饭，她要多说些什么也不好，心想就这样吧。江玦那么聪明，应该会懂这是拒绝的意思。

回复过江玦后，林绵有些逃避似的将手机盖上，等了半个小时，才接到闻妃的通知说车到楼下了，上了车发现前座多了一个年轻女孩儿。女孩儿留着短头发，穿着学生裙，背着一个白色的双肩包，笑起来眼睛弯弯的，有些娇憨。

"林绵姐，"女孩儿主动递来水杯，"五十度的柠檬水。"

林绵多打量了女孩儿一眼，轻轻地弯了弯嘴角，问道："你是……？"

女孩儿大方地伸出手，笑着自我介绍道："林绵姐，我是闻妃姐临时叫过来当助理的。"

女孩儿声音爽朗，性格阳光热情，于是林绵没发表什么反对意见。

林绵上午去拍了一组杂志封面大片，一共拍了四套造型。摄影师直夸林绵可塑性好，什么造型都能轻松地驾驭，尤其是最后一套仙女飞鱼的造型——水波蓝色的鱼翼贴在鬓角上，再用同色系眼影点缀，白色和蓝色的水钻贴在眼下，配上她如墨的黑瞳和似雾的眼神，波光流转间，盈盈水光折射出她高贵柔弱的美，让她仿佛是大海中最美的飞鱼。

女孩儿在一旁屏息欣赏，等到林绵休息时，才忍不住赞叹道："林绵姐，你真的好美啊！"

林绵被小姑娘逗得露出浅浅的笑。

收工时天快黑了，司机听从安排，直接将林绵送到和园。林绵之前试镜，拿到一部古装电影《京华客》的女配角的角色，今天来这里参加第一次剧本研读会，听说投资人也会到场。

林绵刚踏入大堂，便碰见老熟人傅西池——在《潮生》这部电影里她的恋人的扮演者。

傅西池轻抬眉梢，说道："好巧啊，绵绵！"

他私下一向喜欢开玩笑，在剧组里天天瞎叫着玩。林绵之前还纠正他，后来发现纠正了也没用，就随他去了。

"巧啊，我也刚到。"她站在他的旁边，同他一起往里走，等到四下安静了，才说，"你过生日的时候我在拍戏没办法去，生日礼物收到了吧？"

傅西池笑了笑："这次原谅你了，下次不许不来了。"

林绵笑着"嗯"了一声。

傅西池又说："等会儿结束了，一起吃夜宵去，我知道一家很好吃的店。"

由于当时《潮生》的拍摄地点沿海，他们经常收工后相约去吃夜宵。自从拍摄结束后，林绵被要求严格控制体重，很久没大快朵颐了，于是答应道："好啊，结束了就去，我请你。"

两个人同时进入房间里，编剧已经在那里坐着了，导演和制片人随后也到了。

不多时，一位衣着华丽的男人走进来，导演和制片人纷纷起身迎接。导演笑着介绍道："这位是喻总——咱们的投资人。"

喻琛嘴角挂着浅笑，快速地环视众人，在看见林绵时，目光稍稍停顿了一秒，而后在导演的照顾下落座。

剧本研读会正式开始后，林绵很快地投入到角色里。她饰演一个漂亮的女配角，傅西池则饰演男主角。

大家头脑风暴，讨论得如火如荼，偶尔会听到有人用笔在纸面上书写的"沙沙"声。喻琛则截然不同——他靠在椅子上，双手捧着手机，视线自始至终没从屏幕上移开，大概也没听大家讨论了什么。

过了半晌，喻琛像是无聊至极，打了个哈欠，放下手机起身，掸了掸衣服，说道："你们先讨论，我有个朋友对这部电影很感兴趣，想过来坐坐。"

导演想起身接待，却被喻琛按着肩膀坐回去。

"剧本要紧。"喻琛拍了拍导演，抬脚，拉开门出去。

因为林绵的角色有个矛盾点，她思索得入神，连房门被打开，从外面进来两个人都没注意。她用手撑着下巴，垂着眼眸，用笔无意识地在纸上画来画去，勾出几条不规则的细线。

感受到自己的肩膀忽然被拍了一下，林绵缓慢地抬起双眼，迎上两道目光，一道戏谑，另一道冷淡。

"小聿，好久不见啊！你怎么来这儿了？"导演笑着打招呼道。

江聿似笑非笑，轻扯嘴角，说道："张导，喻琛说你们在研读剧本，我来取取经。"说话间，江聿的视线不经意似的从林绵的身上掠过，但已经被明眼人看出端倪。

"快坐下，我们说说话。"被导演招呼坐下后，江聿也不推辞，挨着喻琛落座，跟喻琛交换了一个眼神。

傅西池偏过头来跟林绵交谈："小江总挺帅啊！"

林绵抿唇："还好吧。"倒是小江总这个称呼莫名奇妙地有些好听。

傅西池意味深长地笑了笑。林绵抬眼，撞见江聿正盯着自己，四目相对时，林绵感受到对方压迫感十足的眼神，慌乱地看向了别处。

江聿穿了一件黑衬衫，领口的顶端敞开，修长的脖颈露了出来，喉结旁的小痣清晰可见，再往上便是精致的轮廓。他说话间喉结滚动，小痣仿佛会动一般吸引着林绵不断偷看。

她曾经很喜欢江聿的这颗痣，会把周围的肌肤咬得泛红。

"林绵，"导演忽然将林绵的思绪拽了回来，看着她继续说，"你跟小聿应该挺熟的，以后还可能是一家人呢，坐过来吧。"

她抬眼看过去，看见大家挪动椅子，留出江聿旁的空位。

江聿挑眉，清亮的嗓音里透着揶揄之意："一家人？"

屋内人不少，导演只能清清嗓子，暗示道："林绵签约星盛，江总喜欢林绵，你们早晚都是一家人，不是吗？"

江聿却听懂了弦外之音——对方没明说江玦追林绵，却用林绵这个"未来大嫂"的身份拉拢他。他轻哂一声，用手指掐着烟在桌面上轻磕:"是吗?我怎么不知道?"

他的语气一点儿也不像在开玩笑,因此导演对上他的视线时,只讪讪地笑了两声,便没再继续这个话题。

大家都落座后,看到一位同事尴尬地站着,林绵起身让出位子,大方自然地换到江聿的旁边。江聿顺手摁灭烟,丢到烟灰缸里,试图挥散空气里弥漫着的淡淡的烟草味。

林绵落座后,嗅到了极淡的香味,是他最喜欢揉在她的脚腕上的香气。

"你们继续。"江聿说完偏头跟喻琛说话,却把手压在林绵椅子的扶手上。这个动作貌似不经意,却有种微妙的亲昵之感。

林绵看向那双骨节分明、分外惹眼的手,试图挪动椅子,却引得江聿回头看她。江聿的眼底带着戏谑之意,仿佛在质问她:"你在害怕什么?"

林绵干脆无视江聿,侧身去跟他们继续讨论,为了一个细节绞尽脑汁。忽然她的椅子被拽动,在地上摩擦出不小的动静。

大家循声看过来,只见林绵一脸茫然,江聿若无其事地看向她,两个人的椅子并到了一起,谁也不敢多言,低下头装没看见。

林绵注意到江聿在看她,于是抬眸迎上去,问道:"做什么?"

江聿的眸色很浅,带着一种迷惑人的意味。他动动嘴角,笑得并不明显:"你有吻戏?"他隐约听见他们讨论时带了一句。

林绵不理解这个问题有什么值得深究的必要,语气稀松平常地说道:"有。"

江聿压着扶手,朝她这边靠近了点儿,严肃的目光一并压下来:"几场?"

林绵还从没想过跟前任心平气和地讨论吻戏,翻了翻剧本标注,发现作为有独立感情线的女配角,自己的吻戏还真不少,其中不乏情绪激烈的场景,于是用指尖点了点剧本:"四五场。"

"跟他?"江聿抬下巴指傅西池。

"不是。"

江聿不动声色地靠回去，拿起手机打字。林绵不经意地瞥见他发消息的对象是个用粉色头像的人，应该是女孩儿。

喻琛坐不住先走了，江聿却没动，一会儿看手机，一会儿喝口茶，神态悠闲，好像真的是来取经的。

导演表示预算紧张，试探性地问江聿要不要投资一些，并许诺他可以让他当另外一个出品人。江聿抬了抬嘴角，漫不经心地说道："我考虑一下。"

中途江聿接了个电话，便先行离开。没一会儿，服务员送来点心，说是江先生孝敬他"未来大嫂"的。

剧本研读会结束后，傅西池表示临时有事，夜宵只能改天再约。

助理跑过来迎接从饭店里出来的林绵，身后的那辆漆身闪着光的黑色轿车分外惹眼。她接过林绵手里厚厚的剧本，小声说："江总在车里等您很久了。"

哪位江总？头脑风暴一晚上，无论哪位，她都没精力应付。

"你让他回去吧，说我改天再款待。"林绵扶着车门，刚要抬脚跨上车，就听见一个男声唤她。

幸好是江玦。林绵悄悄吐了口气，扭头看向江玦。他本来就身量颀长，今天穿了一套灰色正装，鼻梁上架着金丝镜框眼镜，嘴角噙着笑，整个人显得更加儒雅俊朗。

"收工了？方便借用你一点儿时间吗？"他见林绵要走，很浅地笑了一下，又轻启薄唇，好像真的有很重要的事情要说，"你能陪我去吃点儿夜宵吗？"

林绵看着江玦，脱口而出道："我不吃夜宵。"

江玦对林绵的拒绝并不感到意外，又说道："航班刚落地，我就过来了。"言外之意是他还饿着。他说的话语调温柔，却也是另外一种无法抗拒的强势。

谁叫对方是老板呢？老板饿了，她能得罪吗？林绵思索再三，说道："走吧。"

江玦亲自开车的情况并不多见。他解开袖扣，把袖子折了几折，露出一截有力的手臂，用骨节分明的手掌握住方向盘，手背皮下青筋突显。

江玦带着她来了一家杭帮餐厅，在林绵表示不吃后，江玦仍旧点了不少菜。杭菊鸡丝、八宝豆腐、干炸响铃、宋嫂鱼羹、云耳西芹炒肉片逐一被呈上桌。

再次收到江玦的用餐邀请后，林绵想了想手机上实时监测的体重，咬牙狠心地拒绝。

陪伴江玦进餐的分分秒秒犹如对林绵意志力的凌迟，漫长且痛苦。尽管江玦将用餐的动作都做得优雅从容、赏心悦目，但她无心欣赏，只能托着腮等待，甚至在江玦尝了一勺鱼羹后，捂着嘴悄悄打了个哈欠。

江玦放下餐具，将纸巾对叠，擦了擦嘴，然后捞起外套起身："辛苦了，送你回去吧。"

终于得以解脱，林绵起身，从容地走了出去，到了地下车库后下车跟江玦道别，一心想回家泡澡睡觉。

车窗降下，江玦忽然叫住林绵，从置物箱里拿出一个礼盒递给她。

林绵没接，客客气气地说："今天只是碰巧有空，以后江总还是不要跑空。"

要不是顾忌着他是老板，她差一点儿就把"私下不要联系"直白地说出来了。

江玦的表情没什么变化，藏在金丝镜框眼镜后的眼睛平静无波。他没再坚持，将礼物放回原位。

一道刺眼的白光倏地照射过来，刺得两个人睁不开眼，似乎要将最后一点儿气氛破坏个彻底，只不过白光亮了短短一瞬便熄灭了，让四周重新陷入黑暗中。

林绵下意识地挡住眼——她的本能告诉她，刚才可能是狗仔队。

江玦先一步下车，朝那辆车走过去，走近看清车牌后，神情微妙，眼底闪过一抹惊讶之色。

"哥！"黑色的SUV上，江聿从车窗里探出半张脸，冲江玦挥手，手上的婚戒尤为亮眼，眼睛却越过江玦看向林绵，轻佻地抬了抬下巴，"她就是林绵？"

· 19 ·

江玞回头，发现林绵早已离开，想到刚才的白光吓到了林绵，于是压低了声音问江聿："你怎么在这儿？"

江聿的嘴角扬起极小的弧度，他漫不经心地说道："就准你来送女朋友，不准我找人约会？"

江聿结婚早已不是秘密，只不过结婚对象被他藏得很好，就连亲哥江玞也没见过。

当江聿直言找人约会时，江玞先是震惊，很快又坦然接受——这群公子哥儿在外面逢场作戏是常事。想到江聿刚回国也难免受影响，江玞用指尖推了推眼镜，以兄长的口吻叮嘱道："悠着点儿，别让弟妹知道。"

江聿轻挑眉头，忽地扯唇笑道："哥，林绵知道你对这种事的态度吗？"这种事指的是什么，两个人心知肚明。

江玞没什么情绪，但显然也不想继续聊下去，看了一眼腕表："你玩儿吧，我先回公司。"

江聿把手肘支在车窗上，笑着跟江玞挥手："路上慢点儿。"

江玞坐回车上，重重地带上门，靠向座椅，摘掉眼镜闭上眼，露出与江聿轮廓相似的脸，只不过他的面部线条柔和些。他捏了捏眉心，拿出手机查看助理发来的短信。

"江总，林绵的定位和发展计划已经发到你的邮箱里，请查收。"

江玞看完把手机扔在副驾驶座上，启动车子驶离。

江聿用手指夹了支烟，任由烟燃烧着，耐着性子目送江玞的车灯消失在视野内，随后手搭着车门跨下车，将烟踩灭，抖了抖衣服，侧头嗅了嗅身上的烟味，好在烟味不浓，很快便能消散。

林绵惊魂未定，先去接了杯水喝下，心情刚平复一些，就听见"咚咚"的敲门声，放下水杯，轻手轻脚地走到门后。

林绵透过猫眼看不到人，电子监控倒是能照到站在门口的男人的侧脸，即使画质模糊，也能从中看出他的面部轮廓是极好的。

林绵没想出江聿出现在这里的理由，就听到男人用好看的手指再次轻叩。在他的耐心即将耗尽时，林绵才打开一道门缝，探出半张漂亮的脸，表情疏离地问道："你有什么事情吗？"

江聿被她"不熟"的眼神气笑了，用稍扬的嗓音揶揄道："不邀请我进屋里坐坐吗？"

林绵如遇到危险的猫，眼里写满了防备。江聿似笑非笑，语气不善地说道："当初留我的时候不是挺熟练的吗？"

林绵抿直唇瓣，往旁边挪了挪，让江聿进门。

他打量着这套装修简单的房子。客厅里摆放着一张真皮沙发、一张地毯，地毯上随意地丢着几沓剧本，屋里连台电视机都没有，比酒店还没人情味。

他甚至想象不出林绵在家里靠什么消遣，转念又想，或许林绵根本不需要消遣，因为她总有睡不醒的觉，一张床就够了。

"我哥进来过吗？"

"没有。"林绵只当他是怕江玦被她骗了，没有深想，转身去厨房里接水。

江聿跟在林绵的身后，把手肘往后撑在流理台上，侧过头懒懒地看她。

林绵还穿着及膝长裙，头发用抓夹随意地夹住，漂亮的锁骨凹凸分明，脖颈被射灯映照得修长瓷白，纤细的手指搭在饮水机上，慢条斯理地按下出水键。

她自认为跟江聿没有平心静气叙旧的立场，可他的存在感太强了，她不说点儿什么的话，气氛实在是古怪。林绵问道："你怎么知道我家的地址？"

江聿轻哂一声，说道："你的合同我签的字，你说呢？"

林绵的眼皮跳了跳："你签的字？"

林绵的表情让江聿很受用，但他并不想解释为什么要他签字，于是话锋一转，目光落在她的身上："你也想对江玦那么做？"

林绵问道："做什么？"

江聿不咸不淡地说："玩弄他的感情，像当初甩我那样。"

他的话还没说完,林绵便皱起了眉,漂亮的眼睛里满是怒气:"你在胡说什么?"

"林绵,你不光玩弄我的感情,还骗我跟你结婚。"江聿从长裤口袋里拿出一张纸,慢条斯理地展开。

林绵的身体轻轻地颤抖。她伸手去碰那张纸,像是想要一验真假,可江聿动作很快,轻巧地收了回去。江聿浅褐色的眸子里浮着不明情绪,好似在讥讽。

若他现在是来讨债的,那张纸就在嘲讽她"罪加一等"。

"我……"她确实没办法否认那些发生过的醉酒行为——在拉斯维加斯的某个傍晚,她不太清醒地拉着路人当证婚人,跟江聿注册结婚,又将申请材料随意地丢在教堂里。这也是她后来回国后一直没能去解决的事情。

"想起来了?"江聿看着她冰冷的表情渐渐失控,有种前所未有的爽快感,"隐婚三年,始乱终弃。"

如噩梦降临,林绵没办法开脱。江聿此时来,想必也不是为了缅怀过去。头顶上犹如悬了一把刀,林绵脊背发凉,硬着头皮问道:"你想要多少?"

江聿像是听见了什么大笑话,轻启薄唇:"林绵,你觉得我缺钱吗?"

他当然不缺钱。可除了钱,她还能给他什么?总归不能是她的这条命。林绵换了个妥帖的问法:"那你想要什么?"

江聿将写得清清楚楚的结婚证轻飘飘地丢在流理台上,轻轻地勾起薄唇,懒懒的腔调有些耐人寻味:"以前是什么关系,现在就是什么关系。"

林绵被吓得手抖,差点儿摔了杯子。她的手被江聿温热的掌心覆盖上,僵直地绷紧。

以前是什么关系?林绵单方面将那一个月定义为走肾不走心的关系,心生反骨做的出格举动,及时修正了,怎么还能继续?

江聿像是真的只是搭把手而已,很快收回了手。

"我……不想当……"林绵停顿了几秒,吐出一个相对没那么难听的词汇,"情人。"

"你想得美!"

林绵哑然,想问难道不是这个意思吗?

"那我们……可以离婚吗?"林绵甚至想好了,进组之前让闻妃帮她请个假,再去一趟拉斯维加斯。

在江聿沉默的间隙,林绵生出一点儿希望。

"不行!"江聿冠冕堂皇地说,"我刚接手新公司,财产划分很困难。"

林绵皱着眉说:"我不要财产,可以签协议。"

江聿转过身,身上淡淡的香味弥漫在狭小的厨房内,瞬间将林绵环绕。他的语气不轻不重:"林绵,既然你这么不想跟我结婚,当初为什么骗我?"

林绵想解释,可看见江聿浅褐色的眼眸,顿时什么都说不出了。三年前她确实行事冲动,留下一笔钱,始乱终弃在先。

"既然如此,那我只能寻求公众还我一个清白之身。"

林绵真怕他会宣扬出去,一把握住他的手肘,阻止他离开,望着他挺拔的后背,没忍住说:"我们没有感情,不能靠一张纸捆绑。你如果想要报复我……"

江聿沉默了一会儿,看着挽在自己手臂上的手,很轻地说道:"林绵,我需要一段稳固的婚姻关系。"

"你跟我维持婚姻关系,我给你资源,否则你被星盛雪藏易如反掌。"他只是帮她分析利弊,却带着几分胁迫人的意味,好像过往都可以用钱来衡量,"婚内我会尽到身为丈夫的责任,所以你就算再喜欢我哥,也要断了。"

过了几秒,他发现林绵并不是在思索他给的条件,轻轻地向上勾起嘴角,问道:"难道你怕再次控制不住自己把我往床上带?"

林绵抿直唇瓣:"我没有。"

"没有最好,我也不喜欢吃回头草。"

"难道你没有跟其他女人结婚？"手上的婚戒也不是其他女人给你戴上的？

江聿像是误会了什么："我跟其他女人结婚，你很高兴？"

林绵短时间内做不出选择，沉默地应对着。

时间过了很久，房门被重重地关上。林绵轻轻地眨了眨眼，在沙发上枯坐了会儿，起身去了浴室。浴室里热气氤氲，她倚在浴缸边缘，轻轻地闭上了眼。

伦敦的雨第二天就停了。她按时去了约定的地方，只不过没如料想的那样见到江聿。

她站在门口等了大概十分钟，才听到一阵摩托车的轰鸣声，紧接着看到身着白卫衣黑裤的江聿骑着一辆磨砂黑橙黄轮毂的摩托车停下。他脱下手套，伸长了腿支在地上。江聿的车速太快，导致被卷起的雨后气息扑了她满脸。

"来得这么早？"江聿掀开头盔，露出湿润漆黑的眼睛，取下备用头盔丢给她，"上车，帮我一个忙！"

"去哪儿？"林绵看着酷炫的摩托车，脸上浮起淡淡的笑容，那是一种很熟悉、很痴迷的表情。她娴熟地扣上头盔，搭着江聿的肩膀，跨上后座，当她触碰到他肩头的骨骼时，才惊觉自己有多离谱儿，于是用指尖揪着他肩膀上的一点儿布料，内心摇摆又渴望。

"扶好！"江聿踩下油门，侧头问她，"以前玩过？"

林绵摇摇头。

江聿稍稍扬起嘴角，加大油门往前。林绵失重，往前倾斜，本能地环住江聿的腰，隔着薄薄的衣料触碰到了他硬而紧致的腹肌，手感很好。

由于车速太快，林绵不得不抱紧江聿，再也不敢松手，耳朵听到劲风呼啸而过的声音。

"喜欢吗？"江聿的声音被吹得有些不清晰。他伏低身体，手臂遒劲有力，肌肉线条饱满，宛如和车身融为一体的猎豹，强劲凶悍。

她大声回应道:"喜欢!"

摩托车像猎物一般狂奔,林绵的耳朵里灌满发动机轰鸣的声音,心脏随着车身的摆动剧烈地跳动。

到了一个街区的路口后,江聿停下车,双脚踩地,摘掉头盔,往后捋了一把头发,露出光洁的额头和黑色的耳钉,嘴角噙着笑,扶林绵下车后,长腿轻而易举地跨下车。

江聿拜托林绵的事情很简单:一起救治一只小野猫,送到另外一个街区的老人家里。结束后,江聿买了两支冰激凌,分了一支给林绵,一起坐在路边上悠闲地吃着。

今天的伦敦没下雨,夕阳照在江聿的侧脸上,勾勒出暖融融的金色线条。他眉峰带着藏不住的凌厉感,浅褐色的眼眸像琥珀一般迷人,高挺的鼻梁以及喉结旁的小痣都显得那么生动好看。

"Roy!"

江聿转过脸来,眼底有光在跃动,唇上沾了一点奶油:"嗯?"

"你是混血吗?"林绵盯着他的眼睛。

江聿咬了一口冰激凌,囫囵地"嗯"了一声:"我外公是英国人。"

"你是学生?"她又问。

江聿笑了笑,把手肘杵在膝盖上,托腮,看向林绵,眨了眨眼:"不像吗?"

林绵很轻地笑了下。

分别时已经是傍晚,余晖落尽,天将漆黑。江聿送林绵回到公寓门口,扣上头盔准备走时,林绵却突生不舍,大胆地勾住他的手,眼睛眨得很快,声音干涩发抖地说:"你要去楼上坐坐吗?"

"嗡……嗡……"

林绵猛地睁开眼,发现浴缸里的水凉了,颤抖着起身拿来浴巾,迈出浴缸,听到手机还在持续地振动,便按下接听键,接着慢条斯理地对着镜子抹护肤品。

"绵绵,劲爆大消息!"电话是闻妃打来的。

"什么大消息？"林绵抹着眼霜，用指腹按压推开，表情淡定得像个机器人。

"江聿投资《京华客》了，刚才张导亲自确认的。"闻妃就差捂着嘴笑了，"绵绵，我听说今晚张导开会，江聿也去了是吗？"

他不去怎么会投资呢？之前收到张导的邀请，他还说要考虑呢。林绵说："去了，听完全程。"

闻妃觉得，江聿被林绵甩了还投资《京华客》，可见有多看好这部剧，随即想到张导的苦笑，说道："不过，张导提了一嘴，说江聿要求编剧重改女配角的戏份。"

林绵抿唇沉默，就知道江聿没那么好心，于是轻扯嘴角，说道："编剧有的忙了。"

闻妃有个猜想："你说他是不是为了你啊？不然为什么单要改女配角的戏份？"

林绵不以为然地说道："商人逐利，他投资也是为了赚钱。更何况，我们的关系不好。"

挂掉电话后，林绵躺回床上，看到有新消息进来，以为是闻妃，轻轻一滑，才发现被拉进了《京华客》剧组群里。大家都在群里发表情包，气氛异常活跃，林绵便也跟着发了一个表情包，摘了面膜回来后发现多了几条好友申请。其中一个微信头像很模糊，她以为是剧组里的人便全都确认通过。

很快那个模糊的头像发来一串号码，紧跟着一条消息：这是我助理的手机号码。

林绵的心猛地一跳，这才发现模糊头像居然是皑皑白雪中矗立着的一栋尖顶小木屋。三年前的画面涌入脑海里，林绵很快收回了思绪，咬了咬唇，打字回复：你是江聿？给我你助理的手机号码做什么？

江聿很快回复：反悔了，江太太？

第二章
退烧药

最后三个字宛如小锤子重重地敲击在林绵的神经上，让林绵的太阳穴"突突"地跳，林绵不出所料地打了个喷嚏。她只穿着一件真丝睡裙，肩头露在外面，感觉凉丝丝的，于是穿上睡袍，趿拉着拖鞋去客厅里找药。

林绵记得，当初自己搬进来时，闻妃帮忙添置过不少常用药。她翻出一盒感冒灵，翻过盒子一看过期了，也不在意，拿着药起身去接水，开了饮水机后才发现水桶里的最后一杯水被江聿喝了。

天意如此，算了吧。林绵觉得这一晚的经历太过离奇，爬上床，掀起被子裹住自己，睡了过去，直到半夜被冷醒，才发觉自己浑身汗涔涔的，却不停地打着寒战，总觉得被子四处漏风。

林绵拖着沉重的身体，艰难地拿过睡之前放在床头柜上充电的手机，找闻妃的微信。她头昏脑涨，后脑仿佛有根线拽得疼，用湿漉漉的指尖按着小话筒，嗓音沙哑疲惫地说道："我好像发烧了。"

发完后她丢掉手机，躺回枕头上，把被子裹成一个长条，等了半响都没听到回复。

病来如山倒。林绵闭着眼睛，睫毛轻轻地抖动着，脸颊浮出不自然的胭脂红，有些费劲地呼吸着。

云庐公寓内灯火通明，江聿弯着腰，蹲在地上拆螺丝。他换了件T恤和工装裤，把衣袖卷起来时露出线条分明的胳膊，手臂肌肉因为用力绷起好看的弧度。他戴着一双黑手套，动作灵活地将床板卸了下来。

江敛倚在门边上，看着好端端被拆得七零八落的床，十分不解地问道："哥，你什么时候变物种了？"

江聿抿着唇，如墨的软发根部渗出点儿细汗，脖颈上青筋突显，汗滴顺着脖颈往下滑入衣领里，分明的轮廓让他多了几分野性。一滴汗顺着他的额头滑到鼻梁上，就快要从鼻翼上落下来。他撩起衣角蹭了蹭鼻尖，布料被沤出一片阴影。

"哥！"

江聿只顾着忙活，没空搭理江敛。江敛不仅不帮忙，还跑到江聿的旁边蹲下，像个监工一般看他干活儿，还是那种白吃白住还不忘奚落房东的监工。

"什么？"江聿嫌弃地拨开既挡光又碍眼的江敛。

"二哈，"江敛自顾自地笑着，"你拆家啊？"

江聿吐了口气，默不作声地转过去继续拆床尾，很快拆掉了一整张床。江敛后知后觉地问道："哥，好好的床你拆了，我睡在哪儿啊？"

江聿冷淡地说道："沙发、地板、大街、桥洞都行。"

"哥，你不管我死活。"江敛控诉道。

江聿眼皮上有道浅浅的褶皱，眼角弧度上扬，只不过不笑的时候是垂着的，有种难以接近的距离感。他开口，语气冰冷："不拆了这张床，我就要死了。"

江敛震惊地看着他。

"以后没事别来我家。"江聿反思了一下自己的话太不近人情，又补充说，"来也行，记得打电话预约。"

"哥，你没必要吧？你打算干什么？"江敛觉得不对劲，视线在江聿的身上来回扫着。

江聿用手背蹭了下颈间的汗，拿起手机找搬家公司，语调轻松随意地说道："你嫂子不方便。"

江敛爆发出一声惊呼，吵得江聿回头示意他闭嘴。他还想问是真是假、嫂子什么时候回来，就见江聿顿了一下指尖，眼睫微动，然后快步冲出了房间。江敛跟在江聿的身后追问道："哥……哥……哥，你去哪儿？"

江聿扶着玄关墙壁换鞋，交代江敛把客房的床扔出去后，拿起车钥匙，重重地摔上了门。

林绵睡得昏昏沉沉的，做了好几个乱七八糟的梦，体温越来越高，身体从冷变得很热，呼出的气息滚烫。她觉得再这样下去不行，于是支着身体坐起来，摸了摸额头，可是浑身都很热，根本分不清体温到底有多高。

林绵去客厅里找体温枪，可翻遍了抽屉毫无踪影。她明明记得体温枪就放在电视柜里，家里总共就这么点儿地方，还能放到哪里？林绵还没想出答案，就听见门铃骤然响起，吵得她的脑仁儿疼。

林绵猜想大概是闻妃来了，踩着虚浮的脚步，轻轻地转动门锁。房门被打开，一股带着淡淡的烟味的冷风跟着吹了进来，林绵顿时感到舒服，继而又察觉出不对劲——怎么会有烟味？

林绵用力地推门，却被一只骨节分明的手扣住门框。门外的人推开一道门缝，露出半张脸来。见是江聿，林绵瞬间卸了力气："你怎么又来了？"

江聿掀起薄薄的眼皮，说道："我的戒指不见了。"

林绵这才注意到他的无名指上空荡荡的，只剩下一个小小的戒指印。她生了病，浑身冒着虚汗，鼻音很重，带着些不易察觉的软意，问道："你确定是在我家不见的吗？"

江聿跟在她的身后进来，轻轻地关上门。室内静悄悄的，阳台门没关，有风不断地灌进来，虽说现在不冷，但也不舒服。江聿漫不经心地说道："我就来过你这儿，你怀疑我？"

林绵浑身没力气，自然也没精力跟他争辩："我没看到，不过我让机器人扫地了，你自己找找吧。"说完，她转身就往厨房走去——她还要找体温枪呢。

　　江聿在客厅里敷衍了事地找了一圈，又去机器人尘盒里拨了拨便作罢，随后起身看见林绵弓着背站在中岛后面翻找着什么，又因找不到而面露焦急之色，便大步跨过去，伸手去拽她，摸了摸她的额头："你脸色不太好，发烧了？"

　　林绵目光一滞，本能地躲开，下一秒却被扣住肩膀。江聿干燥的掌心抚上林绵的额头，江聿身上的香味混合着淡淡的烟味入鼻，竟然有瓦解意志力的魔力。林绵睁圆了眼睛，一时忘了呼吸。

　　"躲什么？"他轻扯嘴角，"又不是没碰过。"

　　林绵迅速地从他的手心里逃离："我没事。"

　　"都烧成傻子了还没事。"江聿奚落一声，抬抬下巴，"回去躺着。"

　　林绵说："我要找体温枪。"

　　"找不找都没用，你就是发烧了。"见林绵固执地站着，他轻笑一声，"我的手就是体温枪。"

　　时隔三年，有些记忆争先恐后地涌上来。

　　"喜欢我的手？"

　　"林绵，你这么容易发烧，以后没有我可怎么办？"

　　林绵呼吸不顺，嗓子干涩发痒，转过脸低咳。

　　"你确定这是你家不是酒店？"江聿看见不仅水桶是空的，冰箱里更是空空如也，忍不住奚落道。

　　林绵咳得嗓子都哑了："你戒指还找吗？不找的话，我要休息了。"

　　江聿看了她一眼，明明是只会撒娇黏人的猫，非要装作冷酷，口是心非。

　　林绵不等他回答，率先离开厨房回卧室里躺下，头越来越沉，迷迷糊糊间听见房门被重重地锁上的声音，才安心地合上眼睛。

　　不知道过了多久，林绵被巨大的开门声吵醒，听到客厅里响起脚步声,但是她太难受了,身体如泡在沸水里,实在提不起精神去理会。

没一会儿,房门被推开一道缝,灯光随之涌进来。她费劲儿地睁开眼睛,看向亮处。

江聿端着一杯热水,俯身放到床头柜上,腾出一只手触摸她的额头,轻而温和的声音在她的耳边响起:"林绵,起来吃药。"

她半张脸埋在被子里,眼角泛起潮湿的胭脂红,睫毛湿漉漉地垂着,说道:"不想吃药。"

江聿恍惚了一下,此时的画面与三年前的画面重合。他沉默了一秒,膝盖抵在床上,俯身将被子里的人拉起来。林绵滚烫的身体软绵绵的,没有支撑地倒在他的怀里,润肤露的香气扑了他满鼻,她的发丝擦过他的脖颈,蹭得他的嗓子发痒。江聿滚了滚喉结,盯着她泛红的鼻尖,薄唇动了动:"林绵,撩拨男人的手段一点儿都没长进。"

"林绵……"他垂眸,眼底的情绪很浓。即便她的手段再拙劣,他坚不可摧的意志也生出一道裂缝。

他拿过温水,拆了一片退烧药,塞进她的嘴里,看着她皱着眉头咽下去。她柔软的唇瓣擦过他的指尖时,有些回忆在他的脑内如火花般四溅开来。

感情会淡,但烙在身体里的记忆不会。哪怕过了一千多个日夜,他仍旧记得她第一次绵软地勾住他的手指、第一次故意按住他的腹肌……这些记忆深深地刻在他的脑海中。他想不明白,明明哪儿哪儿都很软的一个人,怎么会说走就走?

江聿这辈子矜贵高傲,从没遇到过挫折,想到被甩这件事就咽不下这口气。

他喂林绵喝完水,把人放回到枕头上,盯着她鼻翼间的小痣,浅褐色的眼眸变得很深,喉结快速地滚动,随后移开视线,拽着被汗水浸湿的T恤领口扇风,弯腰替她掖好被子,低声哄道:"你手机密码是多少?"

林绵烧得迷迷糊糊的,警惕心很弱:"228846。"

江聿顿了一下,认真地看了一眼林绵,确认她没开玩笑,便输入密码,解锁手机。他无意冒犯,仅仅出于对自家重点员工的安全的考量,打开消息爆满的微信,克制着不去看那些,只点开被置顶的闻妃的聊天框,用林绵的口吻通知闻妃她发烧了。

江聿无意扫到他的微信头像,发现林绵都没给他改备注,猜想发给他的那条消息十有八九是误发,干脆点进聊天记录里,将那一条点了删除,让聊天界面还保留在"江太太"这条。做完这些后,江聿放下手机,悄然退出房间。

被电话吵醒时,林绵也刚被渴醒。

"小祖宗,对不起,对不起,我喝多了。你怎么样?我在楼下,你给我开门。"闻妃一直在道歉。

林绵说:"没事,我好多了。"

"还有五分钟,你给我开门。"

林绵的嗓子里像是有一团火在烧,浑身酸痛得像是骨头被拆掉又重组。她支起身,看到床头上凉掉的水,脑子里浮现出昨晚的记忆——她发烧了,恰巧碰上江聿折回来找戒指,于是他出去买了药来照顾她。她挂了电话,点开江聿的微信,发现聊天还停在"江太太"这条信息上。

她犹豫再三,编辑消息:昨晚谢谢你,我会帮你再找找戒指。

那头很安静,一直到闻妃敲门都没回复。

闻妃不光自己来了,还把助理带来了,从被子里拉出林绵,一碰才发现林绵还烧着。

林绵抱着毯子陷在沙发里,对助理说:"你帮我在客厅和厨房里找一个戒指。"

"什么戒指?"闻妃拉开冰箱,语气惊讶地说道,"仙女终于不喝露水改吃凡人的食物了?"

冰箱里被塞了十几瓶矿泉水,还有鸡蛋和奶制品,这根本不是不食人间烟火的林绵会买的。

"不是我买的。"她声音很轻,但还是被闻妃听见了。

闻妃靠着冰箱挑眉:"不是你买的,那是谁买的?林绵,你家里

· 32 ·

来男人了？"

林绵动动嘴角："没有啊。"

"还说没有。"闻妃看好戏似的踢了踢垃圾桶，"烟头啊，谁抽的？别告诉我是你。"

林绵抿唇不回答。昨晚她吃完药便睡了过去，都不知道江聿是几点离开的。

"江玦来过了？"闻妃一脸八卦地问道，"他接你吃饭然后来你这儿了？"

林绵摇头。闻妃只当林绵害羞，晃着她的肩膀说："我们绵绵出息了。"

助理翻遍了客厅和厨房，一脸愁苦地说："林绵姐，没有找到戒指。"

林绵很轻地"嗯"了一声，决定改天再告诉江聿吧。

林绵这次病来如山倒，体温升降了好几次，还伴随着咽喉发炎，嗓子痛得差点儿说不出话。她眼神淡淡的，身上那股冰冷的气质更浓，很像她在《潮生》中扮演的孤僻小哑女。最后林绵还是被闻妃带着去了私人诊所，输液消炎后，体温才稳定下来。

第二天一早，林绵家里迎来了一位陌生人。其实也不算陌生，林绵认出他是江聿的助理林律。

林绵捡走沙发上的剧本，用沙哑的嗓音礼貌地问道："江聿的戒指还没找到，他很着急？"

他们的婚姻是假的，一枚戒指更是不用在意。在她看来，江聿会这样着急，大抵是因为戒指比较贵重，而不是作为婚戒被他看重。

林律稍愣："倒不是很着急。"

他不着急还特地派助理过来找？林绵没发表意见，但林律心细如发，倒是察觉她误会了，开口道："林小姐，小江总让我今天帮你搬去云庐。"

江聿留下助理的手机号码居然是让助理来帮忙搬家，而且他事先并未同林绵商量，这让林绵在没有预料到的同时也感到了被冒犯。她抬眸,语气冷淡地回绝道:"抱歉,麻烦你转告江聿,我在这儿住得挺好的。"

林律的脸上并无半点儿慌乱的神色。他双手交叠放于身前,礼貌地说:"小江总说林小姐有任何异议可以直接联系他。"言外之意是,林绵今天必须搬家。

林绵有些生气,拿起手机点开江聿的语音通话,原始提示音将等待的时间无限拉长。她轻瞥一眼,问道:"你们小江总很忙?"

林绵并不是有意为难林律,只是江聿一声不吭地让她搬家,又不接电话,让她的情绪被愠怒占据。

"忙,也不忙。"林律看了看时间,笑着回答,"这个时间小江总应该回了壹合去陪老江总吃早餐。"

现在才八点多,林律用"回"这个词就很微妙,于是她忍不住问道:"他没和老江总住在一起?"

林律说:"小江总住在云庐,周一、周三、周五是固定陪老江总吃早餐的时间。"

这大门大户规矩不少。林绵垂眸,整个人显得冷淡疏离,但态度依旧没有让步:"那等江聿有时间接电话了再说吧。"

她旁若无人地捡了一沓剧本窝在沙发里自顾自地翻看,更不管林律是坐还是站,大概看了四五页剧本,接到了江聿打来的电话。

"Roy,"林绵意识到叫错了,顿了一秒,"我不同意搬家。"

江聿沉默了几秒,语调缓慢却笃定地强调道:"林绵,没有人结了婚不在一起住。"

"有的啊。"林绵反驳道。

他的话掷地有声,也不容置疑:"除非他们的感情出现危机。"

林绵抿唇,心想:我们的感情也出现危机了啊,为什么还要住到一起?

"我想你也不希望我们的关系被曝光。你住的小区连最基本的安保标准都达不到,你能确保哪天没有狗仔队偷拍?"听完江聿轻描淡写地将云庐和林绵的小区比较一番的发言,林绵甚至觉得要是自己不搬过去倒显得不识好歹。

"林律帮你搬家，我下午有个会。"江聿单方面将搬家的事情决定，过后停了几秒，像是漫不经心地随口问道，"你感冒好了？"

林绵的感冒没好，嗓子依旧沙哑，鼻音很重。她顺口说道："江聿，我感冒没好会传染，等我感冒好了再说吧。"

江聿的轻哂声从电话那头传过来，好听的嗓音里带着几分懒散。他揶揄道："该传染的昨晚都传染了，你抱着我不放手的时候……"

她根本不记得自己抱过江聿，连忙制止江聿继续胡说，说什么也不搬，但没想到江聿会用林律的工作要挟——江聿放言若是林律没有完成帮林绵搬家这项工作，那就是林律的失职，让他主动回公司办理离职手续。

早晨的壹合原筑露水未散，空气里弥漫着水雾般的湿气，风拂过带来丝丝凉意。老江总坐在茶室里，煮水烹茶。

江聿接完电话后，单手抄兜站在庭院里，眼睛望向远处，嘴角弯出浅浅的弧度，眉骨勾勒出分明的轮廓，浅褐色的瞳孔在太阳的照射下，竟然淡成茶色，明亮如琥珀。

江敛从门口跑出来，跳起来勾住江聿的脖子，猝不及防地扑过去把江聿的颈背压弯。他在江聿的面前没规矩惯了："哥，你在想什么呢？我看你站很久了，跟我小嫂子打电话？"

"小嫂子？"江玦儒雅矜贵的嗓音从江聿的背后传来。他端着杯咖啡，缓步来到两个人的身边，目光不经意地从江聿的身上扫过，"小敛，你见过阿聿的老婆？"他这个弟弟一贯本事大，连结婚都瞒着家里人，让爸爸气了很久。

江聿扯唇，漫不经心地笑了笑："他见不着。"

江敛急了："江聿，你有老婆了不起是吧？"

江聿扬眉，好看的眼睛里噙着笑，故意一字一顿地说："就是了不起。"

江敛生气，故意不理江聿，转而找江玦说话："大哥，我上次见着大嫂了,她真漂亮!"

江敛觉得在他二十多年的人生里,林绵是他见过的为数不多的超级美女——无须浓妆艳抹便美艳动人,一双眼睛灵动而冷傲,足以给人留下不可磨灭的印象。

江玦嘴角噙着笑,眼里流露出对提及的那位的喜欢。江聿勾起的唇角平复,眼神倏地沉了下来,表情比清晨的薄雾还要凉。

"你什么时候才能把大嫂追到带回家啊?"江敛追问道。

江聿漫不经心地扫了一眼江玦,似笑非笑地拿出烟点上,淡而白的烟雾融于雾气中。他看着江玦,眯眸问道:"那个小演员答应了?"

"快了吧。"江玦回答得模棱两可,瞥向江聿的手指,稍作停留,问道,"阿聿,你不戴戒指了?"

熟悉的人都知道那个戒指江聿戴了三年了,手指上圈痕明显。江聿仰头缓缓吐烟,烟雾中的神情有些模糊:"暂时丢了。"

江玦没深究江聿的"暂时"是什么意思,轻轻地抿了口咖啡,热气扑在镜片上,湿气氤氲。

林律办事效率奇高,找的搬家公司花了不到半个小时就把林绵送到了云庐。林绵带的行李不多,轻轻地搁在江聿的衣帽间里。

衣帽间内几乎挂满了江聿的衣物,从黑白T恤到材质不同的衬衫、长裤、外套以及不同颜色、质地的领带,一应俱全,中岛陈列柜里摆放着数只造型前卫、价值不菲的腕表。相较于以前的穿衣风格,江聿变得太多了,自由不羁的影子似乎逐渐褪去。

林律交代妥当后,准备赶回公司汇报工作。林绵今天穿了条长裙,走动间裙角曳过脚踝,得体又精致。听到林律要离开,她快步走了出来,开口叫住林律:"林助理,你还没告诉我大门的密码。"

林律略含歉意地说道:"密码是228846。"

林绵听着熟悉的数字,很明显地怔了一下,确认没听错后,弯唇对林律道谢。

初到陌生的地方,林绵很不适应,在沙发上坐了一会儿,打量起这间平层大公寓。公寓以灰白为主色调，室内陈设简单，巨大的激光电视置于矮柜上，对面的那堵白墙便作为幕布。室内还陈设着长组真皮沙发、长羊绒地毯，这些都是林绵喜欢的摆设。她喜欢窝在地毯上看剧本、背台词。

室内唯一的亮点大概就是几个放置在墙角处的潮玩公仔，她记得其中有个公仔之前被炒到了天价。

林绵坐累了，拖着疲惫的身体准备回客卧，打开客卧的房门时愣了一下——屋里空荡荡的，连张床都没有。林绵以为自己走错了，一连换了两个房间，发现里面要么摆放着健身器材，要么是空的。那她晚上要睡在哪里？江聿总不能叫她睡在沙发上吧？

林绵再三确认后，发现整个房子里只有江聿的房间有一张床时，是有些生气的——江聿分明就是在耍她。

因为好友黎漾是唯一知道林绵和江聿感情全貌的人，林绵也只能找黎漾倾诉，她托着腮，漂亮的眼睛里写满了烦闷。

"你说江聿要你搬过去，但他那边没准备床？"黎漾笑得靠在椅子上拍手，对上林绵谴责的目光，轻咳了一声，"我是觉得江聿贼心不死。"

林绵不以为然地说道："他说过不吃回头草。"

黎漾弯着唇，捏了捏林绵的脸："宝贝，男人的嘴骗人的鬼，他说你就当真啊？"

林绵抿了抿唇，并不认为江聿强行跟她维持短暂的婚姻是贼心不死，倒觉得江聿是在变着法儿地报复她——至少在婚姻期间，她的人身很不自由。

黎漾很八卦地问道："你真打算跟他同居一年啊？"

林绵最头痛的就是这件事，同居一年是她的底线，一年后无论如何也要离婚，但她说这些黎漾肯定不信。林绵微微叹了口气，拿起手机给江聿发消息：我去买床，通知你一声。

江聿那头很快回复：？

林绵不知道他发问号是什么意思，又看见他新回的消息：我家请风水大师算过，不能随便动，等我开完会到家再说。

这次轮到林绵傻眼了——江聿年纪轻轻怎么就信这个？林绵决定还是先去看看，等到江聿找到"风水宝地"后，就立马采购，实在不行的话，还是回自己的住处。

林绵挽着黎漾去逛家具城，没想到床还没看好，却等来了傅西池找她约饭的邀请。他报的地址离家具城不远，还主动说开车来接她们。因为黎漾有事情先离开了，林绵便独自等到傅西池开车过来，坐上后座后，摘掉口罩、帽子，露出精致的小脸。

"我知道一家超好吃的粤菜馆，去试试？"傅西池笑着看了一眼内视镜里的林绵。

"好啊，不过你不是快进组了吗？怎么还有空寻找吃的？"在剧组经过几个月的相处后，林绵深知傅西池的吃货性格。她拍《潮生》时，要不是她的妈妈和导演监督她，跟着傅西池吃各种美食都能胖好几斤。

偏偏傅西池宽肩窄腰，薄背直挺，肩部线条流畅，充满力量，标准的男神配置，还是偏瘦体质，怎么吃都不会胖，羡煞组内不少人。

"你接《逐云盛夏》吗？"傅西池说，"跟导演吃过饭，他挺想我们再次合作的。"

林绵抿了抿唇，把问题抛给傅西池："你呢？想接吗？"

傅西池说自己还在看剧本，接不接还没确定。他现在档期挺满的，好几个流量剧排着队，而且公司给的定位是抓流量，不太希望他再接文艺片。

"你想不想跟我再次合作？你想的话，我就接。"

这让林绵很为难。她轻轻地皱着眉，白皙精致的眉宇间笼着一层含烟似雾的愁绪，睫毛垂落，像是在顾虑着什么。

傅西池抬起眼，扫了一眼后视镜，话锋一转，说道："我开玩笑的。我倒是想，但忙得不行，哪里有时间接啊？"

林绵不动声色地呼了口气，嘴角扯出浅笑："我改天去探班。"过后两个人默契地不再提起。

傅西池说他在剧组里被小辈教会了打麻将，瘾还挺大，每天晚上都得搓几把，手气时好时坏。林绵安静地听着，偶尔浅笑两句，情绪不外露，整个人显得十分恬静。

两个人从粤菜馆出来后，林绵发现自己的手机没电了，拒绝了傅西池送她回去的提议，借用他的手机让司机过来接。

回到云庐后，屋子里漆黑一片。林绵摸索着按亮灯，被站在酒柜前的人吓了一跳，看到江聿悄无声息地站在那里，还以为见鬼了，心脏"怦怦"地乱跳，声音不稳地说道："你怎么不开灯？"

灯光下，江聿的皮肤被照出一种通透的白。他今天穿了白衬衫，配了条黑裤，显得挺拔俊朗，领口敞开，袖口挽了两圈，露出一截结实的手臂，腕骨分明，手上托着一瓶红酒，看样子是刚选好的。江聿轻启薄唇，语气中带了几分揶揄之意："我自己家，想不开就不开。"

看到林绵站在门口没动，江聿拿着酒慢条斯理地走过来，浅褐色的眼眸深深地看向她："你属猫头鹰的？打算今晚站在门口过夜？"

既然说到这件事情，林绵便顺口提道："你家没有床，我晚上没地方睡，还是回去吧。"

江聿耐心地等她说完，语气倏然低沉了几分，饱含恶意地戏谑道："回去跟傅西池双宿双飞？"

"你胡说什么？"林绵皱眉，很快又反应过来，问道，"你派人跟踪我？"

"林绵，我表现得有那么想要吃回头草吗？"江聿深深地盯着她，几秒后，拿出手机解锁递给林绵。

林绵将信将疑地接过，看到十分钟前一个知名娱记发了一段视频。视频里她在家具城门口上了傅西池的车，然后跟他在饭店下车，有说有笑地从门内走出来。若是不知情，单看视频的氛围感，说不是情侣大家都不信。

视频还配了个劲爆的标题：佳偶因戏生情，林绵、傅西池恋情浮出水面，同逛家具城，共筑爱巢，荧幕情侣好事将近。

林绵紧紧地皱着眉头，一脸怒气——这些人简直丧心病狂。她对上江聿的视线,突然不知道从哪里开始解释:"这个不是……"

"不是什么?"

林绵解释她跟傅西池完全就是凑一起吃了顿饭,没有别的。江聿静静地听完,说道:"你猜我信不信?"

林绵被噎了一下,换上新的拖鞋,去沙发旁找充电线。她怕闻妃那边联系不上自己,估计要急坏了。

她轻轻地蹙眉,俯身等待手机开机,露出一截漂亮的脖颈,裙摆被风吹拂,贴在小腿上,脚踝若隐若现,纤细又不堪一握,半张脸被暖色调的光照着,镀上一层温柔的光晕,有光从鼻梁上跃过。

江聿自顾自地开酒,又从杯架上取下两个酒杯,漫不经心地问道:"林绵,喝酒吗?"

林绵侧过脸,听见他又说:"喝一杯吧,庆祝一下。"

她顺口问道:"庆祝什么?"

江聿扶着酒瓶分别倒了小半杯,漫不经心地说:"庆祝江太太送我第一顶绿帽子。"

林绵闻言脊背一凉,感觉江聿不是邀请她喝酒,而是给了她一杯断头酒,潜台词是喝完这顿上路。

手机突然开机,轻微的振动令她指尖发麻。她迅速地收回思绪,瞥了一眼江聿,拿着手机去阳台接听。夜风轻拂,她抬手拢了拢发丝,侧身站着,颈背纤薄,腰肢盈盈一握,红唇乌发,漂亮得出尘。

"绵绵,你总算是开机了,要吓死我了啊!"闻妃夸张地说,"你跟傅西池的事情,你知道了吗?"

林绵的解释是手机没电了,所以错过了新闻最新的发布时间,让绯闻瞬间发酵。

林绵虽说是影视圈里的新人,但因为三年前主演的《潮生》斩获大奖,拥有了很高的人气,绯闻对象又是《潮生》的另外一位主演,消息一曝光,各路人马闻讯出动,一时间网络上热闹非凡。

林绵觉得吃顿饭就被传出恋情,真够离谱儿。本来是捕风捉影的事情,默不作声等热度退了就没事了,但林绵不想以后跟傅西池见面都要掀起一阵风浪，于是跟闻妃说："要不我发个澄清消息吧？"

闻妃却阻止她："绵绵，傅西池那边早得到消息了，他们都还没澄清呢，咱们不急。再说了也可以提前宣传《京华客》和《逐云盛夏》，我估计傅西池那边也是这么想的。"

林绵却抿着唇，不赞同闻妃的办法，挂了闻妃的电话后，又拨给傅西池。林绵在外面站得久了，手臂有些凉，抱着手臂，听着"嘟"声望向远方。

江聿清脆的嗓音在林绵的背后响起："林绵。"

她猝不及防地转身，撞到他伸过来的手背上，连忙说："对不起。"

江聿将外套丢给林绵，淡淡的香气涌入林绵的鼻腔。林绵抓紧，感受着衣服上残留的体温，对他道谢。江聿刚要开口，就听见林绵的手机里传出傅西池含笑的嗓音："哈喽，林绵？"

江聿的表情称得上丰富，像是亲临老婆出轨现场，就差为他俩鼓掌。对上林绵的视线，江聿递给她一个耐人寻味的眼神，转身离开。

看着江聿的背影，林绵对傅西池提及绯闻的事情。傅西池的团队表示无所谓，反正是捕风捉影的事情，团队不用站出来澄清。

林绵表达了自己的想法后，傅西池沉默了几秒，而后说："林绵，这种事情没什么不好，等咱们以后进了不同的剧组，风波慢慢地就会过去了。"

没等到林绵的回复，傅西池又问："你那边是不是有什么顾虑？"

林绵想了想，目光望向江聿。他坐在高脚凳上，手肘撑在吧台上，执着红酒杯，优雅地品尝着红酒，只不过，单薄的背影此时显得有些落寞。林绵瞬间想到了一个谎言："我喜欢的人看到了会不高兴。"

傅西池稍稍一愣，问道："你有喜欢的人了？"

林绵硬着头皮"嗯"了一声："不过希望你替我保密。"就当她有喜欢的人了吧。

傅西池沉默了几秒，说："那我去澄清一下吧。"

林绵低声说："谢谢了。"

傅西池的电话还没挂，闻妃又打来了。她站得有些脚麻，干脆回到客厅里,窝在沙发里接听。闻妃说现在的情况很被动:"绵绵,热度被降下去了,你知道是谁帮的忙吗?"

林绵说不知道,很快又听到闻妃说傅西池发澄清消息了,便应了一声,切换应用去微博上看。

傅西池发了微博,随后《京华客》官博转发了他的微博,顺便澄清两个人不是传说中的官配搭档。林绵便跟着也转发了那条微博,表示两个人只是朋友私下约饭,喊话傅西池以后有好吃的再一起去吃。过了一会儿,就连沉寂了一段时间的《潮生》剧组也跳出来说两个人是吃货,剧组也要跟着蹭饭。

林绵松了口气,回到吧台,放下手机看向江聿:"江聿,你找人帮我了吗?"

江聿被头顶上的一排小射灯照得轮廓清晰,浅褐色的瞳孔望过来带着几分压迫感。他弯着薄唇,语调却很平淡:"难道我要看着江太太跟别的男人打情骂俏?"

他一口一个"江太太"叫得林绵无地自容——他们这段关系本来就有名无实。

"我们只是演戏,你没必要认真。"虽然她这么说还挺没良心,但事实如此。

江聿听了低笑起来:"你说不认就不认?"

林绵抿了抿唇,尴尬被手机突然的振动化解。江聿不经意地看了一眼,"江玦"两个字赫然入目。他扯出一抹嘲讽的笑容,慢条斯理地往嘴里喂酒,打量着林绵,手指点点桌面,蹙着眉,似乎被吵得不耐烦:"不接?"

林绵刚要接听,屏幕就被江聿的手指按住。江聿倾身低语道:"开扩音。"说完,江聿慢条斯理地抿了一口酒,表情好似在挑衅。

"有什么是我不能听的?"见林绵不同意,他理所当然地又问道,"难道想让我转告江玦,他想追的人是他的弟媳?"

林绵的睫毛轻轻地颤动。不等她回答,他擅自按下了接听键。

"林绵,晚上好。"江玦沉稳儒雅的嗓音如琴声倾泻,"休息了吗?"

江聿似笑非笑地喝酒,指尖却未从屏幕上挪开。

林绵硬着头皮回答道:"马上休息。江总这么晚打电话来有什么事吗?"

江玦一贯优雅体贴,开玩笑时的嗓音也极富魅力:"我擅自将你和傅西池的绯闻热度处理了,你介意吗?"

原来另外一方是江玦。林绵道谢,却听见江玦温和地说:"你知道的,我要的不是道谢,绵绵。"

林绵面色一僵,本能地抬头去看江聿,脸颊和耳根倏地染上一层绯色。她搪塞地说:"江总,谢谢你。时间不早了,早些休息。"

江玦却不想挂断电话,叫住她的名字,直白地确认道:"你跟傅西池没有在一起对吧?"

江聿漂亮的眼睛直视着她,嘴角带着浅浅的笑意,脸上就差写上"幸灾乐祸"四个字。林绵仿佛置身于沸水之中,手脚都沁出薄汗,说:"没有。"

"啊!"林绵惊呼一声,因为江聿握住了她的手指。

江玦关切地问道:"林绵,你怎么了?"

她越挣扎,江聿握得越紧。江聿干燥的掌心压在林绵的手背上,热意从贴合处源源不断地传递,有如细小的电流穿梭,熟悉的触感从记忆深处被唤醒——曾经这只手替她抹过眼泪,也在午夜时分一寸寸地丈量过她的身体。

林绵找了个借口挂了电话,很不高兴地问道:"你做什么?"

江聿抬眉,慢悠悠地开口道:"我倒要问你拿我杯子做什么?"

林绵这才意识到自己一时紧张抓过来的杯子居然是江聿的,尴尬地推回去:"抱歉。"

"你猜江玦接下来会怎么做?"

林绵觉着这个问题很无聊。今晚够乱了,她只想捂着被子睡一觉。

提起睡觉,她差点儿忘了要紧的事。林绵环顾房间,问道:"我今晚睡在哪儿?你不让我买床,总不能让我睡在沙发上吧!"

江聿眨了眨眼睛:"床和沙发随你便。"

床?哪儿来的床?几秒过后,林绵反应过来,他口中的床莫不是主卧那张?疯了吧?那不是江聿的床吗?她问江聿:"你家客卧为什么一张床都没有?"

"为什么要有床?"江聿理直气壮地说,"大师说家里床多影响我的桃花运。"

林绵竟然无言以对,见江聿将酒瓶和杯子收了起来,皱起眉头:"我的酒还没喝。"

他深深地看了她一眼,发善心地提醒道:"你感冒好了吗?就馋酒?"

林绵抿了抿唇。他明知道她生病还邀请她喝酒,故意的吧?

江聿语调极为漫不经心地说道:"你挑好了吗?我要去洗澡了。"

林绵想不出她选地方睡觉和江聿洗澡有什么关系,便看到他已经悄然离开,边走边解衬衫的纽扣。她打算在沙发上对付一晚上,明天不管什么桃花运,一定要去买床。

江聿洗漱完,带着一身水汽出来,湿润的头发软下来,几缕发尖挡住眼睛,他顺毛的样子显得面部线条柔和了一些,眼里的攻击性被隐藏起来,多了几分乖顺无害。

林绵侧躺在沙发上,睡得迷糊,感觉有什么东西在蹭脸颊,痒痒的。她睁开眼,对上一双茶色的眼眸,混混沌沌地伸手勾住他的脖颈,语气中充满依赖:"Roy。"

江聿喝了不少红酒,洗澡时还不觉得,被热水淋过后此时有些醉态,反应也变得迟钝,林绵扑入怀中的动作,娴熟得让他心生恍惚,就连她身上淡淡的香气都没变过,仿佛回到了伦敦的那间公寓里。

醉意和水汽交织的眼底泛着一层柔和的暖意,江聿用湿润的掌心抚摸着她骨骼分明的脊背。她怎么还是那么瘦?他抱着感觉不到分量。

明明喝酒的人是他,醉的人反而像林绵。

"林绵……林绵。"江聿唇齿间留恋地呢喃着她的名字。

几秒后,他猝不及防地被推倒在地上,浅褐色的眼眸瞬间抬起,眼中缱绻的温情被震惊取代。他意识瞬间清醒。他蹙眉，不满地盯着她。

林绵一脸惊恐，支着身体往后贴在沙发边缘上，双目瞪圆，怒气横生："江聿，你在做什么？"

江聿缓了几秒钟，嘴角挂着不善的笑："你看不出来吗？"

看什么？林绵只记得自己睡着了，被热醒后睁开眼就看见江聿抱着自己，不明白他哪里来的勇气如此理直气壮？

"你又朝我投怀送抱啊！"江聿目视着她的反应，说道，"林绵，你是不是还对我念念不忘啊？"

江聿极为漫不经心的语调勾起的回忆，强行将她拽回伦敦的那个傍晚。

林绵租了一间小公寓，需要在那里度过一个假期。老牌公寓的英伦风古典装饰风格，让林绵很喜欢。抱着江聿的腰在风里疾驰的时候，她脑子里曾闪过一个念头——若是两个人在软绵蓬松的大床上度过美妙的一晚，也许不错。

他的腹肌那么硬，触碰起来充满了力量感。江聿像一头刚成年的雄狮，力量和男性魅力迸发。她想要用指尖丈量他的身体，熟悉他的气息，然后和他融为一体，这是她前二十多年循规蹈矩的人生里突生的叛逆。

"你要去楼上坐坐吗？"女孩儿羞涩又大胆地挽留。

江聿用浅色的眼眸凝视着她，眼底的惊讶一闪而过，须臾恢复平静，仿佛在忖度她这句话的可靠性。

时间静止，幸好他戴着头盔，林绵才没觉得难堪。她松开手："算了吧。"

下一秒，她的手指被粗糙的手套包裹住。隔着头盔闷闷的声音传来，带着几分允许她反悔的余地："林绵，是我理解的那个意思吗？"

一颗心又扑腾起来，有越跳越快的趋势。她抬眸，问道："你理解的意思是什么？"

林绵的手指被握紧，江聿的力道大得有些发痛。林绵被推到墙上，目光里仿佛燃着一簇火："我想要摸腹肌。"

她的手指不轻不重地游走，开启了一场疯狂的试探。男人隐忍的声音传来："满意了吗？"

林绵不答，抬起手重新圈住他的脖颈，视线被他的银色耳钉吸引，嗓子有些沙哑地问道："你要不要取下耳钉？"

男人哑声回答道："用不着。"

这句话如同一条引线，让林绵的理智濒临瓦解之际，又突遭一场大火，彻底被烧成灰烬。

"林绵。"一声跨越时空的轻唤，将她的记忆强行拉回。

她抬眸对上江聿戏谑的眼神，心神轻颤，随后听见他再次开口："三年前你对我见色起意，能保证没有第二次？"

林绵反驳道："人不会两次踏入同一条河流。"

"是吗？"江聿勾唇，"人是不会两次踏入同一条河流，但谁能保证第一次看上的人，不会第二次看上？"

林绵对上江聿笃定的眼神，突然有些胆怯，沉默了良久，突然听到不知道什么时候掉在地毯上的手机不合时宜地响了起来，她如蒙大赦，弯腰去拾手机，还没抓稳就被江聿轻飘飘地拿走。她蹙眉，忍耐着江聿的行为，可看见江聿向她展示来电之人时又抿紧了唇瓣。

"你猜江玦会说什么？"江聿幸灾乐祸地看着她。

林绵不知道他要做什么，又怕他按下接听键，伸手去夺手机，却因为重心不稳而倾倒，撑在他的肩膀上。短暂的触碰让她掌心生热，指尖却不小心按下了通话键。

"林绵，这次我没冤枉你。"江聿在林绵的耳边低语，连温热的呼吸声都很清晰。

"林绵，你在跟谁说话？"江玦的声音响起。

林绵看了一眼扬眉的江聿，手腕施力将他推开，礼貌地回道："你听错了。江总，你还有事情吗？"

"之前不知道你怎么了，我放心不下。"他语气温润，仿佛一位绅士,"我在你家楼下,方便上去找你吗?"

林绵呼吸一滞,在楼下?不过她很快反应过来——江玦是到了她的出租屋楼下。一个成年男人以关心为由大半夜出现在她家楼下,就算再迟钝的人也能明白另一个层面的含义,只不过她不想懂这种含义。她垂下眼睫,语调客客气气地说道:"抱歉,江总。我今晚不在家。"

江玦语调有所变化地说道:"不在家?你是出去玩了吗?"

林绵希望他能懂这种暗示,说道:"是,住在一个朋友家里。江总,谢谢你的关心,以后不用麻烦了。"

林绵抬眼,目光聚焦在江聿的身上。他拿了支烟放到唇上,将点未点,薄薄的眼皮垂下,眼睛似是玩味地盯着她。视线交会的瞬间,他丢掉烟,朝林绵靠近一些。

"好,那改天再去看……"听到手机的落地声,江玦不知道那边的情况,问道,"林绵?"

江聿的指尖捻过烟,一股清冽浅淡的味道化作攻击性的气息将她萦绕。林绵猝不及防地离地,整个人伏在他的肩膀上,又惊又慌。奈何江聿力气大,她被扣着膝弯根本挣脱不开。

"你放我下来!"

江聿的语气耐人寻味:"林绵,你是不是故意的?"

因为江聿的身量高,被他扛在肩头上让林绵感到不适,无法去想什么故意不故意。她皱眉,语气里含着怒意:"故意什么?放我下来!"

她撑着他的后背试图挣脱,却被他强力锁着,越过客厅去往唯一的卧室。林绵是真生气了,冲江聿喊:"江聿,你放我下来!"

"不放!"江聿稍稍用力,将她抛到床上。幸亏床面柔软蓬松,她整个人陷下去震了震,还未来得及躲避,就对上了江聿那满是警告意味的双眸。她看得心惊,随手抓起枕头朝他丢过去,重重地砸在他的胸口上,却被他轻巧地接住,随手丢在床尾上。

"江聿,你有话好好说!"

"我不想。"江聿用深沉的眼神望着她,对视几秒后,唇角扬起恶劣的笑,用被子轻而易举地将她裹成一个长条。

林绵猝不及防地只露出一张脸,四肢都被被子裹住,宛如一具会眨眼会呼吸的木乃伊。

"江聿,你到底发什么疯?"她被气坏了,视线落在江聿的身上,见江聿绕到床的另一边,慢条斯理地躺上来。哪怕隔了一段距离,他的存在感也太过强烈。

林绵呼吸急促,睫毛呼扇得厉害:"你先别睡,放开我!"

"放你去找野男人?"

"不是。"

"不是什么?他不是野男人还是你不会去找他?"

江聿侧身按灭了房间里的灯,屋里骤然陷入黑暗中。林绵听见江聿轻轻地翻动被子发出的声响,因为屋里光线微弱,只能看到一点儿轮廓——江聿无声无息地平躺在她的身侧。

"江聿,"对于对方铁了心不理她的这种行为,她觉得头痛,于是侧头示弱道,"我热。"

床垫轻轻地晃动,江聿转过身,沉默着将她的被子拽松。林绵弄出不小的动静,艰难地伸手,却不小心触碰到一个温热的身体,下一秒林绵的手腕被用力地握住,林绵的耳边传来他咬牙切齿的声音:"林绵,你还睡不睡?"

这样怎么睡?

男人的体温偏高,热度通过男人的虎口传递到她微凉的腕骨上,指腹压着她跳动的脉搏。林绵不确定脉搏跳动的频率有没有加快,挣了挣没挣脱,又试图哄骗他:"我去沙发上睡。"

"林绵,"江聿不疾不徐地说道,"我们结婚了。"

林绵忽然怔住:"然后呢?"

"夫妻在一起睡没什么不妥。"江聿翻了个身,连人带被拥在怀里,声音压低,"你老公不是洪水猛兽,但也不是苦行僧。"

第三章
老唱片

　　江聿胸膛、臂弯温热，气息轻轻地吹拂在她的颈侧，鼻尖轻轻地若有若无地碰着她的后颈。林绵浑身瞬间绷紧，手指僵硬地不知道怎么摆放："江聿……"

　　"嗯？"江聿的呼吸逼近，江聿低沉的嗓音在林绵的耳畔回荡，带着几分戏谑之意，"怎么？不让抱？林绵，夫妻之间要做的可不止抱抱……"

　　林绵眼睛眨动的频率加快，嗓音收紧："我们不行……"

　　沉默几秒后，林绵能清晰地感知到江聿的双臂收紧把她往他的怀里带。一个略带凉意的吻落在她的后颈上，她呼吸一滞。江聿的声音越发低沉："绵绵，稳固的婚姻关系包括拥抱和亲吻。当然，如果你需要的话，我很乐意配合太太。"

　　第二天，林绵困得眼睛都睁不开。黎漾推着她的肩膀："姐姐，不至于吧？江聿昨晚欺负你了？"

　　林绵瞪起水眸，示意她别胡说。黎漾停止开玩笑，托着腮打量着林绵，问林绵昨晚在哪儿睡的。黎漾担心了一整宿，但又害怕打电话吵到这对夫妻，此时忍不住打听："你俩合法夫妻，江聿身材那么好，就没想到将那件事情也合法一下吗？"

林绵稍愣,问道:"哪件事?"

黎漾做了个双手合十鼓掌的动作:"合理利用资源,不要暴殄天物,懂吗?"

林绵用掌心盖住黎漾的嘴,示意她别瞎说。黎漾眯着眼睛笑道:"你们该走下先婚后爱的重要流程。"

林绵说:"我们是假夫妻。"

黎漾继续说:"探索一下就成真的啦,像你们在伦敦那样不好吗?"

林绵明亮的眸子里生出羞涩。她戳黎漾的脑门儿:"你每天都在想什么?"

黎漾大言不惭地说道:"想小哥哥啊,想腹肌想摸摸……"

最后一个字刚落下,工作室的门被叩响,一个身形颀长瘦高的男生出现在门口。男生穿着T恤牛仔裤,长得干干净净的,眼睛圆圆的,有点儿像小狗狗,一双黑眸看着林绵和黎漾,不太确定地问道:"请问,黎老师在吗?"

黎漾招手:"我就是。"

男生自报是某个摄影老师推荐过来的实习生。黎漾一听,高兴地扬起嘴角,像一只蝴蝶似的领着男生去了摄影室,临走时不忘回头冲林绵用口型说:"小弟弟。"

林绵抿了口咖啡,手机响了一下,黎漾发来的消息占满屏幕:小弟弟现在都这么帅吗?

林绵唇角勾起浅笑,看来黎漾接下来有的忙了。

江聿投资《京华客》的消息传遍剧组,相较于投资这件事本身,江聿投资的唯一要求是改女配角的剧本这件事更是被传得沸沸扬扬的,好几个版本大相径庭,唯一能确认的是林绵可能是真要嫁入豪门了。毕竟演员当豪门太太容易被诟病,江家不惜砸重金是为了给她谋个好名声。

下午剧组例行在和园开剧本研读会,本以为江聿不关心了,谁知道他跟林绵前后脚到场,大家你看看我,我看看你,再次将林绵和江家人走得近的消息坐实。

林绵落座，鼻翼间弥漫着淡淡的香味。江聿自然地在她的身边坐下，隔着一拳的距离，林绵却感觉有些逼仄。

这次剧本研读会的重点是女配角的戏份。女配角和男配角的纠缠特别虐心，女配角苦苦暗恋男配角还被利用，最终看清男人的真面目，其间不乏激烈的吻戏和奉献身心的激情戏。

读到女配角和男配角在黑灯瞎火的书房里缠绵接吻，江聿眉角蹙起，用指尖在剧本上重重地点了几下："他们两个是去偷藏宝图的，为什么要接吻？"

编剧解释一通，他眉头皱得更厉害了，浅色的瞳孔里写满了不高兴："你连我都没打动，强行煽情怎么打动观众？"

导演懂了，打圆场道："这点确实可有可无，改了吧。"

江聿的脸色稍微好看了一点儿，但接下来的女配角和男配角在浴池里鸳鸯交颈的剧情简直让他的脸色沉到了谷底，于是他用指尖在剧本上重重地点着，把唇瓣抿直了。

"这段需要再推敲。"导演惯会察言观色，看着编剧急得冒汗，欲哭无泪地朝自己投来求助的眼神，于是放下剧本对大家说道，"一个半小时了，大家都累了，先休息一下，半个小时后继续。"

大家得到解脱，快速地撤离这个让人压抑的房间。导演看向江聿："小聿，抽烟去吗？"

江聿侧头看了一眼林绵，见她在玩手机小游戏，才起身同导演往外走。两个人站在吸烟区，导演给江聿点烟，江聿咬着烟拒绝了："不抽。"

导演拿不准江聿是不是还在为剧本的事情不高兴。他好不容易拉来的投资不能打水漂儿，于是语重心长地分析市场，劝慰江聿要想开些："小聿啊，你别嫌我唠叨。"

江聿抬眸，用冰冷的眼神看向导演。

"我们这行啊，拍吻戏或者稍微有点儿尺度的戏在所难免，我知道你不想让你大嫂落人口实，但是……"

导演的话还没说完，江聿咬着烟似笑非笑，让人分辨不出是高兴

· 51 ·

还是不高兴，于是拿下烟在指间捻着玩："你继续说。"

导演顿了一下，严谨地措辞道："但是做了这行就要有为艺术献身的准备，没办法啊。"

江聿的薄唇牵出弧度。他轻嗤一声："这么伟大，那怎么不让你大嫂来拍？"

导演被噎得哑然，脸色也变得有些窘迫。江聿的嗓音清脆冷漠，透着重重的压迫感："林绵签给你是来演戏的。"潜台词也很明显：他要罩着林绵。

"诚如你所说，如果不为艺术献身就火不了，那我偏要试试。一部不行，我就投十部，投到林绵火为止。"江聿的浅色眼眸里傲气凌人，接着他又轻笑道，"大不了，我再开个公司来亲自捧她，你说呢？"

导演张着嘴半天没说出话来，手里的烟燃到了尾部，灼烧到了手指，才猛地回神，极其狼狈地将烟摁灭，扬手扔进垃圾桶里。他不会质疑江聿说砸十部电影来捧林绵的真实性，只是……

导演轻轻地咳嗽两声，双手抄兜，试图说服江聿："话虽这么说，但总不能一点儿吻戏都不拍，这……"这着实让人为难。

江聿也不是不通情达理，他轻挑薄唇，缓缓说道："张导，你有办法的，对吧？"他用指尖拨弄着烟头，静静地等着回答。

导演面有难色。江聿将未点燃的烟随意地丢进垃圾桶，徐徐开口道："我会让林律再追加一笔投资，张导不委屈了吧？"

张导只用了一秒的时间便笑逐颜开——别说少拍吻戏，他甚至可以把林绵当祖宗。

江聿扯了扯嘴角，率先离开了吸烟区，迎面碰见林绵站在墙边。她轻报着嘴唇，望着雪白的墙壁愣神，像是在等人。江聿不紧不慢地走到她面前站定。林绵先看见一双闯入视野里的鞋尖，才缓慢地抬起倦怠的眼睛。江聿先她一步启唇，问道："都听见了？"

林绵也没什么可隐瞒的。她语调很轻，但语气执着地说道："江聿，我不拍吻戏的话，他们会觉得我耍大牌。"

她是一个新人演员，若是不能真刀真枪地上阵磨炼演技，后期怎么能在浪潮中站稳脚跟？当初《潮生》中有一场落海的戏份，为了达到导演追求的漂亮、唯美的效果，她反复从悬崖上落海十来次，戏过之后她高烧了好几天，更别提拍吻戏了。

要大牌或者找替身这种事情是很敏感的，更何况人言可畏，白的都能被传成黑的。

江聿沉默两秒，眼神中透着几分强势的警告："我怕我天天看我太太和别的男人接吻会得心梗。"

林绵怔住，有点儿无言以对，反应过来之后又很想提醒江聿不要入戏太深。

下半场剧本研读会开始，编剧提心吊胆地边讨论边偷偷看江聿的脸色，幸亏江聿一直低头玩手机没有在听。

剧本研读会进行到一半时，房门被叩响，一席人同时看向门口，就连江聿也抬起眼看过去。

傅西池出现在门口，手臂上挂着外套，从容地跟大家颔首道歉，不紧不慢地走进来。他上午有个通告，所以来迟了些。沉闷的氛围因为他的到来而缓和了几分。

落座后，他轻轻地挽起衣袖，露出一截白皙的手臂，拿起钢笔，侧身，语气熟稔地跟林绵交谈："讨论到哪里了？"

林绵倾身帮他翻动页面，用笔尖指了指讨论的位置："这里。"

"让我看看你记录的。"傅西池直接跟林绵交换剧本。林绵用指尖扶着页面翻动，用傅西池的剧本记录。两个人之间有种旁人无法插足的默契，江聿也被他们之间的氛围吸引，支着下巴眼睛一眨不眨地看着。

一缕光线照在她的侧脸上。林绵低着头，肌肤如雪般白透，表情专注，薄唇轻抿，像个专注的学生。江聿慢条斯理地收回目光，眸色随之黯淡。他侧身跟导演交谈了几句后便起身离开。

林绵转头看江聿，却见对方步履匆忙，一个眼神都没留给她。

她心想：有什么急事吗？

大概几分钟后，林绵的手机上收到江聿发来的消息：林律在酒店外，别上错了车。

林绵觉得江聿像是在暗示什么,但又没有证据,不由得多看了几秒,思绪被傅西池打断。

傅西池笑了笑:"喜欢的人发来的消息?"

林绵没想到傅西池看见了,下意识地按灭屏幕。

傅西池率先说:"抱歉,我不是故意的。不过我没看见内容,但你看了很久,是我猜的。"

林绵含混地应了一句,将手机反扣在桌面上。傅西池好奇地问道:"他是个什么样的人?做什么的?"

林绵抿唇,不想跟傅西池深谈感情的事情,于是含混地应付道:"学生。"

听闻对方的身份后,傅西池露出惊讶的表情,又有些不信,讪笑了两声:"我还真不信你会喜欢小孩儿。"

林绵的眼底一片平静。她牵动嘴角,语气淡淡地说道:"这有什么不信的,现在不是流行'姐弟恋'吗?"

"啊——"傅西池拖着腔调表示赞同,过后又压低了声音说,"我还以为你喜欢的人是江总。"

林绵眉心微微蹙着,说道:"不是。"

傅西池笑了笑:"有两位江总呢,江总可比小江总要稳重很多,只不过我听说老江总想要江总移权给小江总,小江总回国就是争星盛来的。不过他们这种豪门恩怨,咱们也一知半解,就看个热闹。"

林绵从傅西池的话里提取到了重要信息——想必稳定的婚姻关系,也是豪门恩怨的必要一环。

剧本研读会结束后,林绵收拾剧本和包,慢吞吞地留在最后面,一出门就看见等在走廊里的傅西池。

"林绵,那天的事情很抱歉。"傅西池彬彬有礼地说道,"要不我请你吃饭当赔罪吧。"

那个新闻的热度虽然过去了,但还是引起了小范围的热议。

林绵弯唇,用开玩笑的口吻说:"万一又被拍到了岂不是很倒霉?"

傅西池失笑:"那我还演什么戏啊,去买彩票好了。"

两个人并排下楼，傅西池坚持要请林绵吃饭。林绵前一晚没睡好，没什么精神，偷偷打了几个哈欠，眼角润出水光。她客气地回绝道："我今晚有事，改天我请你吧。"

傅西池见她一脸疲态，以为她还在苦恼："好吧，我送你回去。"

"不用了……"林绵还没说完一句话，就被手机铃声打断。

她走到一旁确认傅西池离得远后，才按下接听键，听见林律说："林小姐，小江总让我来接您。车就停在停车场里，打着双闪。"

林绵"嗯"了一声，挂了电话跟傅西池道别，然后朝停车场走去。

傅西池站在原地，望着林绵远去的袅娜身姿，面色沉下来。他拿出一支烟放在唇上，抬头瞥见墙上贴着的"禁止吸烟"四个大字，熄灭打火机，拿下烟快速离开。

林绵找到了林律的车，要求林律送自己回住处一趟，两个小时后再来接她。林律没问缘由，照着她说的做了。

林绵回到自己家里，身心瞬间放松。她踢掉鞋子，随手绾起头发，反手拉着拉链，边走边脱，露出漂亮、高耸的蝴蝶骨和莹润、白皙的肩膀。

轻薄的裙子顺着肌肤缓缓滑落，坠在脚边。她赤脚踩在地毯上，手指勾着裙子随意地丢在床尾上，掀开被子，躺进柔软的被窝里，瞬间被馥郁的香气包裹住。她将闹钟定在两个小时后，便从枕头下拿出黑色眼罩戴上。

此刻她困倦的脑子里只有一个念头——她现在需要进入甜甜的梦乡。

在喻琛的办公室里，江聿靠在沙发上，修长的双腿交叠着，姿态懒散地支着手臂。

喻琛端了杯咖啡放到他的面前："追不到老婆就来找我啊？"

江聿问道："不能来吗？"

"我可没说。张导给我打电话来诉苦了。"喻琛笑了笑，抿了口咖啡，"你也别把人逼得太紧。"

"你能忍受你老婆天天跟人拍吻戏？"江聿薄唇轻启，讥讽道，"哦，忘了你没老婆。"

喻琛不痛快了，便故意戳江聿的痛处，哪壶不开提哪壶："我可听说了，你哥攻势很猛，别被他捷足先登。"

江聿嘴角扯出一抹讥讽的笑，眼里满是傲气："我才是林绵唯一合法的丈夫。"

"啧，说得好听，你倒是让人家叫你老公啊！"

江聿朝他递了一记眼刀，漫不经心地哂笑道："你懂什么，这叫情趣。"

"我是不懂。独守空房三年，小江总管这个叫情趣？"

江聿慢条斯理地抿着咖啡，薄唇牵成一条线，感受到手机在"嗡嗡"地振动，用指尖解锁屏幕，林律的消息出现在顶端：江总，林小姐回住处了，让我两个小时后去接。

江聿皱着眉头，打字回复。

林绵被闹钟声叫醒，又在被子里待了几分钟，像是好多天没睡似的，这一觉直接睡到手软脚软。

手机在睡前被调成静音状态了，她拿过来之后才看到闻妃发来不少消息，其中提到了《逐云盛夏》的试镜时间。林绵抿了抿唇，暂时不作答复，翻到下一条消息，发现是黎漾发来的生日会策划单。

十分钟后，林绵下楼，果然看见停在老地方的轿车，于是踩着高跟鞋，快步走过去。看到林律下车过来开门，林绵问他："你一直在这儿等着吗？"

林律说："回了趟公司。"

林绵点点头，坐入车内，闻到一股熟悉的香气，于是侧过头去看。江聿靠窗坐着，姿态懒散，双腿交叠，好看的下巴紧绷着，沐浴在半明半暗的光线里，脸部轮廓十分分明。

"你怎么也在？"林绵拢了拢长裙，语气稍有些不自然。

江聿视线扫过她的小脸。或许是刚睡醒的原因，林绵眼眸漆黑，头发有些凌乱地窝在颈侧，鼻翼上的小痣俏皮灵动。昏暗的光线从她的脸上跃过，那一刻她的肌肤白得发光。

他薄唇勾起一点儿弧度，侧头，视线落在她的脸上："跑回家睡觉了？"

秘密被发现，林绵抿唇，唇间挤出一个字："嗯。"

他微微侧身，好闻的冷冽的香气萦绕在他的鼻间，轻而又轻的声音落下："我的床不好睡？"

车内蓝色氛围灯照在他影影绰绰的脸上。江聿眼含戏谑，撩拨的意味很明显。

林绵往后躲开，眉眼轻蹙着。

"林绵，以前你跟我在一起，你总占上风。"江聿唇边勾起弧度，把林绵的躲闪当成她心虚的表现，"你害怕我的靠近，害怕跟我独处，你该不会还对我贼心不死吧？"

地下车库深处没有灯，是光线最暗的一段，也刚好将江聿的表情藏起来。林绵偏过头，接连咳嗽了两声。

金色的余晖从天降落，照得四周金灿灿的，车子驶出地下车库，碾碎余晖汇入车流中。车内归于宁静，两个人相安无事地分坐两端，仿佛几秒前的对话只是一场离奇的幻境。

看着窗外掠过的风景，林绵很快注意到，他们行驶的路线并不是去云庐，而是去二环内。

"不回家吗？"林绵淡淡的语气打破宁静。

"饿了，先陪我吃饭。"江聿从手机上抬起视线，语气慵懒地说道，"吃完，才有力气好好挑婚床。"

林绵早上没怎么吃，睡了一觉后肚子更是空的，此刻的饥饿感很明显，但随即被江聿的后半句话吓得不饿了。

"婚床？"

"小别胜新婚。新床得质量好、寓意好，我懂。"江聿意味深长地勾起嘴角。

他分明就是在笑话她嫌弃他的床旧，以为她回家睡觉是耍脾气！

"江聿……"

林绵张了张嘴，刚叫出对方的名字，就被对方阻止："绵绵，难道你想让别人知道我们刚结婚就不和谐？"

江聿眼底的笑意加深，看到林绵冰冷的面容有些维持不住后，轻飘飘地挪开了视线。安静了许久后，江聿的声音传过来："客家菜吃得惯吗？"

林绵对吃的东西不挑，点点头。倒是江聿矜贵惯了，对吃的东西尤为讲究。在国外的时候，为了追究食材的美味，他几乎都是自己下厨。

在那一个月里，他变着法儿地做好吃的东西，抚摸着她嶙峋的脊背，说要将她养得胖一些，甚至每晚要亲自用手指测量她胖了多少。一来二去，江聿只用了小半个月的时间就把她喂胖了不少，至少摸到的不全是硌人的骨头。

江聿最后选了客家菜。餐厅环境清新雅致，大概是因为消费高，没有多少客人，餐厅安静得过分。服务员将两个人引到房间里坐下，又将立在门旁的屏风打开——这样就算开门传菜，也不会叫人看见室内半分。

林绵看着屏风上的水墨兰草愣了愣神。

不一会儿，服务员拿着平板电脑在江聿的身边弓身，问道："江先生，还是照着菜单上菜吗？"

餐厅会为身份尊贵的客人定制菜单。江聿回国后应酬不少，如果没有意外，不用点餐，让餐厅按照菜单上菜就好了。

江聿示意服务员把菜单给林绵，让她想吃什么自己点。林绵推拒后，江聿也没坚持，等服务员烹完茶后，便让服务员出去了。

室内归于安静，空气里浮动着淡淡的茶香。江聿慢条斯理地解开袖口，叠了两圈，露出戴着银色腕表的手腕，有种矜贵的性感。

江聿用修长的手指握着茶杯，缓缓送到唇上，忽然抬起眼皮看向林绵。

林绵的心脏没来由地剧烈地跳了两下。她移开视线，伸手去碰茶杯，却没注意到茶水滚烫，手指被热水烫伤，顿时红了一片。

江聿迅速起身，带动椅子在地上摩擦出巨大的声响，三两步来到林绵的面前,握着她的手检查,有些生气地说道:"茶水那么烫,你看不见?"

他吼完,意识到自己失态了,嘴角抿得平直。

林绵被江聿握着手腕,感受着一阵阵从腕部蔓延的温热,心跳莫名其妙地有些加快。

幸好室内有洗手池,不用走几步便到了。

冷水如注地往外倾泻,江聿牵着她的手指送到冷水下冲。冰凉的水冲在起了燎泡的地方,又冰又疼,她本能地缩手,又被重重地按回到水下。

两个人贴得近,江聿站在她的侧后方。因为冲水的动作,她如同被江聿从后背拥住了一般。男人清洌的香气萦绕在她的鼻间,深沉的眼眸好像落在她的手指上,又好像落在她的颈背上,富有极强的侵略性。

"疼吗?"

听到林绵轻轻地应了一声后,江聿握着她的手指的力道放轻了些。

大概三分钟后,服务员过来传菜时看见两个人吓了一跳,三步并作两步地走过来:"呀,怎么烫得这么严重?我去找药。"

服务员行动力很强,急匆匆地离开,又风风火火地拎着药箱赶回来。

虽然冲了凉水,但林绵的两根手指上红了一片,起的两粒水疱还破了一粒。

演员的手跟脸一样金贵。江聿极富耐心地用棉签上药,询问道:"最近要进组吗?"

"暂时不用。"

江聿很轻地"嗯"了一声,抬眸见服务员递过创可贴,轻轻地蹙眉,问道:"有纱布吗?"

服务员愣了一下,说:"创可贴防水,比纱布方便。"

江聿还是没接——纱布虽然麻烦,但是透气。他弯腰拾起一卷纱布,熟稔地拽了一截,在林绵的手指上缠了两圈,确保不勒但也不至于松得会掉,剩下一截没用到的纱布被他用手指勾着打了个小巧的蝴蝶结。

服务员笑了："江先生，你的手好巧！"

林绵看着江聿唇角弯出的得逞的笑意，压低唇角，移开视线看向别处——纱布、蝴蝶结，都是她当初教江聿的。

三年前在伦敦，江聿骑着爱车准备参加一场摩托车比赛，获胜的奖品是一张披头士的签名唱片。

林绵很喜欢披头士，所以江聿想赢来送给她。

比赛当天，天气阴沉，乌云悬在天上，仿佛随时能下起一场暴雨。开赛前，林绵抱着江聿，把脸埋在他的胸前："Roy，要不算了吧，我也没有很想要披头士的签名唱片。"

江聿戴了一只手套，不轻不重地抚摩她的发顶，识破了她的口是心非，挑眉："好啊，那我现在去退赛，顺便找人把我的摩托车拉走。"

林绵闻言抬起头，对上他含笑的眼眸，不解地问道："为什么要拉走摩托车？"

江聿不以为意，拖着腔调说："为了确保比赛顺利进行，赛前要签退赛承诺书，中途退赛要抵押摩托车。"

林绵被他的话吓坏了，瞳孔里写满了担忧。她也不抱江聿了："那还是不要退赛了。"

江聿把人带进怀中，紧紧地抱住，把头抵在她的肩膀上，轻轻地笑："林绵，披头士的签名唱片和我，你选哪个？"

林绵张嘴，却被江聿按住嘴唇，只听到他说："比赛完告诉我。"

江聿小跑两步离开看台，突然一个转身，飞奔回来，在她的唇上印了一个吻，一触即离，眼底的笑意十分明显："lucky girl（幸运女孩儿），给我加个油！"

林绵眨了眨眼睛，喊道："Roy，加油！"

江聿神采飞扬，一束光照在他的赛车服上，他仿佛光源本身，让周围的一切黯然失色。他把手握成拳头，在胸前轻轻地点几下，抬起来盖在唇上。

四周响起山呼海啸般的呼喊声。江聿以绝对的优势闯入最后一圈,在一个弯道入弯时,由于车身贴得太矮,现场同时屏息,但江聿是雄狮、是猎豹,压膝过弯又狠又准,以压倒性优势取得了胜利。

到了终点,他摘掉头盔,拽掉手套,解开赛车服上衣,用跑的速度来到林绵的身边,不等林绵说出"恭喜",便激动地扶着她的脖颈吻了下来。他浑身滚烫,动作颤抖,情绪浓烈,昭示着炽热的爱意。

在众人面前,在夺冠的呼喊声中,他牵过她卫衣的帽子,将她的脸挡住,把她搂在怀中,悄然离开看台。

"披头士的签名唱片我替你拿到了。"他的指腹在林绵的唇间流连,"你只能选我了。"

"我现在想做另外一件事。"江聿薄唇靠近她的唇,嘴角勾着浅笑,垂眸望着她。

"什么?"林绵被他看得耳热。

吻随着他的话音一并落下:"还愿啊,lucky girl!"

林绵蜷着手指,抓紧江聿的手臂,听见他唇间挤出吃痛的声音后,又赶紧松手,检查他的手臂。

林绵帮他脱掉赛车服后,才发现他的手肘部位被刮伤了一大片,伤口处渗出一点儿瘀红。她找来医药箱,急得手直发抖。

江聿坐在桌子上,垂眼看她,用手在她的头上抚摩,拿起一片创可贴递给她,安慰道:"没事,一点儿小伤。"

林绵换来纱布给他缠上手臂,看到还剩下一截纱布时,心生坏意,手指轻巧一勾,绑成了蝴蝶结。

"有笔吗?"江聿清亮的嗓音将她从回忆里拽离。服务员尽管觉得奇怪,还是很快寻了笔回来。

"手举起来。"江聿拔掉笔帽,目光凝在她手指上的纱布上,像是在丈量着什么。

"你要做什么啊?"林绵总觉得他不会做什么好事。

江聿用手执着笔,露出一截白皙的腕骨,手腕用力,在白色纱布上写下三个字母——ROY。字迹潦草,外人根本看不出。他心满意足地欣赏完自己的杰作,盖上笔帽后将笔还给服务员。

"你当我是文件吗?"林绵眼神淡淡地望向他。

江聿难得见她的神情出现强烈的波动,说了句耐人寻味的话:"打个记号,免得被不知分寸的人惦记。"

他的语调不咸不淡,林绵却听出了其中的讥讽之意。她倏地缩回手,感觉纱布下面又疼又烫——疼是因为水疱,烫是因为他打的记号,那记号仿佛带着滚烫的热意,炙烤着肌肤。

这个小插曲过后,两个人用餐的气氛有些僵。因为林绵烫了右手,用筷子都有些艰难,江聿瞥了一眼,拖着椅子坐到她的旁边,问她:"想吃什么?"

林绵指了指虾。江聿抬眸,嘴角勾起浅笑:"林绵,你小算盘还挺多。"

林绵朝他看过去。江聿夹了一只虾,然后开始剥壳,剥好后,放到林绵的餐盘里,又拿起湿巾,慢条斯理地擦拭修长的手指,仔细地擦了好几遍。

林绵这才反应过来——难道他误以为她要他为她剥虾?

林绵心想:若是跟他解释,可能又会被奚落,到嘴的虾不吃白不吃,于是用筷子把虾送到嘴里,慢吞吞地咀嚼着。

江聿伸手夹了一块酿豆腐,放到勺子里,用骨节分明的手指捏住勺子把儿,侧身送到林绵的唇边,大有"你不吃我不放下"的意思。

林绵愣了一下,垂眸,然后张开嘴吃掉了江聿喂过来的酿豆腐。

"味道怎么样?"江聿启唇问。

"还可以。"她评价道。

他旁若无人地用勺子一口一口地喂林绵吃菜,她却从他的眼里读出"我喂的能不好吃吗?"的揶揄之意。

服务员进来传菜,见状都是笑着离开。隔着一扇门,他们的交谈声轻而易举地传到当事人的耳朵里:"江先生真的好宠女朋友,甜死了！"

声音飘远后，林绵有些尴尬，轻轻地抿唇："谢谢，我吃饱了。"

这顿饭林绵吃了不少，江聿却几乎没怎么吃，懒散地靠在椅子上，有一搭没一搭地转着打火机玩。他记得之前在这里寄存过几瓶红酒，于是吩咐服务员取一瓶送过来。

馥郁醇厚的酒香弥漫盖过了茶香，就连空气都染上了清苦的味道。

林绵忽然想到上次在云庐，他独自喝酒，她的那杯却被没收了。看到服务员给江聿倒了酒，林绵动了动唇："我也想喝。"

林绵也被分到一小杯酒，然后听见江聿用清亮的嗓音开口道："你感冒还没好彻底，尝一口就够了。"

其实林绵酒量很浅，很容易醉，但又很喜欢喝，她上一次醉酒，还是因为被闻妃灌了一瓶果酒。

林绵把杯子压在唇上，馥郁浓烈的香气涌入鼻腔，随后液体缓缓地流入口中，浸润唇舌，清苦的味道瞬间霸占了口腔。她没忍住，又喝了第二口，咂摸着香醇的味道。

江聿用慵懒的眼神望向她，在她喝第三口时，伸手夺走了杯子："够了，别喝了。"

林绵抿了抿唇瓣，点点头："好吧。"

大概十分钟后，林绵撑在桌面上，脸颊上浮起微醺的胭脂色，眼神变得呆滞，把头贴在手臂上趴着。

江聿愣怔几秒后，放下酒杯，起身过来拍她的肩膀："林绵。"

"绵绵——"江聿感觉到手腕忽然被林绵柔软的手指握住，看到她依旧闭着眼趴在桌子上，并没有清醒的迹象，又看了一眼被握住的手，音调有些低沉，"绵绵，你喝醉了？"

林绵毫无反应，依旧侧着脸趴着，鼻翼上的那颗小痣在灯光的照射下有种跃然的灵动感。

江聿垂眸凝视着，几秒后，用指尖小心翼翼地触碰着林绵的鼻翼，发现对方依旧没有清醒后，便用指腹蹭了一下。

林绵以前说过，她的鼻翼上本来没有痣，因为她的妈妈听信了高人的指点，所以拉着她去医院做了颗小痣。她曾经很厌恶这颗小痣，但因为她的妈妈强势，导致她没办法反抗，久而久之也就习惯了。这颗小痣反而成了她的亮点。

云庐没有亮灯，漆黑一片。江聿抱着林绵去往卧室，将人放到床上。

林绵缓缓睁开眼，迟钝地看着他给自己拉上被子，调低空调，喊道："Roy。"

江聿很意外——一个一杯倒的人居然还能醒来并且认人。他的嘴角露出柔和的笑容："怎么了？"

"口渴。"

"等着。"

江聿去厨房里接水，端着水杯回到卧室里，看到林绵光脚站在窗边，不知道在看什么？他不疾不徐地走过去，弯腰把水杯放在桌面上，走到她的身边，也跟着往外看："在看什么？"

林绵目光涣散，意识也不够清醒，唯一知道的是自己到了一个安全的地方。

两个人安静地站着，四周的空气弥漫着一层美好的朦胧感。林绵猝不及防地转身，膝盖撞到了单人沙发上，身体朝着沙发上倾倒，下一秒，她的手臂被握住。一股力道带着她落入温热的怀抱里，男人的气息撞入她的鼻腔里。

"疼！"她从两个人紧贴的胸膛间举起手指，皱着眉，眼角泛出几滴泪，瞬间染湿了睫毛。

看到横在眼前的签名，江聿扶着她的肩膀，垂眸，喉结剧烈地滚了滚，嗓音沉而闷，语气里透着揶揄之意，又藏匿了几分隐忍之情："绵绵，这次投怀送抱，想要得到什么？"

林绵无法思考他的话，欲挣开他的双手，却被握得更紧，手腕骨处的皮肤滚烫，下巴被某人的手固定住。空气变得稀薄，仿佛燃起了一簇火苗，属于Roy的气息铺天盖地环绕过来。

· 64 ·

男人带着凉意的唇一寸寸地接近,停在相距一厘米的地方,忍耐着,等待着。他用放低的嗓音说道,如同蛊惑:"绵绵,想跟Roy接吻吗?"

林绵脑子里反复回荡着"Roy"这个名字,涣散的目光定格在他喉结旁的小痣上。她缓慢地眨了眨眼。

他是Roy啊,Roy在问她要不要接吻?

她的唇角牵出笑意——Roy什么时候变得这么礼貌了?林绵貌似奖励,凑过去亲他的侧脸。

江聿表情僵了两秒后,用手指扣住她的后颈,低头吻了下去,薄唇贴近,寻找她的唇,温柔地试探,浅尝辄止。他明知道喝醉后接吻是欺负人,但谁又规定了名正言顺的夫妻喝醉了不能接吻?

林绵抬手去挡,碰到了伤口,轻轻抽气,下一秒,手腕被捏着举高,腰间被搭上一股力道。这样即便双方吻得投入,也不会碰到她受伤的手指。

林绵唇间说出他的名字,声音里仿佛带着一个钩子,探入他的心尖,钩得他心痒难耐,勾起他恶劣的念想。他太懂怎么能轻易拿捏林绵。

林绵想要躲开,却再次被紧紧地扣住,林绵倏地睁开眼,感受到面前的男人的气息萦绕在周围,熟悉的面容一点点变得具体,林绵表情错愕,浑身僵直起来。

江聿不满地看着她,好像在问她干什么。林绵恍惚了几秒,确认她跟江聿接吻了,而不是在梦里和Roy缠绵。

细腰被他的手掐紧,往一个方向带时,她才猛地惊醒,推开他,匆忙地转身去了浴室,掬了一捧凉水,浇在脸上。林绵冷得打了个激灵,意识逐渐清醒。

镜子里,她面色惨白,脸上还挂着往下淌的水珠,冰冷的眼睛里的情绪近乎失控——她怎么能跟江聿接吻?怎么能把梦境带入现实?

镜子里晃进一道人影。林绵用雾茫茫的眼睛看了几秒后,迟钝地收回视线,抽纸擦脸。

江聿拎着睡衣,面色从容地越过林绵,握住浴室的门把手,忽然停下回头看她，薄唇轻启，说道："你……"

林绵闻声抬眸，睫毛轻轻地颤动，感觉嘴唇失去了知觉："什么？"

"你也用不着反应这么大吧？"江聿睨着她，哂了一声，"夫妻做这些事很正常，我想要的也不止这些。"

林绵迟钝地反应了几秒——江聿误以为她因为接吻的事情吐了吗？她刚想张嘴解释，就听到浴室的门被重重地关上。

透过磨砂玻璃，林绵能看到上面印出的模糊的人影，因此江聿捋头发，慢条斯理地脱衣服的一举一动隐约可见。林绵慌忙地丢下湿纸团，快步离开。

江聿裹挟着一身水汽出来，入目的便是林绵趴在床边上睡着的样子。她安安静静地睡着，像个落入凡尘的仙女。

只可惜小仙女不胜酒力，喝醉了。

江聿抓了抓半干的头发，又往后梳了梳，踱步到她的身后，俯身将她抱起来，却感觉不到什么分量，甚至怀疑她比在伦敦那会儿还要瘦。隔着薄薄的布料，他触碰到她的后背。嶙峋的骨架宛如脆弱的蝶翼，一触碰就可能坏掉，偏偏他曾经恶劣地测量过。

他用膝盖抵着床，俯身将人放到上面，拉过被子来给她盖好。

这次林绵睡得安稳，没有醒来的迹象，以至于让江聿产生刚才的接吻也是凭空出现的幻觉。他保持着弯腰的姿势，用指尖拨开脸颊两侧凌乱的发丝，视线定格了几秒后，在林绵的脸颊上轻轻一吻，喃喃自语道："希望你明天醒来后还记得。"

停留了几秒后，江聿起身拿着烟和打火机，去阳台，咬着烟点燃，因为抽得急促，突出的喉结滚动着，显得他此刻心情不好。

喻琛幸灾乐祸的嗓音从手机里传出来，故意刺到江聿的痛处："想我啦，小江总新婚宴尔不办事，找我做什么？"

江聿从唇上拿下烟，夹在指间。极淡的烟雾顺着江聿的手腕袅袅散开，江聿被烟熏得眯起双眼。他开口问道："你说一个人不喜欢你，但又亲你，是怎么回事？"

喻琛扬声笑道:"有这种好事?"

气氛诡异了几秒后,喻琛后知后觉地意识到江聿说的可能是他本人的事,于是话锋一转:"聿,你被爱情绑架了吗?"

江聿用夹着烟的手指抵了抵太阳穴,头痛得厉害,觉得自己的脑子有毛病了才会找喻琛商量,语气低沉地说道:"算了。"

喻琛这个狗头军师紧急挽救这段友谊,语速很快地说:"她还是馋你的身子。"

喻琛本以为只要他的语速够快,让江聿听不清,自己就能蒙混过去,谁能想到江聿不光赛车厉害,听觉也是一等一的。

江聿漫不经心地弹了弹烟灰,翘起了嘴角:"嗯,挂了。"

翌日,林绵醒来时恍惚了几秒,脑子里闪过一些片段——她跟江聿喝酒,跟Roy接吻……这些片段绞成一团,在脑子里混战。

她看了一眼搁在床头上的手机,发现几分钟前闻妃打了一个电话给她,于是下了床,趿拉着拖鞋去洗漱,顺手回拨过去。

"绵绵早安啊!昨晚睡得好吗?"从声音里听得出闻妃的心情不错。

林绵回道:"还行。"

闻妃忽然说:"小祖宗,请问你在哪里睡的啊?你的房门都快被我敲烂了。"

林绵手一顿,耳边充斥着电动牙刷的振动声——她搬家好像忘了知会闻妃了。

"我不在家。待会儿在我家楼下的咖啡店里见吧。"说完,林绵重新启动电动牙刷,耳边充斥着闻妃的抱怨声。

她刚要出门,迎面便碰上了一身热汗的江聿从外面回来。江聿穿着简单的运动装,一边拉着毛巾的一端擦汗,一边朝她看过来,睫毛似乎都被沾上了汗,正泛着热气。

"醒了?"他放下毛巾,低头换鞋,手腕上的运动手表闪动着数字。

林绵觉得不打招呼也尴尬,于是颔首,随口一问:"你早上跑步？"

江聿顿了下，直起身，用拇指捏着外套拉链，一拽到底，露出里面的白色T恤，汗湿的T恤勾勒出他完美的身形。他轻轻地抬眼，不动声色地打量了她一眼，轻嗤道："不然那一个月，你摸的是什么？"

提起这些，林绵便耳后发烫。她喜欢江聿的腹肌，喜欢用指尖描摹，偶尔也会开玩笑说他的腹肌又硬了些。

江聿在她的脸上没看到想要的内容，于是边走边脱外套，不紧不慢地回卧室。客厅里静悄悄的，一点儿生活气息都没有。林绵站了会儿，打开门离开。

"小祖宗，你到底去哪里了？十分钟啊！你迟到了十分钟！"闻妃点点手机，小声抱怨，但也不是真抱怨，就是生气——不在家里住这么大的事情，林绵居然瞒着她。

林绵拨了拨颈侧的头发，取下口罩，落座。店里生意惨淡，人自然也不多，就算她不戴口罩，也不会被人认出来。

"我搬家了。"林绵衡量了一路，还是决定对闻妃和盘托出。

闻妃愣了一下，确认她的表情认真，不是在开玩笑，于是问道："搬去哪里了？"

"云庐。以后你记得找物业登记一下车辆信息。"林绵语气淡淡的，像是根本没意识到自己在宣布一件大事。

"你怎么这么看着我？"林绵望向瞪大眼睛的闻妃，动了动嘴角。

"绵绵，你跟江总同居了？"闻妃眼睛瞪得溜圆，喜悦之情快要溢出来了。

"嗯。"林绵点点头。林绵漂亮的眼睛朝窗外看了一眼，表情淡漠，好似这根本不是她的事情。

"天啊！你们是我追成功的第一对情侣。"闻妃激动得不知道怎么表达好，端起咖啡杯，美滋滋地搅拌着。

林绵皱眉——她差点儿忘了江总有两位。她纠正闻妃说："不是江玦，是江聿。"

勺子摔进杯子里磕出清脆的响声。看到闻妃受到了惊吓，林绵顺手接过她的咖啡杯,帮她放回桌面上:"别大惊小怪。"

闻妃仿佛遭受了平地一声雷,脸上表情复杂,好半天才找回心神。她疑惑地问道:"你跟江……江聿不是前任关系吗?"

前任一秒变现任?还火速同居?

林绵觉得她跟江聿的婚姻关系是秘密,不能告诉闻妃,但更担心闻妃受不了,从窗口跳出去。为了防止发生这种危险,她轻描淡写地解释了两句。

闻妃挤出一个难看的笑:"林绵,你觉得我信吗?"

林绵托着腮,好看的眉眼稍弯,像是为了安抚闻妃刻意如此:"真的,就是很烂俗的桥段。"

闻妃说什么也不信,目光如刀地在她的身上打量:"你的手怎么回事?你们……"

林绵想到那个难看的签名,下意识地把手藏到背后,但速度太慢,还是被闻妃看见了。

闻妃把她的手腕拽回来,偏着头盯了许久,辨认出签名是"R、O、Y"三个字母后,揉着额头,不想再说话了。

"你们不要让人拍到。算我求你了,可以吗?"她压低了声音说,"还以为是前任给你穿小鞋,没想到是再续前缘。我就说当时牵上星盛,对方态度好得不真实。原来早有预谋!"

事已至此,林绵只能安抚闻妃:"好了,别生气了。"

闻妃叹了口气,抿了口咖啡来平息情绪,思来想去也接受不了这件事。但她转念一想,江聿是小江总,高低也是江家人,似乎也不太亏,而且据说小江总此次回来,是为了替代江总接管星盛的。豪门势力更迭,谁得权谁厉害。

"绵绵,他给你什么你就留着,不要以后什么都没捞着,有些东西要靠自己争取。他现在是对你有感情,但以后的事谁也说不准。别傻信爱情,知道吗?"

林绵没敢明说,向上牵了牵嘴角,应了一声:"我知道了,闻妃姐。"

这一茬过去，闻妃又问林绵上次那个临时助理怎么样，要是林绵喜欢的话，就签合同雇用——她也该有个生活助理了。

林绵若有所思地问道："生活助理是不是要进出我的私人领域？"

"那肯定，但如果你不想，可以告诉她不要去。"闻妃补充道，"你放心，公司也会跟她签保密协议。"

林绵这才满意，点头同意留下助理，办完这些事回到家后，林绵发现江聿已经去公司了。房子里空荡荡的，一点儿人气都没有。

傍晚，闻妃亲自跑了一趟云庐，给她送来通宵定稿的剧本。林绵捧着热乎的剧本，窝在地毯上翻看，用荧光笔标注自己的台词，一时投入，连手机接连涌入的消息都无暇顾及。看了好半天后，她揉了揉酸痛的脖颈，拿过来手机，解开屏幕锁，发现江聿和江玦都发了消息进来。

江聿发消息说晚上去喝酒，问她要不要一起。

林绵有时候觉得，江聿好像很适应已婚的身份，乐此不疲地维持着稳定的夫妻生活。她没回复江聿，退出对话页，点开江玦的消息。

江玦发了两张她很想看的话剧的票的图片来：上次听闻你喜欢话剧，主办方送了两张票，赏光一起看吗？

江玦总是儒雅有礼，教养极好，边界感也极强。林绵用指尖在图片上摩挲，最后打字：抱歉江总。我要进组了，没时间去看话剧，再次谢谢你的好意。

不消片刻，江玦发过来消息：听说这是巡演的最后一站，没空去看会不会很遗憾？

遗憾肯定是有的，但林绵回复：还好，进组是大事。

江玦又回复：还有空一起吃饭吗？

林绵顿了一下，删掉了打的字，找了个哭泣的表情——想必成年人应该懂这种体面的拒绝方式。

江玦果然读懂了，礼貌地回了一句：好，只能祝你进组顺利。

解决完这件事后，林绵轻轻地吐了口气，长按话剧的票的图片，把它转发给黎漾,刚输入几个字便停住了。她盯着屏幕上的一行字,像是突然失去识字的能力,而后白皙的面容上浮起粉色,极少不淡定地丢下手机。

屏幕持续亮着,江聿发来的消息显示在上方:江太太,这是迫不及待地邀请我约会?

第四章
新婚礼物

　　林绵看到这行字时，懊恼得不知道怎么办才好，不过是随手发错了图片，江聿的思维却发散得犹如脱缰的野马。

　　林绵坐了一会儿，觉得不能就这么处于下风，于是拿起手机，用指尖在屏幕上轻点：你不是去喝酒了吗？怎么还能管得这么宽？

　　发完消息后，她扬起脖颈，重新拿起笔来标记剧本。江聿可能是被噎到了，很长一段时间都没动静。

　　安静的室内响起突兀的开门声，林绵刚从浴室里出来，看向门口时，动作有一秒钟的停顿。

　　江聿推门进来，按亮玄关的灯带，身上瞬间被勾勒出一圈柔和的光晕。林绵轻启薄唇，说出不太友好的问候："你怎么回来了？"

　　江聿微微弯唇，慢条斯理地脱掉外套，单手用力地拽了拽领带，让它松松垮垮地挂在脖颈间，随后敞开衣领，露出脖颈的小片肌肤，颇有几分斯文败类的模样。

　　即便江聿穿上这样的衣服来伪装自己，林绵也曾触碰过他最纯粹的灵魂——不羁与无拘无束。

　　他是一阵风，又是一朵云，踩风来又随风去。他的灵魂是自由的、珍贵的，不应该被西装革履的装扮束缚住。

江聿去厨房里给自己倒了一杯水，靠在中岛上看过去。一束暖黄的灯光直直地打在林绵的脸颊上，林绵眼底的潮气未散，看起来水盈盈的，头发半干着窝在肩头上，看样子只是匆匆地吹了一下。

色调偏浅的睡衣像是自带滤镜，不遗余力地展示着她冰冷的气质和漂亮的外表。

"太太盛情难却，我如果不早些回来，岂不是不识抬举？"他轻扯唇角，回答她的问题。

"那个图片，我发错人了。"林绵解释道。

江聿抿了口水，润了润嗓子。他嗤笑了一声："嗯，你偏偏就错发给我了。"

他拖着漫不经心的语调，可她还是从中听出了奚落之意，于是再一次解释道："我真的只是发错人了。"

江聿深深地看着她，似乎在审视她说的是真是假，几秒后，牵动薄唇，声音沉了下来："那你原本打算发给谁？"

林绵坦白道："黎漾，我的闺密。"

江聿觉得这个名字有些熟悉，于是在脑子里过了一遍，想起黎漾是喻琛的死对头兼发小儿，随后江聿慢悠悠地喝完最后一口水，也像是将没来由的坏情绪平息，不紧不慢地来到她的身边。

"手给我看看。"他一进门就注意到她拆了纱布，水疱消了以后的痕迹很明显。

林绵以为他要追究，连忙说道："没事了。"

江聿有时候很强势，比如此刻，他没有听取林绵的一面之词，而是直接牵起了她的手。

"林绵，你说谎的样子还是很拙劣。"江聿左右检查了一下，蹙着眉，看向她，"暂时还是不要碰水。"

他这次没用纱布，而是找了片防水的创可贴给她贴上，瞥见她半干的头发，又拿过吹风机。

林绵被他的举动弄得不知所措——他们的关系不尴不尬，但也还没熟到让对方吹头发的程度。

她想伸手把吹风机拿过来,却被江聿避开。他勾唇,像是在挑衅:"坐好。"

"我自己来。"

此刻江聿的沉默反倒变成强势的拒绝,林绵害怕他这种熟稔的亲密感。林绵耳侧有热风吹过,仿佛顺着她的耳朵涌进她的大脑里,让她的意识变得恍惚。

林绵闭上眼就能回到三年前,那时的她被江聿抱着,坐在洗漱台上,握着牙刷帮江聿刷牙,看着江聿赤着上半身站在她的面前,握着吹风机,耐心地给她吹头发。牙膏的泡沫被弄到了唇角上,江聿只会笑,按住她的头顶轻晃。

林绵一睁眼,画面与过去的画面重合。

他站着,垂着眼,神情专注,半个肩膀被灯光照亮。即便他善于伪装,可骨子里的高傲,还是通过细枝末节露出了几分。

耳郭被江聿的指尖碰了一下,她轻轻地颤抖,小心地避开。从林绵的头顶上传来懒散的语调,像是被热风吹过一般撩人:"你的耳朵怎么红了?"

林绵的睫毛轻颤,泄露了她的紧张,她推开吹风机:"好了,不用吹了。"

江聿关掉吹风机,把它交回林绵的手里,吹风机上还残留着江聿手心的温度。出于礼貌,也带着划清界限的目的,她淡声道:"谢谢。"

江聿轻哂一声,不接受她的道谢,转身回了卧室。林绵猜测他洗澡去了,于是在客厅里多磨蹭了会儿,才慢腾腾地收拾剧本回卧室,为了避免尴尬,她决定在床上看会儿剧本。

林绵推开门进去时,江聿已经洗漱完,靠在床头上,支起一条腿,看着平板电脑上密密麻麻的字。

下一秒,林绵被他放置在旁边的枕头上的两张票吸引了视线,不可思议地举着话剧票:"你弄来的票?"

这一场话剧的票早已经售空了,她正发愁找什么渠道买票,没想到不过半天,票就躺到了她的枕头上。

江聿从平板电脑上移开视线，转过脸，语调轻松且随意地说道："不然呢？"

"多少钱？你能不能卖给我？"林绵轻声跟他商量道。

江聿略微不爽地抬头看向她，顺手抽走两张票，将它们放回床头柜上，然后继续看文件，声音冷漠地说道："不卖。"

与心心念念的票失之交臂，林绵感到遗憾，但也没有办法——票是江聿的，他不卖，她也不能强买。带着失落的情绪，林绵做了一个不太好的梦，以至于一上午的情绪都不太高。

黎漾兴高采烈地来通知她生日会的地址。林绵打开扩音，把手机放到沙发上，用手支着头，心不在焉地应了一声，但听到黎漾说"可以带家属"时瞬间否决了这个提议。

黎漾听出端倪，调侃道："这是新婚夫妻吵架了？"

林绵否认，因为她觉得那不算吵架。

"我早说了，生活不和谐，你们早晚要出事。"黎漾用词大胆地说道，"要我说，你先让自己开心了再说，你在三年前都会，三年后怎么反而胆小了？"

林绵抿唇，阻止她继续胡说。黎漾只当林绵在害羞，故意用夸张的语气说："绵绵冲啊！拿下江聿！"

一道清脆的声音突然闯入林绵的耳朵里："拿下谁？"

林绵转过头，视线与扶着门的江聿的视线相撞，目光闪了一下，动作很快地结束了与黎漾的通话。

黎漾估计是听见了什么，回拨了过来。林绵没敢接，任由手机振动。江聿来到她的身边，抬了抬下巴，示意她："你怎么不接？让我听听你准备拿下谁？"

良好的职业素养让林绵一点儿也不怯场，冰冷且漂亮的脸上从容镇定。她牵动红唇，说道："你听错了。"

"是吗？"江聿提了提嘴角。

"你不用去公司吗？"她看着他进了卧室，很快又折返。

两张话剧的票轻轻地落在了她的手心里。林绵看到江聿靠近，

· 75 ·

她的呼吸迅速地被清冽的香气占据，耳郭被热气抚摩，她不由得往后退，下一秒又被江聿握着手肘拉回来。他的声音靠得很近："这就给你一个机会来拿下我。"

她还祈祷江聿刚进门，什么都没听见，没想到黎漾的话全被他听见了。林绵尴尬地别开视线："江聿，你离得太近了。"

她本以为江聿会为难她，没想到他一声不吭地退开了。江聿垂眸看了一眼腕表，启唇催促道："剧场还有一个小时停止入场，你到底要不要去？"

哪有放着门票不去的道理？林绵做不出暴殄天物的事，所以不用考虑就已经和江聿坐在了剧场里。

江聿这两张票的位置相当优越——剧场二楼的贵宾间，隔着一堵玻璃墙，林绵能将场内看得清清楚楚。

剧场的人员亲自接待他们，顺着电梯直接上楼，途中的保密性极强。工作人员离开后，林绵摘下口罩，直直地看向舞台。

江聿对话剧天生不感兴趣，开场半个小时后，便没骨头似的窝在沙发里低头玩手机，偶尔抬眸，能看见林绵在浅笑着，或者跟着剧情无声地落泪。

真有这么好看吗？江聿放下手机，坐直了身体，将手肘支在沙发上，重新看向舞台。

剧情进行到一对深爱的恋人因为战争要分别，两个人在站台上拥抱接吻，灯光昏暗，情绪饱满滚烫。

江聿的心脏被牵了一下，他转过脸看向林绵。她的眼角湿湿的，泛着水光，可见是为热恋的情侣的分别而落泪。

"林绵。"

林绵陷在情绪里，悲伤席卷了大脑，连听觉也迟钝了半拍。

"你当初为什么不辞而别？"江聿的声音轻轻地落在她的听觉神经上。

他在她的意志力最薄弱的时候深究真相。林绵收紧心脏，呼吸变得不平稳，但表面上仍旧伪装镇定，她将目光投向舞台，眼神有些放

· 76 ·

空:"没有为什么。"

江聿收回黯淡的目光,重新将视线投回舞台,但眉头始终蹙着。

因为后半场的剧情太虐,所以林绵一直在无声地流泪,半张脸被灯光照亮,眼泪晶莹剔透。江聿放下手机,盯着林绵。

有的人连哭都像仙女,漂亮得像一幅画。江聿抽了纸,按在她的眼角上,不轻不重地拭走眼泪:"你偷偷哭过吗?"

你当初离开时像话剧里的主人公那样不舍吗?你会落泪吗?

林绵意识到自己失态了,眨着眼睛,说道:"我去下洗手间。"

林绵刚起身,手腕倏地被扣住,两个人温热的体温交织之际,她被一股力道带着,稳稳地坐在了江聿的腿上。林绵的耳畔传来他低沉的声音:"别去了。"

林绵还没弄明白是怎么回事,眼睛就被江聿温热的掌心盖住。男人的薄唇微凉,他轻而易举地捕获了她的唇,淡淡的薄荷气味强势地环绕在她的周围。

她蓦地睁大了眼睛,本能地想推开,却被牢牢地扣住后颈。江聿的吻如春风般轻柔,似流水般湍急。

舞台上响起了偏悲的音乐,林绵的情绪也随之起伏,持续了一分钟。

林绵在一阵细微的钝痛过后,覆在眼睛上的手被移开。她抬起湿润的睫毛,视线撞入江聿深沉的眼眸之中,那眼神分明是在责备她分心。

两个人仅对视了一秒,便再次吻上。

音乐结束后,林绵好像为动人的剧情大哭了一场,眼底洇开一抹红,像一道明显的标记,一直到演出结束时都没消退。

演员谢幕时,林绵和江聿提前离开。

二人下楼时,林绵的手肘被江聿握住,她回头看他。他眼神坦荡、高傲,用指尖顺着她的手腕滑到她的指间,牵老婆牵得理所应当。

谁也没追究这个突如其来的吻到底合不合时宜。

车上,逼仄的空间内,空气里隐隐地浮动着香气和海水混合的味道。两个人靠得近,手指交握,掌心相贴。感受到对方偏高的体温源源不断地传过来,林绵觉得很热,动了动。

江聿本来轻合的眼皮倏地睁开，琥珀般的眼珠上跃过一束光，他偏过头，静静地看着她，似乎对她挣脱手这个动作感到不满。

林绵说："在车上就不用牵了。"没有外人看，他们也就不用演戏了。

江聿动了动嘴角，清脆的嗓音稍扬，带着几分漫不经心的顽劣："为什么不牵？你想要的约会还没结束呢。"

"你误会了，我真的没有筹划约会。"林绵不知道她要怎么解释，江聿才不会发散思维。

江聿微扬眉梢："我们不是约会，是深入了解对吧？"

林绵垂眸，目光落在江聿无名指的戒指印上，可能是江聿长期佩戴戒指的缘故，那一小片肌肤的颜色要比旁边的浅，若不是她近距离看根本发现不了。

他说的与做的总是自相矛盾，让林绵觉得不可信。

林绵把视线不动声色地挪向窗外，看着不断倒退的夜景。江聿靠得近，声音犹如回响在林绵的耳畔："接下来才算约会。"

十几分钟后，车子在一处地下停车场里停下。这里需要刷卡才能进入，四周的封闭性很好，数辆限量级跑车依次停放在这里。

江聿伸长腿迈下车，对心存警惕的林绵说："这里是喻琛的朋友的私人酒吧，没有狗仔队。"

林绵将信将疑地下车，随着江聿乘专用电梯离开地下车库。

酒吧内的气氛迷离，彩色激光玻璃幕墙折射出五彩斑斓的光，但正如江聿说的，这里是个私人酒吧，只接待圈内好友，相对安静。

职业性质使然，林绵几乎不会去酒吧，对这种地方感到陌生和害怕。江聿松开手，换成用手掌亲昵地搭在林绵的腰上，半搂着人往前走。

"没外人。喻琛，你认识的，还有他的几个朋友。"江聿看出林绵的顾虑，解释道，"他们不会外传，嘴很严实。"

这样最好了。林绵抿唇，"嗯"了一声，商量道："我们能早点儿回家吗？我的剧本还没背完。"

江聿破天荒地好说话，说道："可以。"

江聿和林绵一出现，室内顿时安静下来。喻琛对于林绵的出现倒有几分意外，但也笑着打了招呼。江聿在林绵的身边落座，放松姿态，默默环视着全场，看到除了朋友带了个眼生的小姑娘，全是自己人。

大家吵着玩牌，江聿的运气不错，他赢了几次，心情颇为放松。几轮后，江聿问林绵要不要玩。

林绵摇头："我不会。"

江聿临时出去接电话，把牌交给林绵。林绵捏着牌，一时有些苦恼，时不时朝门口张望。

喻琛开玩笑道："弟媳，不要心疼他的牌。"

江聿回来，随之拂一阵淡淡的薄荷烟草味。他坐在林绵的身侧，亲昵地靠近，宛如从后面拥抱着她，姿态懒散地帮她判断："你的大。"

林绵手里的牌刚好十个点，大过其他人手里的牌。

听到手机响，江聿拿出来，点开查看，用手指放大照片，阅读几秒后，将手机递到林绵的眼前。

对上林绵不解的眼神，他便压低了声音，告诉她："看看这些床，你喜欢哪种？"

林绵顿时觉得手机烫手，飞快地眨动眼睛，强装平静地说道："不需要。"

她还以为婚床只是随口一提，没想到江聿真让林律去挑选了。江聿稍稍抬眉，问道："都不喜欢？"

林绵强调他们只是假结婚，不需要大张旗鼓地换床，但江聿仿佛没听见，回了林律的消息后，思考了几秒，提议道："要不我让林律把你家里的床搬过来？"

林绵说不用后，江聿又逼近一分。他们之间只隔了一拳的距离，不算亲昵，却让林绵想逃。

江聿温热的气息环绕过来，薄唇张张合合，声音略低地说道："绵绵，别的男人在你的床上借住过吗？"

林绵感到压迫，而江聿的问题直接将她逼进死胡同里。她条件反射地推开江聿,起身:"我去趟洗手间。"

江聿往后靠在座椅上,看着她离开,漫不经心地笑着,却丝毫不显狼狈。

林绵接了凉水来洗手,太阳穴隐隐作痛,脑海里胡乱闪过一些画面,过去与现在交叠,都跟伦敦有关。

一位女孩儿从外面进来,看起来是来找她的,主动跟她打招呼道:"林小姐,小江总让我来看看你,你没事吧?"

林绵认出女孩儿是跟着江聿的朋友来的,于是礼貌地道谢:"谢谢你,我没事。"

林绵把手肘撑在洗手台上,身影纤薄,几缕发丝飘在颈窝处,有种凌乱、脆弱的美感。

等到林绵的脸色稍微缓和,女孩儿悄声地打探道:"林小姐的皮肤真好!你平时用什么护肤品啊?"

林绵本就是冷白皮肤,属于晒不黑的类型,加上保养得当,肌肤细腻通透,泛着健康的色泽。她想了想,跟女孩儿说了几个品牌名。

女孩儿捧着手机雀跃欢呼道:"谢谢,你真好!"

女孩儿留下补妆,林绵先往回走,越过走廊,即将经过一个开放式的休闲区时,耳边传来两道熟悉的交谈声。

"你的婚戒呢?"喻琛嗓音慵懒,有些不正经地说道,"你别说丢了啊。"

江聿嗓音含笑,却比在她的面前正经多了:"就是丢了啊,找不着了。"

喻琛幸灾乐祸地说道:"你该不会是又被甩了吧?"

这个"又"字可算是戳中了江聿的痛处。这几年被喻琛狠狠地拿捏,他嗤笑一声:"我们结婚三年,情比金坚,你信吗?"

喻琛大笑,酒杯碰撞,发出清脆的响声:"那祝你接下来三年抱俩!"

一个陌生男人的声音传来,带着戏谑的意味:"他要是三年抱俩,一定封你当大太子。"

喻琛臭骂。

林绵抿了抿唇，纠结着现在要不要走过去，又听到陌生男人闲聊道："你现在就算正式回来了？"

江聿的喉间发出声音："算是吧。"

男人颇有兴趣地追问道："那你在国外的那些车呢？全运回来了？我听说西山那边修了个赛道，改天你带我玩玩。"

经男人提起，林绵忽然想起三年前的某个傍晚。

窗外的天幕上飘着一片烟紫色的云雾，像一条长长的尾巴，广场上的灯被点亮，鸽子飞来飞去地到处觅食，远处钟楼的整点钟声飘飘荡荡地传到房间里。

林绵睡了一天，恍惚地支起身体，就在这时，手机猝不及防地响起。看到是Roy打来的电话，她继续趴回到枕头上，懒懒地按下接听键，轻合着眼眸："Roy。"

"睡醒了？"江聿的嗓音清脆，仿佛雨后的空气，让人神清气爽，"要不要来窗边？"

林绵"嗯"了一声，几秒后回过神来，光着脚踩在实木地板上，跑到窗边，趴着往下看。

她住在三楼，看到楼下的江聿支着摩托车，仰头朝她挥手。她记得江聿说要上一整天的课，还要做PRE（课程展示），所以没空过来，她才没计划见他。林绵在电话里问道："你怎么来了？"

江聿仰头，入目的便是林绵偏白的肌肤，微微耸起的肩膀上挂着极细的吊带，纤细的手臂在空中轻晃，无意识地勾着人。

江聿看着她穿着昨天自己拨弄过的睡裙，不知道会不会也穿给别人看过，他的喉结滚了滚："送吃的。"

林绵的声音很淡："你换车了？"之前Roy总是骑着黑色的车，今天骑的这辆是红色的，嚣张如火焰。

江聿拍拍爱车，炫耀似的说道："林绵，我好羡慕你。要是谁骑着杜卡迪来给我送外卖，我就以身相许。"

林绵抬了抬嘴角："我许得还不够吗？"

江聿突然沉默，随后跨下车，抱着头盔就往公寓走，呼吸有些急促地说道："你等着。"

林绵慢腾腾地去开门，拉开门就被气喘吁吁的男人抱了个满怀。江聿用脚踢上房门，把头盔和外卖随手放在斗柜上，单手抱起林绵转了半圈，两个人齐齐陷入柔软的床铺中。

闻着被子里还残留着的润肤露的馨香，江聿握住她的手背："外卖还是我？"

林绵拉着他的衣领，凑上去吻他的唇角："Roy。"

"你这条睡裙很漂亮！"

林绵也夸他："你的新车也很酷！"红色和黑色的车，跟他的人一样酷。

"是吗？我的车就是我的老婆。"江聿提起车总是很兴奋，他的鬓角渗出热汗，沿着下颌滑过青筋暴起的脖颈，滴到林绵的锁骨上，"喜欢我的车？"

林绵点点头，听到江聿附在她的耳边说："我把车全送你，换你给我当老婆好不好？"

那天的外卖吃没吃她忘了，但江聿的话被她清楚地记下了。

"不巧，我早不玩车了，全处理了。"江聿散漫的声音犹如一盆凉水彻底将林绵浇醒。她错愕地怔了几秒——江聿爱如宝贝的车全被他处理了？

男人不信，有些惊讶地说道："不能吧？你的那些车可是现在车行都未必能搞到的极品，怎么说卖就卖了？你别骗我了。"

江聿轻描淡写地说："真的，骗你做什么？本来也送人了，但人家不要，我处理了省得看着心烦。"

对方像是听了一个惊世骇俗的故事，半晌才说出一句："我好心疼啊！"

喻琛奚落那人："他卖给你，你就不心疼了吗？可怜我们阿聿，情路坎坷！"

林绵垂下眼眸,情绪有些复杂——她就知道,江聿突然回来找她算账,并不如他表达的那么简单,至少带了些让她补偿的意思。

江聿坐在暗处,神色难辨,指间夹着烟,目光飘远,随后定格在地板上的一道不起眼的影子上,视线被淡而白的烟雾模糊。他倾身按灭烟:"走了。"

返程的途中,两个人谁也没主动说话,倒是江聿接了个喻琛打来的电话。

"小江总,我给你买了一件礼物,记得查收。"喻琛吊儿郎当的声音传出来。

江聿挑眉,问道:"什么礼物?"

喻琛说:"礼物当然是惊喜,你自己拆才叫惊喜。好好享受!"

江聿轻嗤一声,在他看来,喻琛也送不出什么好礼物,因此他没将这件事放在心上。

两天后,江聿在浴室里刷牙的时候,林绵去拆了给黎漾买的生日礼物,顺带转告江聿:"江聿,有你的快递。"

江聿含混的声音飘过来:"你帮我拆了。"

林绵应了声,拿工具刀划开包装箱。江聿洗漱完过来,在她的旁边半蹲下,好奇地拨弄大箱子:"是什么东西?"

他从林绵的手里接过已经被划开一条缝的箱子,抓着两端用力一拽,便撕开了一个大洞。箱子里面的东西全掉了出来,足足几十盒,场面十分壮观。江聿想盖住已经来不及了,茫然了一秒后索性不管了。

林绵看清了滚到脚边的一个白色的盒子,是表面印着巨大字母广告的安全用品包装盒。足足几十盒,她想装看不见都难,窘迫之时抬眸,恰巧跟江聿的视线撞了个正着。

江聿不但没觉得不好意思,反而极其淡定地拿起一盒,像是在欣赏什么奇珍异宝,而后蹙起眉来,惹得林绵用怪异的眼神打量他。

江聿有那么一秒感觉后悔——如果不是他暴力地打开箱子,就可以让林绵的秘密暴露得优雅一些,或者让她对自己的意图暴露得没这么快。但很快他理直气壮地看向林绵,眼神里明显地透着揶揄之意。

"你别用那种眼神看着我，不是我买的。"林绵说，"快递上写着你的名字。"

江聿用脚踹了一下箱子，认真地检查，发现上面货真价实地写着"江大寡王"收。

江聿的脸都被喻琛丢尽了，但输人不输阵，他得找回主动权。

"喻琛送给我们的——"他故意强调"我们"，意味深长地说道，"新婚礼物。"

林绵被噎了一下，冰冷的脸上的表情不算丰富，显然没觉得多意外，她扯了扯嘴角评价道："他的想法还挺特别。"

江聿没想到她会是这个反应，顿时生出些恶劣的想法，在她起身后，握住她的手腕。林绵低眼看下来，视线撞入江聿深沉的眼中，忘了两个人的手还交握着："做什么？"

江聿就着她的力道，抱着箱子起身，高大的身影瞬间将她衬托得娇小可人，薄荷的气息化成热流涌动着。两个人靠得极近，林绵往后退，却被江聿扣着腰拉回来。

"林绵，"他低眼望着她，声音喑哑，眼睛里仿佛燃起了一簇火，语调散漫，"我们不要辜负喻琛的好意。我很好拿下，你要不要试试？"

耳边的空气升温，林绵飞快地眨动着眼睛，蝶翼般的颈背轻颤。她挣脱他的束缚，说道："我看是你迫不及待地想用礼物吧？江大寡王，你不怕我对你见色起意了？"

江聿咬着牙，眉头上扬——他又在林绵这儿占下风了。他恶劣地挡住林绵的去路，挑衅地说道："大寡王怕什么？"

林绵轻轻地看了他一眼，抱着快递离开。

江聿吃瘪，垂眸看了一眼满箱的装备，抱着箱子泄愤似的塞进衣帽间里，沉着脸，拨通喻琛的电话，刚接通便劈头盖脸地一顿骂："你是不是有病？"

喻琛半梦半醒，被骂蒙了几秒，确认是江聿打来的电话后，对此行为颇为不解："小江总，你还没到中年，火气怎么这么大啊？"

不等江聿说话，他先开口揶揄道："你无处泻火，也不能拿我出气，要不今晚出来喝酒？"

江聿气不打一处来，说道："你是不是缺心眼儿？"

"我送你这个才贴心，增进夫妻的感情，探索出真情，对吧？"喻琛笑得特别不正经，"你就说这个礼物厉不厉害？"

江聿听到他沾沾自喜的语气就头痛，想到那一箱毫无用处的礼物，轻嗤一声。

喻琛幸灾乐祸地说道："小江总不会还没搞定老婆吧？这都几天了啊！"

江聿忍无可忍，极不耐烦地骂道："滚！"

喻琛笑得不行，但忌惮着江聿，又问："晚上出来喝酒吗？"

江聿没兴趣，回道："不去，我是有家室的人。"

喻琛最听不得他炫耀结婚，忍不住奚落他："是吗？可是你的老婆刚和傅西池传出了绯闻。"

江聿咬着牙，讥嘲一笑，懒得跟喻琛拌嘴，径自挂了电话，转身看见林绵化完妆走出来。

林绵今天穿了一条深色的裙子，将她瓷白的肌肤衬得发光，头发被她慵懒地束到脑后，几缕鬓发随意地勾绕着，露出脖颈大片的雪白肌肤，裙角摆动，露出漂亮的脚踝。林绵身材出挑，气质清丽、淡雅，让人不可染指。

江聿想：他不光染指了，还把她拉下了云端。

林绵并不知道江聿心里的弯弯绕绕，抬起眼皮，浓密纤长的睫毛随之抬起。这么多天同住的默契让她自然而然地说道："黎漾送来的生日邀请函被我放在书桌上了。"

当初黎漾只是提了一嘴带家属，她便敷衍着答应了，可没想到黎漾当真把生日邀请函送来了家里，更没想到江聿竟同意赴宴。

江聿双手插兜，姿态轻松，他对林绵的叮嘱很受用，弯着唇角，说道："知道了。"

"你不用准备礼物。"

江聿稍扬眉梢："听你的。"
　　出了门，林绵才意识到两个人的相处方式有些微妙——他们不但不陌生，反而有种亲昵的默契。林绵懊恼地想：自己就不应该替江聿省钱！
　　《逐云盛夏》的试镜现场。
　　曲导是业内文艺片导演的翘楚，曾经导演的作品斩获过国际大奖，而《逐云盛夏》是他准备了五年之久的倾心之作。
　　休息室内，林绵和曲导坐在沙发上，仔细地看完了剧本。剧本中，女主角是位因伤而告别舞台的舞者，男主角是一位自由摄影师，故事发生在他们自驾前往"318小环线"的公路上。
　　林绵从故事的情绪中抽离后，面露疑惑地问道："曲导，我能问问为什么是我吗？"
　　从《潮生》之后，林绵几乎不碰文艺片，但时隔三年，曲导如今三番五次地邀请她参演《逐云盛夏》，并表示女主角非她不可，如此重的诚意让她不得不前来赴约。
　　曲导笑起来，眼周的褶皱明显，但目光温和。他似乎被林绵的话题引导着陷入了回忆中，半晌，才开口说："你和她很像。"
　　"女主角吗？"林绵追问道。
　　曲导笑了笑，慢腾腾地说："第一次见到你时，我就觉得你太适合她了，你身上的伶仃感，让我无时无刻不想到她。"
　　看到曲导提起"她"时眼睛里的光，林绵不忍打断，静静地听着他讲述"她"的故事。
　　"我希望你能再考虑考虑。"曲导还是希望林绵能接下这个角色。
　　林绵听了曲导的故事后，有些动摇："曲导看中了谁来演男主角？"
　　敲门声打断了两个人的对话。看到房门被打开，曲导面露笑容地望着门口，说道："人来了。"
　　傅西池站在门口，嘴角弯着亲和的笑："曲导、林绵。"
　　林绵对于傅西池出现在门口颇为诧异，不过很快平复下来心情，对此反应很淡——如今傅西池正当红，他们两个又是荧幕情侣，曲导邀请他加入理所应当。只不过，她记得之前傅西池信誓旦旦地表示自己没有档期。

看到傅西池自然地在林绵的身边落座，曲导面露欣慰，仿佛看到了戏中两个人的表现。

林绵去换服装准备试镜前，悄声问傅西池："你不是没档期吗？"

"本来我是没档期的，但怕不接会后悔。"傅西池笑了笑，似乎对另外一件事更感兴趣，"你和喜欢的人在一起了吗？"

林绵没想到他又提起了这件事，硬着头皮回他："还没有。"

"看来小弟弟很难搞定。"傅西池感慨道，"到时候，我们可能又得绑定出现了。"

林绵没接话，走到化妆间的门口，跟他互道祝福，然后进入化妆间里准备。林绵扮演的角色是一个芭蕾舞者。

林绵小时候在少年宫里学过舞蹈，有一点儿民族舞功底，但并不擅长芭蕾舞，不过她的气质绝佳，配上流沙般的黑色吊带长裙，红唇乌发，发丝缠在颈侧，黑眸冷淡，像一只伶仃的黑天鹅，独一无二。

她用细长的手指夹着烟，火星明灭，倚在越野车的旁边吞云吐雾，把修长的手臂随意搭在车门上，高大霸道的越野车将她衬得精致妩媚。

林绵抬眸低眼间，眼里写满了故事，妩媚和落寞在她的身上共生，一点儿也不违和，宛如沾满晨雾的玫瑰，天与地都成了陪衬。

林绵不需要高超的演技，仅仅站在那儿，接受风的吹拂，就是舞者本人的样子。

曲导的眼睛越来越亮，激动的心情难以言表，搁在桌上的手指轻轻地颤动。

在林绵按灭了烟，转身看向曲导时，他激动地站起来拍手。

与此同时，林绵看见傅西池拿着手机站在一侧，似乎在拍她。傅西池抬眸，与她的视线相撞，坦荡地笑了笑。

"太好了，找到了！"导演找到了心心念念的角色本人。

林绵听到这话后，唇角弯出浅浅的弧度。她彻底从角色里抽离，

· 87 ·

从试镜现场出来后，便看到闻妃快步迎了过来："外面有不少傅西池和你的支持者，我们换个通道下楼。"

林绵点点头，在闻妃和助理的簇拥下，快步从步梯离开。

林绵隐约听见一群女孩儿凑在一起闲聊。

"他们怎么还没结束啊？"

"傅西池和林绵第三次搭档了，他们还说不是真情侣，谁信啊？！"

"我好期待他俩搭档，最好一辈子不解除绑定。"

她多看了一眼，便看到女孩儿们忽然骚动，大声地嚷嚷着："天啊！傅西池发微博了！"

"快走！"闻妃挽着林绵，加快步伐。

林绵上了车，喝了一口水，才缓过来，问道："她们怎么知道傅西池来试镜？"

闻妃抿了一口咖啡，调稳呼吸，嗤笑一声："这还不都是他那边放出的风声，这种事情太常见了。"

"傅西池明明之前没档期，为什么突然又接了啊？"闻妃也很纳闷儿，上次她跟傅西池的经纪人一起吃饭时，对方表示过傅西池的档期很满，这才几天的工夫，他就推掉了其他的剧为《逐云盛夏》挪档期。

林绵放下水杯，声音很轻地说道："他说他不想后悔。"

"你跟傅西池都合作三次了，你家小江总会不会吃醋啊？"闻妃忍不住打探起八卦消息来。小江总要投十部戏只为了捧林绵的话传到了闻妃的耳朵里，她听完后喜忧参半，毕竟林绵跟小江总这关系让她惶恐不安。

小江总砸钱只为了不让林绵拍吻戏，可见他的占有欲有多强。这次林绵要跟绯闻男友演情侣，还是张力比较足的那种，不知道对此小江总会有什么反应。

林绵摇头。闻妃拿起手机随便一翻，惊呼出声："救命！傅西池这是什么意思？"

几分钟前，傅西池发了一张模糊的照片，照片里一只女气的手执着明灭的烟，猩红的指甲和偏白的肌肤形成鲜明的对比。

就在这时,车窗被叩响。林绵一回头跟江聿的视线对上,心里没来由地慌了一下,幸好江聿从外面看不见车内,自然也看不见她的神情。

车窗被降下后,江聿眉目清晰地出现在她的眼前,他的薄唇平直,语气不容拒绝地说道:"下车!"

闻妃在车里跟江聿打招呼,他颔首回应,拉开车门,等林绵下车后,才对闻妃说:"辛苦了,我先把林绵带走了。"

闻妃笑笑,让江聿领着林绵快速回车里。

"你怎么来这儿了?"

"顺路。"他散漫的语气倒真像是在随口敷衍,让林绵懒得揭穿他——从云庐到试镜片场要横穿整个城区,他绕了一整个城区来接她,怕是没这么好心。

林绵忽然想起闻妃在车上问的问题,不动声色地打量了一眼江聿,忍不住问道:"江聿,你听说什么了吗?"

江聿移过视线,审视似的停留几秒,而后动了动嘴角,问道:"听说什么?"

林绵觉得自己想多了:"没什么。"

就在这时,傅西池握着手机从通道里匆忙地走出来,眼睛向四处看,像是在找人,随后林绵的手机骤然响起。

车门是敞开的,江聿先瞥见车外的人影,而后半眯着眼眸,拿走她的手机,倾身揽着她的肩膀,把她拉入怀中,揶揄的声音伴随清冽的气息落下:"林绵,你是不是有什么事情瞒着我?"

突然的拥抱让林绵有些喘不过气:"我跟傅西池要合演一部文艺片。"

哪壶不开提哪壶。江聿眉头紧锁,语气不善地问道:"你们剧组还缺不缺投资?"

三天后,黎漾的生日会在一处私密性极好的京郊别墅里举办,她只请了几位好友参加。生日的当天恰逢周三,江聿一早回壹合陪老江总吃完早餐,然后驱车前往公司,一待就是一整天。

· 89 ·

傍晚别墅内灯火通明，林绵和黎漾的姐妹坐在沙发上聊天，从珠宝聊到男人，又从股票基金聊到行业八卦消息。林绵在微信里跟闻妃有一搭没一搭地聊着，编辑消息的工夫，听到话题已经转到了男人上。林绵一向安静，不喜欢参与这些，便静静地听着，听到有人问黎漾，江聿今晚会不会来？

"我太好奇江聿的老婆长什么样了，他今晚会带来吗？"

"我觉得结婚不至于吧，兴许是为了逃避联姻呢！"

"江家还需要联姻吗？再说了，联姻也该是江玦去联吧。"

黎漾端着酒杯坐下，嘴角扬起高深莫测的笑："你们知道什么？小江总的老婆倾国倾城，绝对配得上'金屋藏娇'这几个字。"

大家会心一笑。

林绵优雅从容地听着，刚好被手机振动的声音转移了注意力，用指尖滑开屏幕，发现是林律发来的消息，内容简洁明了：林小姐，小江总还在开会，他让你不用等他。

林绵在心里说自己也没有等江聿。倒是黎漾眼尖，随便一瞥就看清林律发来的消息，嗤笑着去挽林绵的手臂，附在林绵的耳边低语道："小江总这么忙，你们有时间过夫妻生活吗？"

林绵低声警告黎漾："别瞎说，我们没有！"

"那么好的人你不用。"黎漾捏捏林绵的腰，"现成的老公为什么不用？姐妹，享受当下，懂吗？"

林绵拉了下黎漾，示意她别说了。

临近晚上十点，江聿才缓缓到来，还让林律准备了一份礼物交给黎漾，江聿越过众人，不动声色地看了一眼林绵，在她的对面落座。

江聿的姿态闲适，他坐在明暗的交界处，半张脸映着光，显得格外矜贵。两个人隔了一段距离，林绵没去看江聿，但是能感觉到他的眼神一直停留在自己的身上，目光炙热。

空气里仿佛有暗流涌动，酒味和香水味混合在一起，犹如一张密不透风的网，将所有人包裹住。

看到黎漾招呼人过来倒酒，林绵刚想制止，便被黎漾拉过来，凑到耳边说:"两点钟方向的那个实习生小弟弟,你看到了吗?"

林绵顺着她的指引看过去,发现实习生小弟弟乖巧地窝在沙发里,正好朝她们看过来,圆圆的狗狗眼湿漉漉的,惹人怜爱。黎漾抬了抬下巴,势在必得地说:"我要他。"

林绵撞了一下黎漾,林绵的视线无意间跟江聿的视线碰上。他轻抬眉毛,眼含深意地盯着她,轻佻的眼底写满了警告。林绵垂眸,喝了一口果汁,假装不经意地看向别的地方。

场子热起来后,有人提议玩游戏。江聿慢条斯理地解开袖子,往上挽了两折堆在肘弯处,露出线条流畅的手臂,银色的腕表在手腕上闪着银辉,全然一副放松的"玩咖"姿态。

是了,三年前,他曾带她去拉斯维加斯疯玩过。

黎漾的本意是想逗逗实习生小弟弟,提议玩些成人的游戏,结果一呼百应,全场的男男女女只有江聿和林绵没有反应。

黎漾开始重新分配座位,因她有意撮合林绵,便点名让江聿坐到林绵的身边。江聿配合换座,自然地坐在林绵的身边,朝林绵递去眼神,淡淡的熟悉的香气如影随形,明明两个人没有靠得很近,但香气还是很强势地侵占了她的嗅觉。

他倾身拿来酒,指节屈起,指甲被修剪得整齐圆润,腕表折射光芒,无一不透露着这个人的矜贵与倨傲。

黎漾宣布用"抓单双"的方式决定游戏的项目——抓到单数玩真心话,抓到双数玩大冒险。虽然游戏老套,但大家乐此不疲。黎漾第一次抓,直接抓到了大冒险,翘起嘴角,有些跃跃欲试。了解她的朋友出了个正中她下怀的任务:找一位在场的男性摸一摸腹肌。

话音一落,一个身材偏胖的男人起哄道:"这不是让我丢人吗?"

大家"吁"了一声,催促着黎漾赶紧做任务。黎漾故意看向实习生小弟弟,看到实习生小弟弟刚好也注视着她。两方的视线相碰,空气里产生了一些轻微的电流。就在实习生小弟弟以为黎漾会朝他走去时,黎漾方向一转,朝着一个跟他的年纪相仿的模特走去。

实习生小弟弟迅速地起身,抓住黎漾的胳膊。黎漾回头,问道:

"做什么？"

实习生小弟弟没说话，脸色尴尬到泛红："漾姐……"

感受到众人的视线，他有些羞赧窘迫，破罐子破摔道："你摸我的。"

"什么？"

黎漾还没反应过来，就被实习生小弟弟抓着手，按在他的腹部上，黎漾愣了几秒后嘴角漾开笑意。她绷起指节，坏心眼儿地抓了一把，不禁感叹：年轻就是好，腹肌紧致又硬实，是她喜欢的类型。

"好了，完成了。"实习生小弟弟扯开她的手，快步回到自己的位子上。

黎漾笑眯眯地跟着实习生小弟弟躲到了角落里。林绵把手支在腿上，撑着下巴全程围观，不得不佩服黎漾。突然，林绵的手指被捏了一下，她转头，对上了江聿的视线，有些疑惑地问道："怎么了？"

无人注意这边，江聿便偏头靠着她说："你和你的闺密还真是一个品位。"两个人都喜欢腹肌，而且热衷于摸腹肌。他记得当初林绵邀请他上楼，也是馋他的腹肌。

林绵的脸上闪过一丝不自然的笑意。她抽回手指，一本正经地解释道："爱美之心，人皆有之，就比如你也喜欢看漂亮的女生。"

江聿得了便宜还卖乖："别冤枉我，我没有。我对太太忠贞不贰。"

林绵示意他别往脸上贴金。第二轮她抽到了真心话，被人提问傅西池的吻技好不好。

林绵没什么反应，倒是江聿似笑非笑，慢条斯理地敲出一支烟，捏在手心里没点，眼睛一眨不眨地审视着她。

林绵随口敷衍道："挺好的。"

随即她瞥见江聿捻烟的手指顿了一下，把烟放到唇上咬着。那人又追问道："你跟他接吻会不会心动？"

江聿按燃打火机，语气却不大好地说道："这是你的第二个问题。"

"不好意思！"那人赶紧道歉。

第三轮游戏开始，江聿借着抽烟，没有参加，回来后听到有人提议玩"买马"。他噙着笑,一副好说话的样子:"都行。"

江聿被人请到牌桌旁落座,其他人紧随其后。玩的人没几个,看热闹的倒是挺多,毕竟这是江聿回国后第一次出来玩,谁都想见识一下。

江聿挽起衣袖,几秒过后,轻轻地拽松领带,把它取了下来,将暗蓝色的领带绕在白皙的手腕上,将手随意地支在桌面上,让一截领带从桌沿垂下。

现场的气氛活跃,林绵也被黎漾推到江聿的身边,林绵刚一靠近,便被江聿不动声色地扶住。林绵背过手,用手指悄悄地推他,却被他大胆地握住指尖,轻轻地捏了一把。

林绵蜷起手指,环视周围的人,直到确认大家的目光都集中在牌桌上,才缓慢放松。

黎漾忽然开口道:"江聿,你教下林绵呗。"

江聿貌似随意地看向林绵,语气倨傲地对其他人说:"第一把让她替我玩吧。"

"我不会。"

江聿轻抬嘴角,用指尖在牌桌上轻点,颇为耐心地充当老师:"横着的四张黑红梅方代表了四匹马,发牌手翻出什么颜色的牌,对应颜色的马往前进一步,竖着的六张暗牌代表距离,若是翻出距离牌,对应颜色的马往后退一步,懂了吗?"

看到林绵似懂非懂的样子,江聿弯着唇安慰道:"玩一把就懂了。"

大家纷纷选择自己的马,只剩林绵迟迟没动。江聿侧头看向她:"你想选哪个?"

林绵拿不准,便随便挑了一个,用指尖指着红桃:"这个吧。"

跑马开始,大家兴奋得不行。林绵心里有些紧张,心情随着火热的气氛起伏。看到她的小红马一连跑了几步时,她提着一口气,没想到发牌手翻到了倒退牌,她只能眼睁睁地看着小红马倒退两步被其他小马超越。最终,小红马以第三名的成绩结束首轮比赛。

愿赌服输,江聿喝了一大杯酒,敞着衣领,突出的喉结随着吞咽动作滚动。

林绵说道:"好难。"她不擅长玩这些。

"没事。"江聿嘴角勾起弧度,眼睛好像被酒水浸润了一般,浅色的瞳孔里漾开笑意,"再帮我玩一局。"

"我不玩了。"

江聿在大家看不见的时候,摘下领带,把一端塞进林绵的手里,自己握着另一端,稍稍施力便轻而易举地将她拽到自己的身边。一条领带将两个人困在两端,林绵的指尖发烫,她似乎触碰到了江聿温热的身体,觉得自己的心跳得有点儿快。

"这次好好选,输了的话……"江聿唇角扬起笑意,说道,"还请林小姐帮个忙。"

林绵轻轻地颤动着睫毛,想不出江聿在玩哪一出。他用指尖搓着领带玩,语气不像是在商量,更像是在要求。

"好。"林绵爽快地答应,这一次她观察多时,买了一匹黑桃马。没想到开局不太顺利,其他小马都冲了出去,黑桃马却停在原地一动未动,好不容易迈出一步,下一张位置牌被翻开,它又回到了原地。

林绵看向江聿,低声说:"又要输了。"

江聿的嘴角勾起弧度,他松开领带,抬手松了松腕表,欣然地端起酒杯喝酒,好像并不在乎输赢。趁大家不注意时,他侧身在她的耳边说:"就怕你输不了。"

林绵轻轻地抿唇,悄悄地将领带团了团攥在手心里。江聿重新投入游戏,没了林绵这个新手,运气果然好了不少,他玩得游刃有余。

林绵觉得,有人天生就是宠儿,他不仅家世地位显赫,连想做的事情都能轻而易举地做到。她坐了一会儿,接到了闻妃打来的电话,商量关于进组的事情,于是绕去跟黎漾打了声招呼,便上楼回房休息,等切蛋糕的时候再下来。

黎漾将她送到门口,说道:"你安心休息吧,这层留给你住,没人会上来打扰。"

关上门后,林绵回到床边,将揉皱的领带丢在床尾,转而拨通闻妃的电话。

大概一个小时后,她迷迷糊糊地听见门锁被转动的声音,猛然惊醒,按亮床头灯,眼中带着惊慌之意。她的鬈发窝在颈侧,眼底睡意蒙眬,像是被镀上了一层薄薄的雾气,莹润的肩头微微耸起,像漂亮的将要展开的翅膀。

江聿轻轻地推上房门,来到床边,按灭了房内唯一的光源。男人俯身时,身上的香味混着酒的气息不讲道理地环绕过来,显得旖旎又暧昧。

江聿温热的怀抱贴上来,将她整个抱入怀中,她推拒着江聿的拥抱。

可两个人的力量悬殊,江聿从后面拥着她,禁锢着她,温热的气息洒在她的颈侧,一个温度偏凉的吻落在她的耳后,宛如电流穿过,勾起密密麻麻的痒意。

她想躲,却躲不掉:"江聿……"

"嗯。"他的声音含混不清。

男人的怀抱很紧,体温偏高,炙烤着林绵的脊背,让她生出热意,她耳边的空气都在燃烧。

"你喝醉了吗?"林绵呼吸很轻,心跳却莫名其妙地加快。

"你刚刚还欠我一个赌约。"

看来他还没完全喝醉。林绵松了口气,想要江聿先松开,却被他禁锢着。他执意让林绵先兑现赌约,她无奈,只能顺着他说:"你想要我帮你什么忙?"

江聿松开手,支着身体坐起来。林绵转过来,室内没有光源,暗得恰到好处,她看不清他的表情,但能看见他的轮廓。黑暗中,江聿低眼,凝视着林绵,用指腹揉揉上林绵的唇角,吓得她往后躲。下一秒,他扣住她的后脑勺儿,将人禁锢,说道:"和我接吻。"

男人在夜色中摸索,而后准确无误地吻上来,无所谓缱绻地试探,一碰上便感情充沛。小狮子一向凶险蛮横,即便再怎么伪装,也掩盖不了小狮子已成年且带有攻击性的事实。他一只手的指尖穿进她的发间,另一只手扣住她的腰,把她往怀里带,依旧觉得不够。

头发被压痛,林绵"哑"了一声。

空气里仿佛有火星在燃烧,"噼啪"作响。江聿把手肘撤开,按进枕头里,薄唇转移阵地:"绵绵,我跟傅西池谁好?"

这本来就没有可比性。林绵回答道:"我跟他是在演戏。"

"演戏也不行!"江聿的气生得没有缘由,"他像我这样对你吗?"

"当然没有。"

江聿紧蹙的眉头舒展开,心情随之好了不少。

"江聿,你喝醉了,先起来。"她用力地推他。

"没有。"江聿的嗓子像是被砂纸打磨过,变得低哑性感。他一动不动,低头,在她的唇上流连。

几秒钟过后,林绵以为他妥协了,气息不稳地说:"我打电话给林律,让他来接你……"后半截话没说完,直接滚回了喉咙里。

林绵脑子里忽然闪过黎漾说过的话,睫毛像扇子一样呼扇,认命般地合上眼,手指卸了力气,攀着他的肩膀说出一句:"江聿。"

窗外的路灯灭了,屋子里漆黑一片,男人的声音便成了唯一的声音来源:"绵绵,我什么时候能履行老公的义务?"

林绵从没觉得自己这么怕热,像是站在悬崖边上,被人一把推下去,没有掉入万丈深渊中,却被一双无形的大手托住,丢到滚烫、沸腾的水中,而水中一定溶化了大量的白色巧克力,或者奶油冰激凌。她不会游泳怎么办?她会不会就此溺死?

林绵的大脑感知到危险,发出"呜呜"的警报声。林绵忽然想到,搬家、牵手、接吻都在江聿的控制内,而他也曾在某个晚上暗示过。她忽略了江聿作为一个成年男人的侵略性,忘记了他设定的目标是一定要达到的。

时间在无声地流逝,悬在天幕中的弯月坠入云层里。高跟鞋踩出的一串脚步声由远及近,林绵提醒江聿有人来了,可他恍若没听见。

"她未必是找你的。"江聿清脆的嗓音此刻有种独特的质感。

看着林绵不敢出声的样子,江聿觉得好玩,唇角勾起浅笑。他低头,亲她的侧脸,说道:"在伦敦那间公寓里的时候,我怎么没见你这么胆小?"

"难道你觉得隔壁的老太太耳背听不见?"江聿笑道,"胆小鬼。"

话音刚落,房门被叩响。敲门声不大,却在安静的室内显得格外突兀。

"林绵!"黎漾敲门,冲着里面喊,"林绵!绵绵,睡了吗?"

林绵紧绷着神经,听出黎漾在门外后,觉得分外窘迫,一声不吭地向江聿投去求救的目光。江聿慢条斯理地蛊惑道:"说你睡觉了。"

林绵抬起脖颈说:"我睡觉了,怎么了?"她的气息不稳,若是黎漾仔细辨别应该能听出破绽。

"你睡了吗?我马上要切蛋糕了,你来吗?"黎漾问道。

林绵很想去,刚想开口回应,耳畔传来江聿带着怨气的声音:"你去切蛋糕,我怎么办?"

林绵差点儿摔在枕头上,压低声音警告道:"江聿!"

"漾漾,我马上起床!"林绵伸手推江聿,又被江聿扣住,他用的力气不大,她却不好挣开。

"算了!算了!绵绵,你都睡了就别起来了,千万别起来啊!"脚步声在门口停留了几秒,然后黎漾快速走远。

江聿到底还是放过了林绵,让她起床,目光却随着她转动。他见她反手费劲地扣着扣子,他支起身,接过难缠的搭扣,突然也有些头痛。

"怎么这么多扣子?"他蹙着眉头,不理解女人的衣服为什么要做得这么复杂,"到底要扣哪一排?"

林绵有些着急地说道:"你随便吧。"

江聿随意发挥,用力勒得林绵深吸了一口气,再看她此时的模样,顿时后悔放她走了。

林绵拾起裙子穿上,把束起的头发放下来,发丝弯曲着散在背上,遮住漂亮的脊背。

"你就打算穿成这样下去?"江聿语气不善地问道。

林绵不理解他怎么又生气了:"我这身有什么问题吗?"

江聿将自己的衬衫递给林绵:"遮一遮。"

高大的身影将她包裹在怀中,江聿低垂着眼,任由她抱怨,把宽大的衬衫套在她的身上,像一件中规中矩的睡衣,他牵着她的袖子卷了几折,露出她纤细的手臂。

袖子被叠得恰到好处,林绵抓着衬衫的下摆随手打了个结,勾勒出她纤细的腰。

江聿看得眼热,喉结滚动,目光紧追不舍地说道:"下次,我就不会放你跑了。"

林绵施施然地下了楼,白皙的肌肤透着一层薄薄的胭脂色,乌眸莹润,闪着淡淡的光,仿佛突经一场暴雨的冲洗,头发慵懒地窝在肩头,一缕一缕仿佛被精心雕琢过,只是身上的这件衬衫引起了黎漾的关注。

黎漾将她拉到身边,贴着耳朵交谈:"你们俩……?"

林绵轻轻地捏着黎漾的手腕,示意她别说。黎漾怎么可能放过这种机会?黎漾将指尖上的蛋糕点到林绵的鼻子上,笑着打趣道:"你现在全身都是江聿的味道。"

林绵用似烟如雾的眸子瞪了黎漾一眼,又用指尖剜了一点儿蛋糕抹到黎漾的脸上:"快切蛋糕吧。"

切完蛋糕后,黎漾拉着林绵一起许愿,玩闹到了下半夜。黎漾喝了不少酒,醉意蒙眬,被林绵搀扶着送回房间时,嘴里还嚷嚷着自己没醉,还能喝。

两个人来到露台,黎漾眼尖,用指尖拨开林绵的领口,看到一枚浅色的痕迹,打趣道:"小江总很厉害啊!"

林绵将领口扣好:"我先送你回房间。"

黎漾不要林绵送,推着林绵离开:"你别缠着我,你快去陪小江总。绵绵冲呀!"

房间里静悄悄的,林绵回来后没开灯,只能看见床上鼓起的轮廓。江聿将双手放在腹部,均匀地呼吸着,睡姿安分。

第二天一早,整栋大别墅里分外安静——昨晚大家疯了一夜,此时正在补眠。

林绵起身,洗漱,穿戴整齐,精神不济地下到一楼,没想到看见喻琛正站在一楼喝咖啡。他看见林绵时，足足愣了几秒，因为想不出怎么称呼她。

"喻总，早。"林绵见到喻琛，就想起他送给江聿的那几十盒礼物，一时有些尴尬。

喻琛全然未察觉："早！喝咖啡吗？"

林绵点点头，朝他走过去："我自己来吧。"

林绵靠近时，目光不经意地扫到他微皱的衬衫领口。她向四周看了一眼，确定没有其他人，才指指他的衣领，小声提醒道："喻总，你的领口有口红印。"

喻琛的脸色一变，他低骂了一句，慌忙拽着衣领查看，当看清玫红色的口红印时，表情呆滞了几秒，然后将领口内叠，对林绵说："谢谢，我先去趟洗手间。"

林绵点点头离开，免得对方尴尬。

别墅临湖，从院子里能望到湖面，初升的金色光芒穿透薄薄的云层，在湖面上洒了一层闪闪的金箔。江聿拿着手机，慢条斯理地从湖边回来，神采奕奕，远远地看见林绵站在院子里，江聿唇角弯出浅浅的弧度。

晨雾未散，他的身上带着些湿意，仿佛还裹挟了一些青草的气息。

"起得这么早？"江聿来到她的身边。

"你喝咖啡吗？"她想告诉他餐厅里有煮好的咖啡。

"喝。"江聿的唇角牵起笑，他用骨节分明的手从林绵的手中接过咖啡杯，慢条斯理地送到唇边，轻抿了一口咖啡。

林绵提醒他："这是我的杯子。"

"嗯，我们都接过吻了，我喝口咖啡没什么吧？"江聿理所应当地将咖啡杯还给林绵，用余光瞥了一眼她不自然的表情，清脆的嗓音里带着笑，"林小姐的咖啡有点儿甜。"

林绵强行转移话题，说道："喻琛来了，你知道吗？"

一直以来，大家默认喻琛和黎漾的关系不和，最早可以追溯到两个人的幼儿园时期，喻琛总爱拽黎漾的小辫子，后来两个人就发展成

· 99 ·

了死对头，就算成年了，两个人也没少互掐。

江聿不以为意地说道："喻琛昨晚来的，怎么了？"

林绵不知道该不该说，便换个方式问江聿："他有女朋友了吗？"

提起这个，江聿就乐了，唇角的笑意明显："他是万年单身汉，天上给他掉女朋友，他都未必能接住。"

林绵默默地点头。江聿忽然打量她："你问这个做什么？"

"我就随便问问。"

江聿才不信林绵就是随便一问，江聿靠到她的身边，从后面搂住她的腰，两个人的呼吸靠得很近。林绵被吓得咖啡都快洒了——别墅里的客人随时可能会醒，万一他们俩被人看到怎么办？

林绵小声地警告江聿，可被江聿的双臂禁锢得太牢，想躲都躲不了。江聿嘴角带着笑意，说道："你先回答我，你为什么关心喻琛？"

林绵理解不了他的逻辑，只能低声解释道："他的衬衫上有口红印，你不觉得奇怪吗？"

江聿微微一愣，轻蹙着眉头，回头寻找喻琛，笑着说谁看上喻琛谁的脑子有毛病。

而被江聿奚落的喻琛，此时正在洗手间里抓耳挠腮——衣领上的口红印太明显，他又没带其他衣物。

他三两下解开纽扣，把领口放到水里搓。可惜这该死的口红颜色过于顽固，布料被搓皱了，也只褪了浅浅的一层，反而是衣领过了水后乱糟糟的，更显暧昧。他泄了气，用湿漉漉的指尖按在衬衫上，脑子里闪过几个片段，脊背发寒。

昨夜，喻琛开完会后看见最近正在追的小模特发了个定位，才想起这天是黎漾的生日，于是马上驱车赶过来。小模特乖巧可人，一口一个"喻总"叫得甜腻，把喻琛哄得心花怒放，他晕晕乎乎地摸进了一个房间里。

灯被按开，惨白的灯光瞬间点亮屋子。黎漾站在床边，半侧着正在换衣服，光洁的背如上等的羊脂玉，让喻琛的额头"突突"地跳了几下。

"喻琛，你怎么乱进别人的房间？"黎漾的脑子"嗡"了一声。床上的那些东西想收已经来不及了，完全暴露在喻琛的眼中。

喻琛也震惊了许久，缓缓找回心神，抬眼对上她冒火的眉目。兴许是喝醉了的缘故，他竟然觉得黎漾唇红齿白，有些漂亮，于是很轻地说道："黎漾，没看出来啊，你玩得这么开！"

他用手指挑起一条黑色的蕾丝睡裙，吊牌晃晃悠悠，造型独特。

黎漾咬着牙，专挑他的痛处讥讽道："不像你，老铁树不开花，家里的东西都过期了吧？"

喻琛的面色微沉，他丢下轻飘飘的睡裙，朝她逼近一步，将她完全置于自己的阴影下，恶劣的报复欲竟然得到满足。

"你呢？"他似笑非笑，嘲讽的意思很明显，"这些东西跟谁用？小弟弟吗？"

"你管我跟谁用，反正不是你。"

喻琛被气笑了，将手鬼使神差地缠上她的腰，才发觉她的腰竟然又细又软。后来分不清是谁先主动的，黎漾将他推到床上，他又仰面搂住她，两个人的呼吸交织，追逐着彼此的气息，仿佛要一较高下。

喻琛懊恼地将衬衫扔在洗手台上，拿起手机，拨电话给黎漾。

手机持续地响了几秒后，黎漾才慢腾腾地接了起来，嗓音懒倦地说道："干什么？"

喻琛从镜子里看见侧颈上有一枚暗红的痕迹，比衬衫上的口红印还要明显，随即皱起眉头，吩咐黎漾："给我拿件衬衫。"

"衬衫？"黎漾装蒜，笑着说，"我这里可没男人的衣服。"

"黎漾！"喻琛有些生气——他的衣服是她弄脏的，痕迹是她印上去的，现在这个态度是打算翻脸不认账吗？

"你喊那么大声干什么？"黎漾比他更大声。

十分钟后，洗手间的门被叩响。喻琛拉开门，看到黎漾环抱着胳膊倚在门口，手里拎着一件衬衫。黎漾说道："拿去。"

喻琛接过来，忽然想到什么，转脸看向黎漾，表情很是阴沉，说道："这该不会是哪个野男人的衣服吧？"

黎漾觉得喻琛不可理喻，哼了一声："你爱穿不穿！"

喻琛看着她的腰，倏地开口道："昨晚……？"

黎漾回头，用凶狠的眼神警告他："喝醉的事情你要敢说出去影响我追小弟弟，你就死定了！"

太好了！喻琛如释重负，放松语调，说道："一言为定！"

返程途中，四个人坐在车内，气氛有些古怪。黎漾和喻琛犹如两根导火索，只要视线碰上，就能产生火花。

江聿无意间瞥见喻琛的脖子，嘴角勾着笑，用手指在手机上按了几下。江聿收起手指的一瞬间，喻琛的手机同时亮了，喻琛看到江聿发过来的消息："喻总，需要把那天的礼物回赠你一些吗？"

从京郊回来后，江聿忙于公司事务，早出晚归各种应酬。等他闲下来时，才发现《京华客》已经开机，林绵早就带着助理进组了。

喻琛逮着机会刺激他："小别胜新婚！小江总还没跟老婆待几天，老婆又飞了。"

江聿一连几天低气压，连林律都有些害怕他。这天刚开完会，江玦请江聿去办公室里喝茶。

江聿姿态随意地坐在沙发上，长腿交叠，嘴角扬起浅淡的笑，手指按着领带松了松，掀起薄薄的眼皮欣赏着江玦煮茶。

江玦慢条斯理地煨水，手法简直跟老江总的手法如出一辙。他是老江总亲手培养的继承人，而且生性要强，潜移默化地继承了老江总的习惯。

"我听说你投资了《京华客》？"江玦不疾不徐地将金黄色的茶汤倒入茶杯里，语气随意，像是在闲谈，"怎么突然对电影感兴趣了？"

江聿敛着眉，神色淡然地说道："张导邀请我而已。"

江玦呷了一口热茶，嗓音清亮地说道："林绵也在《京华客》剧组。"

江聿压着嘴角，忽然问道："能抽烟吗？"

没有听到江玦制止的声音，江聿抽出一根烟放到唇上，点燃，淡而白的烟雾袅袅散开，极淡的烟雾笼罩在眼前。江聿不着痕迹地轻笑道："见过。"

"我听张导说，你看在我的面子上维护她，不让她拍吻戏。"江玦停顿了几秒后，说道，"我替林绵谢谢你。"

江聿夹着烟在烟灰缸上轻磕，思绪却有些飘远。等到江玦说完，他不在意地扯了扯嘴角，说道："等你们成了，你再来谢我。"

这话说得有些微妙，但江玦向来八风不动，不喜形于色，脸上自然也没多少表情，只是金丝镜框眼镜后的目光稍微波动了一下："好。"

两个人莫名其妙地冷场，江玦喝茶，江聿抽烟，就像两个矛盾体非要放置在一起，画面十分不和谐。几口茶过后，江玦提起老江总，说道："他希望你搬回壹合住。"

江聿薄唇吐烟，语调随意地说道："不了吧，家里有你和小敛就够了。"

"再说我结婚了，还住在壹合不合适。"一根烟燃尽，江聿按灭了烟，起身欲离开。

江玦问他："什么时候我们能见见弟妹，一起吃顿饭？"

江聿的嘴角勾起别有深意的弧度："她忙得很，再说吧。"

她是很忙，超级忙，连他的消息都没空回的那种。

林绵冷落江聿的第三天，林律在朋友圈里转发了一条情感鸡汤：一个人爱不爱你，就看他忙的时候是不是这样做……？

江聿从不信这些心灵鸡汤，可以说对此嗤之以鼻，但这次手指不听使唤地点开了。硕大的标题、劲爆的配图、扎心的句子几乎把他的心境全涵盖了。

他安慰自己，算了看看吧，手指点开的，和眼睛有什么关系？结果文章句句在理，江聿默默地点了个收藏。

看完文章后，他收到张导发来的一段夸林绵的演技好的小视频。视频中林绵吊着威亚，在绿色的幕布前拍一场打戏，她扮演的角色因为不敌对方的偷袭，重重地摔在地上。

林绵是真摔，下半身先着地，被拖行一段距离后，弯着腰腾起，形成一道泥雾。时间像是被定格了十几秒，之后她才直起身，拍拍身上的泥土，对工作人员摆手示意道："没事。"

江聿将进度条拖到最开始，反复看了四五遍，眉头紧紧地皱到了一起。他在手机上敲下一行字：你们就是这么对我老婆的？

幸亏反应及时，他才没将这行字按下发送键，沉思了几秒后，他点开林绵的微信，看到好几条他貌似无意间发的消息，都没得到林绵的回复，于是用手指在屏幕上敲下：绵绵，你对这个家没有留恋了吗？

第五章
金屋藏娇

　　林绵在黎漾的生日会结束那天就提前进组了。《京华客》的拍摄大都采用实景拍摄，剧组的人需要在山里蹲一个月，再回影视城里拍摄。

　　林绵刚从威亚上下来，腰疼得有些受不了，额头和鬓角上沁出了一层薄汗。小助理邵悦见状赶紧扶着她到椅子上休息，打开水瓶递给她，又将靠枕塞好，小脸上写满了担忧："林绵姐，疼不疼啊？"

　　刚刚林绵落地的那一下，因为工作人员没有控制好力道，她实实在在地摔在了地上，还被拖行了一段距离，外人光是看着都觉得疼。即便这样，林绵还是美得出尘，穿着一身白衣，如枝头上的落雪，又如清寒的冷月。

　　刚结束一场打戏，林绵有些灰头土脸，摇了摇头。邵悦拿纸巾帮她擦了擦，又说："姐，我帮你按按腰吧。"

　　林绵拿过纸巾，擦拭手心里的泥，语气极淡地说道："我没事。"

　　"林绵姐，你的手机有新消息。"邵悦从包里拿出手机递过来，林绵却摆摆手——她现在感觉身体难受，无关紧要的消息就不想看了。

　　"呀！"安静了片刻的邵悦忽然开腔，语气中略带兴奋，"那不是祁阮吗？"

· 105 ·

林绵顺着邵悦的视线看过去,与不远处的祁阮对视了几秒后,颔首打了个招呼。对方却抬起下巴,漂亮的眼睛里没什么温度,没看见人似的扭头离开。

祁阮也是星盛的艺人,据说还是江玦两小无猜的妹妹,被祁家捧在手心里的小公主。

祁阮想当演员,祁家便为她铺路,把她签进星盛,让她拿最好的资源。她与林绵差不多大,身上就已经背了好几个蓝血品牌的代言,高端定制礼服拿到手软。

祁阮是《京华客》指定的女主角,一进组就是宠儿。只不过林绵不懂,祁阮为什么对她表现出强烈的敌意?

即便和祁阮见过几面,邵悦仍旧情绪激动。林绵才得空问邵悦:"你喜欢她?"

邵悦用力地点头:"我室友喜欢祁阮,祁阮本人好漂亮,出身于豪门,拍戏还那么卖力,称得上劳模了。"

林绵静静地听着。邵悦突然噤声,意识到自己可能说错了话,吐了吐舌头,低垂着眉眼,略带歉意地说:"林绵姐,我是不是说错话了啊?"

祁阮是美貌和实力并存的人,这点林绵不可否认。她抿了抿唇,说道:"没事啊,祁阮确实很优秀。"

晚上剧组在农家乐一起吃饭,因为山里蚊子多,林绵特意用了防蚊贴和花露水,仍旧没逃离被蚊子叮咬的命运。她的手腕上被叮了两个红坨,痒得很。她只敢轻轻地挠,看见没一会儿周围的肌肤也泛起了绯红。

傅西池看了几秒后,端起一盘蚊香起身。一直在聊天的祁阮忽然抬眸看向他:"你拿走了,我们怎么办啊?!"

傅西池说:"林绵她们那边没有。"

祁阮用一种古怪的眼神打量着傅西池,懒懒地说:"叫她们坐过来一些啊,谁让他们坐得那么远?"

祁阮将傅西池手里的蚊香放回到地面上,不动声色地扫了一眼林绵,转头托着腮,笑盈盈地跟导演们聊天。

傅西池觉得无奈,但不想跟她计较,便拎着自己的花露水瓶来到林绵的身边:"山里蚊子多,你的助理没给你带?"

林绵抬头,一双黑眸被灯光照得莹润水亮。她的嘴角扬起浅浅的笑:"用了,不太管用。"

闻到林绵身上浓郁的花露水的味道,傅西池脱掉衬衫递给她,示意她穿上。

林绵推辞,将衬衫递回给傅西池。虽然剧组里的人都知道他们私下的关系,但免不了有不知情的人误会,她还是跟傅西池保持距离吧。

林绵拿起花露水瓶又喷了一些。傅西池干脆找了个小凳子在她的身边坐下。

邵悦上厕所回来,看见傅西池坐在自己的位子上,激动得不知道怎么办才好。傅西池拿出手机递给邵悦:"你加一下我的微信,林老师有什么事情,你都可以联系我。"

林绵觉得傅西池这么做不妥,但又找不到合理的借口拒绝。

邵悦兴冲冲地添加了傅西池的微信,随后识趣地给二人留下空间。

林绵没想到在洗手间里遇到了祁阮。祁阮站在镜子前,边打电话边慢条斯理地整理头发。林绵俯身接水洗手,旁若无人地抽纸来擦拭手指。

"江玦哥哥,山上有好多蚊子!"祁阮从镜子里看了一眼林绵,娇声娇气地说道,"手都被咬坏了,好丑啊!"

祁阮纤细的手臂不堪一握,偏白的肌肤在白炽灯的照射下泛着莹润的光泽,肌肤柔嫩无瑕,根本没有她形容的可怕的蚊子包。

"江玦哥哥,你什么时候来探班啊?"祁阮睨了一眼林绵。

大概是电话里对方说了什么,她小幅度地蹙眉,垂下嘴角,仍坚持要求道:"我不管,你要来探班。"

林绵无心偷听,只是觉得好笑,迎上祁阮的目光,顿时明白祁阮对她的敌意大概是因为江玦。祁阮到底是小公主,心思单纯得让人觉得幼稚。

祁阮挂了电话后，转过身来，面对着林绵，语气倨傲不善地说道："你真以为江玦会不知道你跟傅西池暧昧不清？"

林绵不在意，甚至沉默了几秒，善意地提醒祁阮："我跟傅西池上过热搜，你说江玦知不知道？"

祁阮的脸色骤变，她狠狠地瞪着林绵，说道："你能不能别缠着江玦？"

小公主就是小公主，找事也不分场合。林绵的表情淡然优雅，递过去的眼神却十分冰冷："你有证据吗？"

"什么？"

林绵抬眼，向四周看了一眼："如果你没证据就诋毁我，这叫污蔑。"

"你在看什么？"

林绵的薄唇里吐出三个字："摄像头。"

她可不想再闹出事情。

听见"摄像头"这三个字，祁阮面色一僵。林绵缓慢地说道："要是这里安装了摄像头，你今天说的这段话，不会让我怎么样，倒会让其他人知道你的真面目。"

祁阮被团队保护得很好，从没自己操心过口碑的事情，此时被林绵轻描淡写的语气吓得小脸惨白。

效果达到了，林绵也不想跟同一个剧组的人闹得很僵。她丢掉纸巾，越过祁阮，从容地离开。邵悦赶紧迎过来，像是听见了她们的对话，小声跟林绵说："林绵姐，我错了，我再也不喜欢祁阮了。"

林绵轻轻地抿唇，没有发表意见。回到酒店后，突如其来地下起了暴雨，林绵坐在窗边，看着泛起白雾的大雨，跟黎漾语音聊着天。

黎漾一心扑在实习生小弟弟的身上，过得快乐无边，在听到林绵无意间提起喻琛后，反应特别大，声音提高了几度："别跟我提那个男人！晦气！"

"嗯？"

黎漾问起江聿时，林绵这才意识到从她进组开始，跟江聿的联系频率变低很多，好几次看到江聿发来无关紧要的消息，都是只读不回。就比如今天，江聿早晨八点发消息来问林绵品牌方寄来的赠品怎么处理，她隔了大半天才回复他，让他放在储物间里。

"你们刚同居就分开，小江总好可怜！"黎漾胳膊肘往江聿那边拐，摆出一副责怪林绵不知好歹的样子，还变着法儿地打听他们在别墅里那晚的细节，"你们上次……"

很可惜，林绵闭口不谈。

忽然房门被叩响，声音格外突兀。这个酒店被剧组包了，她以为是剧组工作人员或者邵悦，便挂了电话起身去开门。拖鞋踩在地毯上无声无息，她拉开门，视线蓦地顿住。

"江聿？"林绵下意识地朝走廊四周看，"你怎么来了？"

江聿身上带着雨水的潮气，手中的黑色伞上雨水"滴滴答答"地落在地毯上。他轻启薄唇，揶揄道："你打算让我在走廊里丢人现眼？"

林绵侧身给他让出一条路。江聿进门，将伞交给林绵，脱掉外套，搭在沙发上。

深色外套不好分辨，等江聿脱到只剩一件白色的衬衫后，林绵才注意到他的肩头被淋湿了一片。看到他好像淋了雨，林绵提议道："你要先去洗个澡吗？"

江聿感到意外，抬起眼皮，眉梢随之扬起。他语气轻佻地说："这么急啊？"

林绵无视他的揶揄，走到窗边，将窗帘拉上："你不洗算了。"

江聿如一阵清冽的风向她走过来，用双臂环住她，把她禁锢在胸前："洗，为什么不洗呢？"

亲昵来得突然，林绵有些紧张，肢体微微僵硬，睫毛呼扇的频率加快。

江聿把下巴抵进林绵的肩窝里，得寸进尺地试探道："你陪我洗？"

雨水砸在玻璃窗上"噼啪"作响，水流蜿蜒而下。林绵目光追随着水流流下的路径，思绪像放空了一般："我洗过了。"

"会解领带吗？"

林绵点头。

江聿松开她，让她转过身来面向自己，命令她："帮我解。"

林绵手生，跟领带斗争了一会儿后，才顺利地把领带从江聿的脖颈上取下来。

"你把我上次的那条领带藏哪儿去了？"

林绵没敢告诉他丢了，从容地说："我放自己家里了。"

江聿勾着唇，浅色的眼眸里闪过一抹意味深长的笑："下次拿给我。"

林绵点点头："好。"

林绵解完领带，江聿双臂松松地环着她不动。

"你快去洗漱。"她不轻不重地推了江聿一把。江聿顺势往后退了两步，把小腿抵在床沿上，轻轻地笑着捞起睡袍，进了浴室。

房间小，浴室更是逼仄，磨砂材质的门上印出他挺拔的身形。林绵不去看，耳朵却躲不过水流的声音。

"你这个房间这么小，怎么住人？"江聿洗漱完，头发湿漉漉地搭在额前，顺毛的样子比头发被打理后的样子柔和许多。

江聿用毛巾随意地擦了擦头发，低头找手机："我叫人给你换个房间。"

林绵虚虚地坐在床边上，两件式的丝质睡袍被她穿得整整齐齐，腰带被系得规规矩矩，漂亮、修长的双腿藏在被子里，正经得令人发笑。她阻止他为她换房间的举动，又问他："你来酒店，张导知道吗？"

"你被祁阮欺负了，你也没告诉我啊。"

林绵问江聿是怎么知道的，听到江聿直言他在剧组里遍布眼线时，林绵开始担心他们的关系可能会曝光。江聿漫不经心地说："想要用'大嫂'拉拢我的人还少吗？"

是了，张导在开会时曾明示过林绵和江玦关系匪浅，江聿更是为了"大嫂"一掷千金让编剧改剧本。

空气里弥漫着淡淡的沐浴露的香气，两个人头挨着头躺着，静静地听着雨声，谁也没有越过那条界限。

雨天有助于睡眠，但林绵睡不着。之前没觉得，此时林绵感觉到自己的腰隐隐作痛，顾及着江聿在身边，想揉又不敢揉，早知道让邵悦帮忙上点儿药好了。她牵着被子轻轻地翻了个身，背对着江聿侧躺，将手指悄无声息地挪到腰上，小幅度地揉捏。

江聿安静地平躺着，呼吸轻缓均匀，让人看不出来睡没睡着。

突然一道白光照亮房间，紧接着"轰隆"声在天幕炸开，距离近得仿佛就在头顶上，下一秒，屋子里唯一的灯灭了。

停电了？

林绵听见走廊里有脚步声、交谈声，倾盆大雨下个不停，一道闪电接着一道闪电。她下意识地拽了拽被子，把半张脸埋进被子里。

听到身边的人翻动了一下，林绵以为他大概也是被惊雷吓醒，模糊间感觉男人支起上半身，强劲的手臂撑在她的耳侧，带来的热意将她包裹，即便是黑夜也无法藏匿男人的侵略气息。

她用双手抵住男人靠近的胸膛，声音轻而发抖地说道："你到底是来做什么的？"

她偏头，看见印在窗户上的树影被风刮得来回晃动，心跳比影子晃动得还快。热意在蔓延，有一瞬间，她仿佛回到了在伦敦的小公寓里。

男人贴在林绵的耳畔，语调稍扬，说道："当然是给家属送关怀。"

林绵转过脸，一双乌眸睁得大大的，看清他眼里的深深的笑意后，下意识拿手捂住了他的嘴。

男人轻松地扣住林绵的手腕，稍稍施力就能推走她，但他没有这么做，只虚虚地圈着，用偏高的体温炙烤着她的腕骨，语气越来越狎昵："不要关怀，要别的？"

"我没有不回你的消息。"她解释道，"我拍戏，没空看消息。"

"现在没跟你说这个。"他把薄唇贴在林绵的手心上，目光一寸寸地从她的眼睛上转移到唇上，"绵绵，你想要什么？"

雨声变得密集而汹涌，雷声震耳欲聋。林绵别开视线，硬着头皮

111

说害怕打雷。

江聿嗅到她的手心上那缕与颈侧相同的香气，勾唇，拉开她的手，低下身子，把唇落在她的眉心上，用手在被子里抚上她的腰肢。

听到林绵"咝"了一声，江聿用手搭着她的腰，皱着眉怀疑地问道："我没用力吧？"

林绵咬着唇，没吭声——江聿确实没用力，只是她的腰实在太疼了，碰不得。

江聿察觉到林绵的异常，侧身去按床头灯。林绵提醒他："停电了。"

江聿沉默着放开她，找到手机，打开手电筒，固执地要检查她的腰，不讲道理地掀开被子。入目的画面让他呼吸一滞——林绵的睡裙被撩高，很难遮住纤细修长的双腿，她白皙的肌肤晃入眼中。

江聿的眸色深了些，他不动声色地咽了咽口水，咬着牙催她解开衣服。

林绵在江聿严厉的目光下，慢腾腾地拽开真丝带子，偏过头看向别处，脸色不自觉地染上一层绯红。丝质睡袍轻轻地落在床上，她的身体轻轻地颤抖。手电筒的光晃得人心慌，最终定格在她纤细的腰肢上。

幸好足够黑暗，江聿的眉眼被藏匿在黑暗中，她才没觉得难堪。

估计是林绵在下午拍摄时被撞到却并未察觉，她的腰上有一小块瘀青，印在白皙的肌肤上格外刺眼。

江聿凑近一些，用指尖在瘀青的周围试探："很痛？要不要去看医生？"

林绵摇摇头——这是能忍受的疼痛，没有必要去。

江聿晃了晃手机，放下真丝睡裙，下了床，趿拉着拖鞋在屋子里走动。林绵看了一会儿，叫住他："你在找什么？"

"药。"江聿问，"你的助理没有给你备常用药？"

对演员来说，治疗跌打损伤的药是常备药品，他们可以不吃饭，但不能不带着药。江聿翻了翻，没找到药，心里有些烦躁地说道：

"把你的助理的电话给我。"

"有药。"林绵下床去床头柜边找药。黑灯瞎火,她只记得邵悦给她时是用纸盒包装的,于是在电视机下摸索,感觉到指尖碰到一个盒子,便把它拿在手里说:"找到了。"

江聿将光打到她的手上,忽地笑出声,语调扬起,说道:"林绵,这就是你找的药?"

江聿高大的身躯挡在林绵的眼前,睡袍松垮地挂在他的身上,腹肌若隐若现,男性的气息不容忽视,语气里透着撩拨之意。

林绵顺着光,看清盒子上的图片后,瞬间将"药"丢在电视柜上,不淡定地解释道:"我没看清楚。"

"你猜我信不信?"江聿越过林绵,从被丢弃的盒子旁边拿起差一点儿就被林绵找到的药,命令她,"去床上躺好。"

林绵伸手去接,却被江聿抬高手臂避开:"你不想今晚发生点儿什么,就乖乖去躺好。"

林绵僵持着站在原地,看到江聿抬起眼皮看她,眼神里满是警告。红花油刺鼻的气味弥漫开,林绵被呛得打了个喷嚏,抓着被子捂住口鼻。

江聿垂着眼,丝毫不在意似的倒了些在掌心里揉搓,等到掌心完全被搓热,才轻轻地按在瘀青上揉捏。

江聿的力道不轻不重,但热辣的感觉透过她的肌肤传递到神经上,让她很轻地躲了一下。江聿牢牢地扣住她:"你以前可没这么不耐疼。"

江聿低着身,睡衣大敞,漂亮的锁骨耸立着,腹肌紧致,线条分明。林绵不着痕迹地多看了几眼,偏头看向窗外。

江聿停下动作,指尖被红花油浸润后泛着光,揶揄的眼神有些恶劣:"你在偷看什么?"

林绵抿唇说没什么。江聿轻轻地笑,起身去盥洗室里洗手。

只是在林绵道谢时,他才俯身凑过去,咬住她的下唇,颇为不满地说道:"林绵,老公不是摆设,是拿来用的。"

林绵被江聿的视线紧追不放,不知道该做什么才好,感受到他的触碰变成温柔的吻,便用手轻轻地推他,却被压了下去,她突然间碰到枕头下的纸盒,顿时僵住。

这是喻琛送的吗?江聿是什么时候放在枕头下的?

林绵的思绪神游了几秒。感受到江聿的掌心在她的腰上不轻不重地揉捏,她眨眨眼睛,示弱道:"我腰疼。"

偏冰冷的嗓音说出这样柔和的语调像在撒娇,勾缠着,绕到他的心里。江聿无可奈何,本也没打算在她腰疼时做什么,但见她这样胆小的样子,便忍不住捉弄她:"第二次了,事不过三。我看你下次还能找什么理由。"

在这个电闪雷鸣的夜晚,林绵陷在一个温热的怀抱里,又梦见了伦敦。

一个暴雨如注的傍晚,林绵和Roy窝在沙发里看一部黑白老电影。Roy只有发达的运动细胞,文艺细胞都被吞噬了。电影才开始十五分钟,他已经倚在林绵的肩膀上昏昏欲睡。

感受到他的头一点点地往下垂,林绵放开抱枕,用手心及时托住他的额头,慢慢地送回她的肩膀上。可是没一会儿,他像是要赖博取她的关注似的,头又从她的肩膀上滑下来。

她偏头看了一眼他安静的睡颜。他紧闭双目,浓黑细长的睫毛垂落,挡住了会蛊惑人的浅色眼瞳。

他的头再次垂下来的时候,林绵用掌心接住,没再推回她的肩头上,就这么托着,看了一整场电影。

看到片尾字幕从屏幕上闪过时,林绵感觉肩膀酸涩,手心里的下巴动了动。Roy仰起头看向她,睡眼惺忪,眼底满是困倦:"酸不酸?"

林绵说酸,他便坐起来从后面抱住林绵,把下巴抵在她的肩膀上,闭上眼睛继续酝酿睡意。

听到手机在沙发上响起,林绵推他去接电话。他不情不愿地拿过来,摁掉,用双手捧住她的脸转过来,与她对视,在她的唇上轻啄,用困倦的嗓音说:"下雨了。"

这个电影很奇怪,最后的感谢名单足足放了几分钟,名单不断地更新滚动,音乐继续播放,清脆的雨声清晰地灌入房间里,开着的一角窗户让黏糊的湿气一并涌了进来。

林绵回抱住他的肩膀。男人宽阔的脊背充满了韧劲和力量,这是狮子成年的标志。

"看电影还不如接吻,做点儿快乐的事情。"江聿低头,不讲道理地索吻,"看电影之前就想做了。"

快乐的事情延续了很久,变了很多个地点。

她撑在菱形的窗户上俯瞰街区。雨点快且密集,路上的行人寥寥无几,隔壁家的贵宾犬叫个不停,电影变成铺垫。

一记炸雷猛地响彻头顶。林绵猛地惊醒,意识混沌,黑暗中什么都看不见,借着天际不断掠过的闪电,勉强能分辨江聿侧躺着的轮廓。

窗外的雨越来越大,而她被他拥在怀中,身后有源源不断的热意袭来,恍惚间觉得雷雨夜也没那么难熬。

江聿感知到怀里的人睡得不安稳,便收紧手臂,把她往怀里带,用手心盖住她的额头,困倦的嗓音里掺杂着一丝沙哑:"睡吧。"

很奇怪,江聿的手仿佛有种魔力,竟然让她在这种近乎哄小孩儿的方式下再次睡了过去。

第二天暴雨转中雨,天空被暴风雨清洗过一遍后,透亮了许多,周围一片绿意盎然。

因为是下雨天,拍摄暂停。林绵早晨醒了一会儿,听见雨声没停,又合眼睡了过去,再醒来时已经十点了。

她从被子里探出手臂,打算伸个懒腰,再玩会儿手机,突然碰到一个温热的身体,猛地缩回手,悄无声息地从江聿的怀中往外挪。她抓着手机的一角,拿过来按开屏锁,倏地腰间被大手扣住,整个人像抱枕一样被拖回江聿的怀中。

"江聿！"她的手机差点儿掉下来砸到脸上。

"嗯？"江聿还没睡醒，声音里带着很浓的鼻音，"你在看什么？"

这一刻是温情的，也是美好的。林绵盯着屏幕上的数字，问他："今天是周三，你不用回去陪老江总吃饭吗？"

江聿失笑，埋着头，声音很闷地说道："想不到你对我还挺关心。"

"什么？"

"我哪天该回家陪我爸吃饭，你记得比我还清楚。"

林绵无法证明想起这件事情纯属巧合，牵牵唇角，干脆不说话了。

江聿起身喝水。林绵盯着他的膝盖许久，等他转身看她时，才抬眸问道："你的腿怎么了？"

一道颜色稍浅的疤痕横在他的膝盖和膝弯之间，狰狞的痕迹让它看起来很严重。江聿脸上没什么表情，轻描淡写地说道："车祸刮的。"

林绵再往细了问时，江聿却不想说，重新回到床头懒懒地靠着，支起一条腿搭在床沿上，拿起手机来回点。

林绵估计这是触及了江聿不好的回忆，他漂亮的眉头一直紧锁着。他不想说，林绵也不会主动找话题来缓和气氛，于是点开漫画软件，把之前攒的漫画看完后，切换到微博。难以计数的消息争先恐后地涌入，瞬间手机屏幕上挤满了夸张的数字提醒。

她没清理消息，点开主页往下拉。林绵关注的人不多，所以傅西池的那条微博显眼地挂在前排。她点开图片放大，认出来手指是她的，红色指甲油是为了试镜临时涂的。

傅西池偷拍了她，又在微博上放一张局部图做什么？这种事情很微妙，她还没办法光明正大地去问对方，但是有人已经嗅出端倪，在傅西池的微博下问是不是林绵，是不是真的要第三次合作了。

傅西池挑了几条评论回复，其中有一条比较明显：哥哥，哥哥，中指上有颗小痣，这是我的老婆林绵美女子的手无疑了。

傅西池回复：只是一张剧照。

林绵随便看了看，还没来得及退出，一双手便从背后环上来，目光落在她的手机屏幕上，脸上的表情喜怒难辨。

林绵下意识地想关闭手机，那双手却越过她的脸颊，先一步点开图片，将它放大放大再放大。

林绵觉得这个姿势太过亲昵，很煎熬。江聿却不觉得，用指尖将图片缩小，轻启薄唇，问道："傅西池为什么发你的图片？"

林绵想问他是怎么认出来的？话还没来得及说出口，后颈就被不轻不重地咬了一口。江聿泄愤似的，嗓音沉闷地说道："你太招人惦记了！"

忽然响起敲门声，邵悦的声音传了进来："林绵姐，我进来了啊！"

林绵忘了邵悦的手里有她的房间的备用卡，随时可以进出她的房间。她的脑子里突然响起危险警报——邵悦下一秒就可能刷卡进来。

林绵绷紧神经，拥着被子坐起来，轻轻地抖着睫毛，冲着门口说："你等一下，先别进来。"

话音还没落，便听到门口发出"滴滴"的电子提示声，林绵近乎大喊道："邵悦，你等等！"

房门那边没了动静。邵悦可能是被林绵吓到了，在门口问："林绵姐，你怎么了？"

林绵把双脚放到拖鞋上，气息不稳地对邵悦说："你先站着别动，等我叫你时，你再进来。"

邵悦愣了几秒："好。"

江聿仰面躺着，从容地看着林绵，谁知下一秒，就被林绵拽着手腕被迫起身。他盯着林绵问道："你的助理不知道我们结婚了？"

林绵没时间多解释："新助理。"

江聿极不情愿，还是被林绵以潦草的方式塞进了衣柜里，末了听到林绵用脚踢上门，江聿直接被气笑了——他什么时候受过这种委屈？

衣柜有股常年不用的霉味，而且很狭窄，柜子门脆弱得仿佛随时会垮掉。

江聿听到拖鞋声越来越近,随后看到柜子门再次被拉开,林绵将他的衬衫和西裤无情地塞了进来。他抱着衬衫和西裤,哑然失笑,觉得自己现在特别像走投无路的奸夫。

邵悦站在门口,得到林绵的允许后才推门进来。

林绵还穿着睡袍,脸上有未睡醒的倦意,只不过看着好像刚做了什么运动,颈间沁出了薄汗,几缕发丝缠绕,多了一丝凌乱的风情。这样的林绵太漂亮了,导致邵悦不敢看她。

邵悦的视线乱飘,忽地定格在地板上的一条暗蓝色的领带上:"林绵姐——"

林绵也看见了,假装不经意地走过去,随手捡起来团了团,放到包里,表情淡定从容,让人没办法想其他的:"你手上拎的什么?"

邵悦这才想起正事,将纸袋放到桌面上:"酒店的早餐。"

酒店早上供应早餐,只是林绵睡过头了,错过了时间。幸好邵悦是个贴心的人,提前帮她拿了一份。

"谢谢你。"林绵让邵悦回去休息,不用待在她这儿。

突然被放了假,邵悦高兴地离开,走到门口时突然停下来,指着角落问道:"林绵姐,这把伞是从哪儿来的?"

林绵面不改色地说道:"不是你拿回来的吗?"

邵悦蒙蒙的,她记得昨天她来的时候没瞧见过:"不是我的啊。"

林绵立刻说:"这样啊,那过会儿我还给前台吧。"

这种事情怎么能让林绵来呢?邵悦拿起黑伞,笑嘻嘻地说:"我去,我去。"

没等林绵叫停,邵悦便带着黑伞溜了。林绵扶着被关上的房门,紧张的情绪微微放松,但想到被邵悦拿走的那把伞,额头又隐隐作痛。

站了几秒钟后,她看向衣柜,里面静悄悄的,江聿这次倒挺配合。她走近衣柜时,柜门忽然被打开,里面的人跨出来,将她拽进怀里。江聿用双臂箍紧她,像一只巨大的笨重的无尾熊缠了上来,低沉的语气里颇有几分不满:"你打算一直让你的助理不知情吗?"

林绵眨眨眼睛,好像在问这样有什么不妥。本来就是隐婚,少一个知道的人，就少一份被曝光的危险，怎么江聿反倒很期待被人知道？

江聿识破她的想法，目光严厉地盯着她，轻哂道："以后你的助理来，我都要躲进衣柜里吗？"

"这次是意外。"林绵不紧不慢地解释道，"你也没提前告诉我你要来。"

说完，她很认真地看了江聿一眼，只不过江聿的嘴角带着笑，仿佛在忖度她这话的真假，而后咂摸出一点儿其他的意思，揶揄道："你这是在责怪我没提前通知你吗？"

林绵绝对没有这个意思，只是陈述一件事实而已，但江聿最擅长发散思维。果然，他笃定地说道："下次一定提前让你准备。"

还有下次？林绵后知后觉地意识到自己给自己挖了个坑，随后不知道从哪儿来的力气，将江聿推远了一些，快速地回到床边，把被拽到了肩膀的睡裙重新穿好。

"你的伞被邵悦拿走了。"

"我听见了。"

林绵说改天还他一把伞。江聿勾着唇角，散漫的语调响起："林绵，你不觉得现在发生的每一幕，熟悉到像是被安排好的吗？"

林绵一时没反应过来，直直地望着他。

江聿的薄唇开开合合，他将最近发生的事情细数了一遍："摸腹肌，借伞，你手机的锁屏密码是我当初给你设置的。"

所有的画面忽然被串联，林绵意识到他可能要说什么，于是抢先一步开口道："前面都是巧合而已，你不要想太多。"

江聿逼视着她："那锁屏密码怎么说？"

林绵沉默，知道如果她说自己只不过是因为习惯了一件事情不想改变太没说服力，但不承认的话，江聿脱缰的思维可能立马奔到外太空。

"上上下下左右。"林绵的声音越来越小，江聿嘴角的笑意却越来越大。当初两个人看了电影，江聿说这个口号适合当密码。

"有什么问题吗？我不能这么设置吗？"林绵的声音有一点点

颤,底气很不足。

"没说不可以。"江聿得了便宜,也不打算把人逼得太紧,扬了扬嘴角,稍显得意地说道,"我知道那一个月对你来说很难忘,毕竟我的服务可不止三千欧元。"

这个人好记仇。

两个人拌嘴的同时,忽然听到门铃又响了,同时顿住。房间里突然安静,落针可闻。林绵跟江聿对视一秒,用平静的眼神暗示他去衣柜里。

江聿读懂了,但没动,静静地站着,眼神仿佛在说"我不会进去第二次"。

林绵无奈地说道:"可能是邵悦回来了。"

与此同时,门铃声停止,傅西池的声音传进来:"林绵,起床了吗?你还在睡觉吗?"

大概是没得到回应,傅西池开始打林绵的手机。听到手机铃声响起,江聿眼含深意地注视着林绵,眼神分明就是一把刀,抵在她的脖子上质问她为什么傅西池会来敲门。

林绵的脊背发凉,一股冷风从脚底蹿起来,顺着脊梁往上爬——看吧,前男友果然是个会来索命的危险物种。

敲门声断断续续,傅西池很执着,看样子不打算轻易离开。之前他们在《潮生》剧组也这样,傅西池深知林绵喜欢睡懒觉,所以几乎每天准时准点来敲门,一直敲到她开门为止,再拖她一起去吃早餐。久而久之,这个习惯一直被延续到了他们下一次的合作。

林绵看看房门,又看看江聿,后者摆明了不怕傅西池敲门,大大方方地在床上坐下,俨然一副看热闹的样子。林绵来到他的身边,拽着他的手臂,说道:"你先躲躲。"

江聿就着她手上的力道,把人往怀里带,让她稳稳地坐在他的腿上,而后牵动唇角,说道:"我就这么见不得人?"

林绵怔了一秒,不顾他的无理取闹,挣脱他的怀抱。江聿嘴上说着不配合,其实还是乖乖地被林绵拖拽着,再次回到衣柜里。

"林绵，第二次了。"江聿咬着牙，浅色的眸子里透出克制不住的愠怒。

林绵扶着衣柜门，拜托江聿委屈一下，刚要关上门，就被他勾着腰拉回怀里，撞在柜子上发出巨大的响声。他温热地吻了上来，在她的唇角上不轻不重地咬了一下，语调含糊地说道："最后一次。"

他用人格保证，这是最后一次，下一次不管谁来敲门，他也不会躲。

林绵看着他高大的身躯却弯着腰躲进衣柜里，脑子里顿时浮现出委屈狗狗的样子，莫名其妙觉得很可爱。她用指尖撑着他的肩膀，起身时触碰到他的耳朵，她浅浅的呼吸声同说话的声音一并落下："谢谢你，江聿。"

柜子门"砰"的一声被关上，深处的灯光很亮。江聿藏匿在暗处的耳朵被照得通透，薄而透明的耳郭漫上一层血红。林绵取了件风衣穿上，把自己裹得严严实实才去开门。

傅西池看见林绵的装扮，上下打量，愣了几秒后说道："你起来了啊，我还以为你没醒呢。"

林绵扶着门，整个人几乎藏在门口，嘴角扯出淡淡的笑："我在洗手间里，没听见。"

傅西池点点头，说道："我问了前台服务员，说附近有家好吃的米线店，几分钟就能到，要不要去？"

林绵表现出没什么兴趣，客气地回绝道："不去了吧，邵悦从酒店里给我拿了早餐。"

"酒店里的早餐都凉了吧，怎么吃啊？"傅西池说，"你要是下雨天不想出门，我去帮你带吧。"

林绵再次回绝道："不用了，你和你的助理去吧。"

傅西池提起他的助理的前任回来死缠烂打，不知道怎么解决，所以没心情吃饭，顺口问林绵："你的前任有过这样吗？"

林绵神色一顿，脸上看不出破绽。她小声地回道："死了。"

傅西池将信将疑。

林绵垂下眼皮，捂着嘴打了个哈欠，说自己想休息了。

终于等到傅西池消失在楼梯的转角,江聿骨节分明的手指贴着她的脸颊,把她用力地按在门板上,房门和她被推着往后了一步。

"咔嗒"一声,房门落锁。她被江聿困在双臂和门板之间,她不解地抬头直视他:"你做……"后两个字被碾碎在唇齿之间。

她被江聿搂着腰抱起来,小转了半圈后来到电视桌前。

他一只手托着林绵,另一只手拂开桌上的杂物,问道:"林绵,你说谁死了?"

"我随便编的。"林绵抬起水眸瞧他,冰冷、漂亮的瞳孔里映着无奈。

江聿想气又气不了,只能压低嗓音,说道:"所以我既要被迫当奸夫,还要死掉?"

"当然不是。"她反驳道。

"绵绵,死了三年又诈尸,这笔费用你打算怎么支付?"男人用双手托着她纤薄嶙峋的身体,轻易地将她放到电视桌上坐着,用强劲有力的手臂撑在她腿侧的桌面上,低头与她接吻。

一个几经波折的早安吻姗姗来迟,林绵靠在他的肩头上,气息不稳,节节后退。林绵的手指不小心碰倒水瓶,导致盖子飞出去,水在电视桌上漫延。

指尖被水浸湿,冰凉沁入皮肤里,明明是水,却像是有羽毛在挠动。她湿漉漉的手指离开桌面,下一秒就被大手按回水里,掌心都被浸湿了。

十指相扣,严丝合缝。

接吻后,林绵心潮澎湃,多巴胺快速地分泌着过剩的快乐,她的脑子里闪过黎漾说过的话:"合法夫妻,及时行乐。"

傍晚张导听闻江聿前来探班的消息后,严阵以待,特地在下榻的酒店宴会厅里安排了房间来招待江聿。

江聿衣冠楚楚,神色淡然地落座。张导笑眯眯地跟江聿介绍在场的人,看到江聿不经意地环顾全场后,心领神会,刻意低声告诉江聿:"林绵昨天受了伤,我就让她在房间里休息。"

江聿漫不经心地应了一声。

过了一会儿,人来得差不多了。江聿把视线从手机上移到张导的身上,倾身询问道:"酒店的堂食能外带吗?"

张导被吓了一跳,一回头先看见江聿的衣领下半遮半掩的吻痕,愣了一秒钟,随即笑着回答道:"小江总是担心林绵没有吃的吗?"

江聿似笑非笑,没有表态。张导作为过来人瞬间就懂了,一面吩咐人给林绵送食物过去,一面感慨道:"小江总对未来的大嫂真上心!"

察觉到这话说出来有歧义,张导又补充道:"你们兄弟的关系一定非常好,小江总爱屋及乌。"

江聿摆弄着指间的烟,嘴角带着淡淡的笑意,说道:"算是吧。"

对于江聿亲自来探班这件事情,张导觉得面上有光,不禁多喝了两杯,醉意染上眼角,喝得面红耳赤,满面红光,说话有些昏昏然。他侧过身来征询江聿的意见:"待会儿咱安排个地方玩玩?"

江聿没怎么碰面前的酒,倒是一杯茶先见了底。他把玩着杯盏,对这群人吃了饭出去玩的提议不予置评,轻描淡写地说:"不了,我还有点儿事情。"

张导瞬间露出意味深长的表情,眯着眼睛说:"那你去忙……"

话还没说完,房门被推开,一股甜腻的香气随风被送了进来。祁阮站在门口张望,目光落在江聿的身上时,扬起了唇角:"江聿。"

对于祁阮的突然出现,张导迟钝地眨了眨眼睛,视线在江聿和祁阮的身上逡巡,过后恍然大悟,眯着眼笑了起来——原来是这么回事,他还真忽略了。

"祁阮啊,你快进来坐!"张导很贴心地让服务员加位子,将自己的座椅往旁边挪,愣是让新添的椅子放到了江聿的身边。

江聿轻蹙着眉头,绷着面容,坐直了身体。祁阮像一只蝴蝶似的飞了过来,扑到他的身边坐下,轻挑眉梢:"你怎么来了啊?江玦哥哥没有跟你一起吗?"

她的瞳仁乌黑发亮,灯光从头顶上倾泻,照得她的眼睛亮晶晶的，她说话时浓密的睫毛一眨一眨的，稍显天真。祁阮四处寻找，并没有看到江玦的身影，于是用细软的手指往江聿的手臂上搭，像小姑娘那样娇气地说道："他告诉我会来的。"

江玦一直很宠祁阮，但江聿不会。江聿不动声色地挪开，避开祁阮有意无意的触碰，语气不大好地说道："他来不来，我怎么知道？"

祁阮有些失落，抿着红唇抱怨道："他半个小时前就告诉我他快到了，他该不会是骗我的吧？"

江聿稍感意外地问道："江玦要来？"

"对啊，他来探班，不像你，来了也不找我。"

祁阮知道江聿是看在江玦和林绵的关系上才入资的，为此她耿耿于怀，找江玦好一番哭诉，果然得到了江玦送的两个好资源。

张导一听江玦要来眼睛都亮了——他这算是走运了，一个电影，两个重量级的资方前来探班，吹出去他的面上都有光。他放下酒杯，叫来服务员收拾现场，准备迎接江玦。

江聿懒懒地坐了一会儿，百无聊赖之际，起身对张导说："你们慢慢喝，我家里那位管得紧，我先回酒店了。"

张导足足愣了几秒，才意识到江聿说的那位是他隐婚的妻子，于是跟着起身，说道："那我送送你。"

江聿示意张导不用送。张导的脑子转得快，他立刻对祁阮使眼色，说道："你帮我去送送小江总。"

祁阮刚好也想找江聿说话，便起身跟着江聿出门。江聿在门口拿出一支烟点燃，放到唇上，目光望着远处，像是在放空，不知道在想什么。

背影融于夜色之中，门口一缕淡光打在他的眼睑上，他低垂着眼，用指尖很轻地弹了弹烟灰，游刃有余的动作稍显矜贵斯文。

"江聿，你为什么要撤我的代言？"之前顾忌着一屋子的人，祁阮忍着没说，现在四下无人，脸瞬间垮了下来。要知道，她可是星盛力捧的"亲女儿"，要风得风要雨得雨，好的资源都该往她的身上倾斜。

但江聿回国后，不但抢夺了江玦的权力，还力排众议签下林绵，短短时间内，竟然不和她商量就撤了她的两个代言，那两个代言虽然不是蓝血品牌的代言，但国际知名度高，影响力大。

江聿面对祁阮的质问波澜不惊，似乎并不觉得有什么，薄唇轻启，用透着冷淡的语气说道："你跟品牌方不契合。"

祁阮愣了一下，简直闻所未闻——她就是品牌方的宠儿，从没听过她跟品牌方不契合。祁阮受不了这种委屈，她的眼眶里瞬间溢满泪水："难道你打算从我这里抢走代言给林绵？"

江聿态度微妙，指间的青烟袅袅环绕着。他似笑非笑地说道："不给。"

祁阮震惊地抬眸。

"配不上。"他回答得干脆利落，不给祁阮半分颜面，当然他也并非抬高林绵，只是因为这些品牌都衬托不了林绵的漂亮。林绵的代言他会精心挑选，绝不是从祁阮这里随便拿两个过来。

"为什么？"

江聿低眼，动了动嘴角："偏袒需要理由吗？"

当然不需要，如果偏袒需要理由的话，他还做这些干什么？

祁阮睁大黑眸，满脸惊愕地看着江聿，像是从他的脸上读懂了什么，又像是很迷惑，认为他的做法不可思议。

一支烟燃完之际，江聿侧头对祁阮说："你进去吧。"

他用手指捏着猩红闪烁的烟头，快步走进夜色里。酒店距离餐厅不过几百米的距离，他回到为他安排好的房间里，冲了个澡，换了身衣服，敲开林绵的房门。

室内暗香浮动，应该是她用过香水了，淡淡的玫瑰香气不腻，隐约有些勾人。

林绵的睡袍挂在肩头上，她开门后便趿拉着拖鞋往室内走，懒懒地走到床边，掀被子要躺回去。

江聿拉住她的手腕，探了探体温，看到张导叫人送来的饭菜没怎么动过，便问她怎么不吃饭。

她没睡醒似的，困倦得没力气说话："我想睡觉。"

她抽回手,像猫一样窝回被子里,侧躺着,把半张脸埋进枕头里,闭着眼睛很快便入睡。

三年了,她贪睡这个习惯还没变。江聿无言轻笑,站了一会儿,解开衣服丢在椅子上,掀开被子从林绵的背后拥住林绵。

她的身体很软,靠在就像是为她量身打造的臂弯中。一米六八的身材,宛如一根骨头镶嵌在他一米八八的身体里。

江聿的鼻息间萦绕着她散发的淡淡的香气。他按灭了唯一的光源,盯着她的后颈看了半晌,用手指撩开她窝在颈侧的头发,倾身印上一个吻。林绵的眼睫在没人看见的地方轻轻地颤动。

江聿搂住她瘦削的肩背,微微勾起唇角,轻言轻语道:"腰还疼不疼?"

他也不等她回答,把手搭在林绵的腰上心无旁骛地按摩,力气不轻不重,按得她昏昏欲睡。

林绵起初感觉暖和,后来感觉越来越热,像是被拽入一片热海里,手脚不能动弹,热气漫过脸,难以喘息。

她梦见自己坐在大圆桌上,周围坐满了人,大家有说有笑,推杯换盏,有人过来敬她,她推辞不掉,只好抿了一口,后来脑子越来越昏沉,身体不断有热意渗出。

她踩着虚浮的脚步去洗手间,忽然感觉到一双手缠上来,酒气随之环绕过来。

"林绵,你醉了。"陌生男人贴过来的嘴脸十分丑陋,嘴角噙着恶心的笑。

林绵被吓坏了,那一刻力量爆发,将男人用力地推开,忙不迭地往酒店大堂里跑,往人多的地方跑。

那人如影随形,很快追了上来,嘴里谩骂着刺耳难听的话,伸手要拽她回去。

林绵忽然脚下一软,摔倒之际,被一个服务员接住:"小姐,你没事吧?"

林绵死死地抓着服务员的手说:"我……我胃疼,请你送我去医院。"

她肌肤本就偏白,受了惊吓后血色全失,一双黑眸沁水,指甲都快嵌入服务员的肉里。服务员被吓坏了,赶紧联系人送林绵去医院。

也就在这时,林绵的背后深而黑的走廊里突然爆发出一声惨叫,继而响起拳脚相加的声音。

林绵的身体轻颤,她倏地睁开眼,眼底布满了恐惧,失神地望着天花板。过了很久很久,林绵溃散的意识逐渐回笼,胸口剧烈地起伏,她拥被坐起来,环顾四周,才辨别出自己是在剧组下榻的酒店里。

枕边冰凉,房内萦绕着淡淡的香气。她记得昨晚江聿过来敲门,后来自己被他抱着睡了过去。现在房间里已无男人来过的痕迹,她掀开被子,双脚踩在拖鞋上,坐着愣了一会儿。

她怎么又会梦到那件事情?

林绵来不及多想,这时闻妃打电话过来,告诉她江玦来剧组探班,让她有个心理准备。闻妃挂了电话后,噩梦带来的不安情绪仍旧萦绕在林绵的心头。她拨通黎漾的电话,用指尖无意识地在腿上轻敲——这是她紧张时才会做的小动作。

"绵绵宝贝,你好早啊!"黎漾拖着懒洋洋的腔调说,"今天不开工吗?"

林绵说雨刚停,剧组没办法进山拍摄。

"江聿是不是去探班了?"黎漾又开始打探八卦消息。

林绵绕过了这件事情,将她做的梦讲了一遍,好像找个人说出来,心里就没那么慌张害怕了。

"当年的那个坏人都被抓了,你怕什么?"黎漾提起来就来气。

其实那不是梦,而是林绵未拿奖之前的一段灰暗的经历。那个人出事出得很蹊跷,据爆料,他在被抓之前身上有严重的外伤,再结合梦里的那声惨叫,林绵不由得多想了几分。

黎漾说:"你该不会还想找那个人吧?"

林绵沉默。

黎漾劝她:"当时那个点吃饭的人多,你又喝了酒,服务员都说

· 127 ·

没有发生殴打事件，你再怎么找也是白费力气。"

大家都这么说，林绵也觉得可能只是自己的记忆错乱了。她突然听到黎漾那头传来一阵说话声，觉得耳熟："黎漾，你跟谁在一起呢？"

"没谁啊。"电话就被掐断了。

过了十来分钟，林绵没见江聿回来，于是发消息问他是不是走了。

江聿很快回复：没有。醒了？

林绵不知道自己睡了整整十几个小时，伸了伸懒腰，想去洗个澡，刚解开睡衣的带子，将睡衣脱至手肘时，房门发出"嘀嘀"的声音。江聿推门进来，入目的便是她脱掉了睡袍，香肩半露的画面。

她侧过去，如蝶翼般的肩胛骨嶙峋耸起，勾勒出纤细的线条，骨感美也不过如此。

"我给你买了米线。"他放下食物，来到林绵的跟前，双臂交缠着抱住她，带着潮气的身体贴过来。

"江玦来了。"他低眼，凝视着她脖颈瓷白的肌肤，总觉得她是在勾引他，牙根隐隐发痒。

"江玦什么时候来的？"

"昨晚。"

"别，还要拍戏。"感受到江聿的齿尖磨上肌肤，林绵呼吸一滞，出口阻止道。

江聿的喉间发出轻笑声，他开玩笑地问她："不拍戏就可以吗？"

她躲了两天了，还故意勾引他。

林绵偏头躲避他的亲吻，却被吻得更狠。他抱着她平息热潮，良久才开口道："你收拾一下，中午张导安排了饭局。"

中午的时候，张导安排饭局接待江玦，有意叫上林绵。

祁阮和林绵前后脚到。祁阮冷眼剜了林绵一眼，挑中江玦右手边的位置，直接拉开椅子落了座。

张导面露尴尬之色，给祁阮使了个眼色，但对方视而不见，反而紧贴着江玦。

江聿从外面进来，携来淡淡的气息，不着痕迹地拉开椅子，绅士地问林绵:"不坐吗?"

林绵落座,江聿便不客气地坐在了林绵和江玦的中间。

江玦的目光在两个人的身上扫了一眼,他见两个人坐下后并无亲昵的举动,才把目光落在林绵的身上。

"林绵,拍戏辛苦吗?"江玦的声音温润。他越过几个人只同她一个人寒暄,目的有些过于明显,但在场的人谁不心知肚明。

江聿忽然出声,扬起好看的唇,调侃道:"要不,我跟你换个座位?"

江玦牵了牵嘴角,神情淡然,金丝镜框眼镜后的眼睛微动。他轻描淡写地带过:"不用了,就这样吧。"

祁阮不满意了,小声抱怨道:"江玦哥哥,你为什么不问问我辛不辛苦?你看我的手都被磨红了!"

她将手心摊开给江玦看。江聿扫了一眼,揶揄道:"快点儿给他看,再晚一会儿都看不见了。"

"江聿!"祁阮对江聿怨言颇多。

江聿不动声色地拿了一瓶奶放到靠近林绵手边的位置上。林绵愣了几秒,默契似的拿起来拧开盖子抿了一口,酸酸甜甜的味道在舌尖上绽开,还挺好喝。

江聿用余光瞥了她一眼,微微勾起了唇角。

这种商务性质的饭局没什么意思,也轮不到林绵插嘴,所以她只顾着低头吃菜,偶尔抬头对说话的人露出赞同的表情。

张导喜欢喝酒,偏巧江家的两兄弟都不怎么喝酒,他一身本事无处施展,只能连番拿茶水作陪。几番下来,江玦缓声对张导道谢,虚心的程度让张导受宠若惊。张导自然也知道承了谁的情,目光有意无意地落在林绵的身上,笑呵呵地应着。

张导还没坐下,江聿用骨节分明的手指捏起茶杯,也抬起来对张导表示感谢。江玦转脸看向江聿,只见他嘴角带着笑,慢条斯理地抿着茶。

席间大家不知怎么就聊到了江聿早婚的事情上。江玦的目光越过江聿，落在林绵的身上，江玦刻意地强调江聿早婚，并且把对方藏得很好，连他们江家人都还没见过，江聿看见后勾着唇笑。

"小江总这是金屋藏娇啊！那我们更好奇您的太太是什么天姿国色了。"有人起哄道。

林绵握着筷子，收紧指尖，再没了食欲。

江聿的目光扫过林绵，他勾了勾唇角，语气里饱含抱怨地说道："她可不是'娇'啊，我才是被藏起来的'娇'，我太太打了座金屋，我也不知道哪天才能被太太光明正大地公开？"

大家都说他跟太太的感情羡煞旁人。

江聿勾着唇，懒散地靠在椅子上，面上轻松愉悦，一只手随意地搭在桌面上，另一只手悄无声息地探入桌下。

林绵慢慢地抿茶，搭在腿上的手指忽然被握住。江聿宽大的手掌强势地钻入她的指缝间，不轻不重地捏住。两个人掌心交握，江聿屈起的指尖刻意地在她的手心里轻轻地撩拨，勾起密密麻麻的痒意。

林绵的手心里像是捧了一簇会动的火苗，发热发烫，还不老实。她下意识地攥住江聿勾动的手指，警告他不要再乱撩拨。

江聿笑出了声，在安静的室内过于突兀，导致大家同时看向他。

林绵慌乱地松开手，佯装无事，抬手去找纸巾擦手。江玦转移视线，凝在她的手上数秒，转而看向江聿，眼神里颇有几分深意地问道："阿聿有什么高兴的事？"

江聿压了压扬起的唇角："我想到了一些好玩的事情。"

说起好玩的事情，江玦也突然想到一件让自己对弟弟刮目相看的事，时间久远，恐怕江聿都忘了。

"阿聿还是个痴情种！他刚结婚那会儿，婚戒差点儿被人偷了，他追了几个街区把人抓到暴揍了一顿，自己还挨了一棍，差点儿脑震荡。"

江聿脸色稍变："哥，陈年旧事有什么好说的？！"

林绵的目光轻颤，她想起自己虽然嘴上说着帮他找，但也没真尽心。这些日子她都没回去，她还以为江聿忘了，没想到在她家里弄丢的戒指那么重要。

张导和其他人对江聿的情史表现出浓厚的兴趣，不相信看起来斯文的江聿会那么凶。江玦扯唇笑笑："他为了太太还做过更疯狂的事情，他的两枚婚戒，是他参加一个车赛获得的奖品。他为了那个奖品，腿都摔骨折了，在医院里躺了一个多月。事情都这样了，他也没让我们见到弟媳。"

林绵倏地抬眸看向江聿。江聿的眸色低沉，他捏着手机在桌上轻磕，打断江玦的话："你怎么老说我？"

江玦淡淡地笑了笑，没再继续往下说。

祁阮被勾起了兴趣，凑过来对江聿说："你让我看看你老婆的照片吧。"

江聿意味深长地勾唇，眼尾扫过林绵，刻意扬起声音，说道："我老婆是天仙，不给你看！怕你看了自卑！"

林绵心事重重地轻蹙着眉头，放下筷子，听到放在手边的手机连震了几声。江聿微低眼眸，看到来电之人的备注是"妈妈"。

林绵倏地紧绷起脸，拿着手机起身，江聿和江玦同时朝林绵看了一眼。她离开得很快，出了门后按下接听键。

"绵绵，戏拍得怎么样？顺利吗？"女人说着随口关心的话，仿佛有标准的模板。

林绵垂着眼睫说："还行，这两天下雨，剧组停工。"

"是吗？"女人的声音稍显严厉，"难怪你的体重增加了0.3千克，你是不是又偷偷睡觉，吃了高热量的食物？"

女人咄咄逼人的语气，像是在责备她做了什么十恶不赦的事情，但实际上她只是多吃了一份米线。

"没有。"

"你的助理不知道发胖对你来说有多严重吗？"

林绵觉得自己的太阳穴跳着疼，语气平淡地问道："还有事情吗？"

女人把林绵的体重上涨的事情当作一个重大的问题，喋喋不休，过后听见林绵不说话了，又说："过几天，我和你爸去给你控制饮食。"

那边直接下了通牒，不等林绵同意，随即挂了电话。林绵靠在墙边，用食指抵着太阳穴揉捏着，唇间挤出一声嗤笑。

发胖……发胖，父母的嘴里永远只有这句话，他们关心的也只是她发没发胖或者有没有绯闻，甚至连她过得怎么样，是不是开心都没有问过。

再说，发胖有那么恐怖吗？为什么发胖对她来说就是世纪灾难？她已经很严格地控制自己了，再瘦下去甚至怀疑自己会得厌食症。

脚步声由远及近，黑色的皮鞋出现在她的视野里。林绵迅速地收拾好情绪，抬起眼眸。

江聿站在她的面前，目光凝视着她的脸："遇到什么事情了？"

林绵摇头，眼里的颓然之色却藏不住。江聿往前一步，高大的身影完全将她笼罩。从四面八方吹来的风，到了他的身边就停下了。

林绵看起来很颓然，像是一朵漂亮的白玫瑰被抽走了养分，顿失光彩。

三年前，他见过她这样。

在伦敦，第一次事后，他躺在床上养神时，林绵穿着单薄的睡裙，趴在窗户边，手里举着他的烟，没点燃，就那么夹在手指间，支着下巴，望着远方发呆，她那双漆黑潮湿的眼里无神无焦点。

他低眼，看了看四周说："这里没有监控，需要抱一下吗？"

他很乐意做她的安抚剂。

林绵沉默了几秒后，点点头，随后身体便被带进温热的臂弯里，她的鼻腔里萦绕着好闻的气息。她用脸颊轻轻地蹭了蹭他，找了个舒服的姿势靠着。就当他是个安抚抱枕吧，暂时借用一下，林绵轻轻地告诉自己。

"谁打来的电话？"

"我妈。"

"说什么了？"

林绵突然觉得委屈，想起那份米线是江聿买的，对他说："我胖了，她嫌我不会管理身材。"

江聿蹙眉——林绵已经很瘦了，瘦得抱起来觉得硌手，肩背上能摸到嶙峋的骨架，甚至被风轻轻一吹可能就倒了，他们管这叫胖？

他觉得不可思议，突然想起当初在伦敦时，那一个月她想吃不敢吃的样子，心绪被狠狠地牵动，酸涩感漫过心头："这么严格？"

林绵"嗯"了一声，其实比这个严格多了，她能吃什么不能吃什么，都要被严格控制。从国外回来后，很长一段时间内，她都处于厌食的状态。

江聿挺心疼她的，她明明瘦得只剩一把骨头了，还被嫌胖，于是他把人抱紧了一些，像是在丈量。林绵漂亮的蝴蝶骨高耸着，纤薄如蝶翼，江聿的手从林绵的脊背下滑到腰肢上，林绵的腰很细，仿佛稍用力就能折断。他收紧双臂，低头哄着："我摸摸看，这不挺瘦的吗？"

林绵嗅着熟悉的味道，挣扎了一下，可能是有人安慰的原因，心情没那么差了。江聿把手心贴在林绵的耳后，迫使她抬起头接吻。两个人唇齿相贴，没有什么比接吻更能让人忘掉不快乐的事情。

他把掌心覆在林绵的眼上，让她享受接吻，不要看不要想别的，脑子里只能印着他的影子，身上只能染上他的味道。感受到林绵柔软的睫毛在手心上刷蹭，江聿收紧掌心，动作越发温柔。

林绵很乖，简直像个温驯的小猫，靠在他的怀里，任他索取。

江聿始终睁着眼，不经意间抬眸，瞥见不远处的人影，怔了两秒，随即递去挑衅的视线，带着林绵躲入不起眼的角落里，唇上的动作却未收敛半分。

祁阮站在不远处，睁大了漂亮的眼睛，惊愕地看着他俩。在她的身后走出一道身影，伴随着好听的嗓音响起："祁阮。"

江玦来到祁阮的身后，顺着她的视线看过来，没想到看到江聿和林绵接吻。江玦顿了几秒钟，眼底涌起惊涛，只不过他善于隐藏，不过须臾便克制了下去。

林绵回过神来，从江聿的怀中挣开，梳理了一下凌乱的头发，表情始终淡定从容。

江聿和江玦四目相对，空气里弥漫着硝烟的味道。林绵突然睁大眼睛，瞳孔轻颤，脸色泛白，睫毛因为太过紧张频率很快地呼扇，呼吸顿住。头上被施加了一股力道，林绵被按进了江聿的怀里，林绵的视线骤然被截断，隔着一层皮肉，她清晰地感知到他快速律动的心脏，他的身体很热。

周围忽然一片安静，谁也没敢说话打破这片安静。

林绵微微闭上眼睛，薄唇轻轻地抿成一线，连她自己都没想到她和江聿的关系会曝光得这么快。

"江聿！"祁阮率先反应过来。下一秒，江玦伸手，捂住了祁阮的嘴唇，示意她不要将其他人引过来。

祁阮被气疯了，拿眼睛狠狠地瞪江聿。江玦的反应倒是淡定很多，他从容地安抚祁阮，抬起视线，朝江聿看过来时，体面又克制——他总不能让人觉得，为了一个女人，江氏兄弟阋墙。

江聿拉过衣服挡住林绵的上半身，轻扯嘴角，说道："她身体不舒服，我先送她回房间。"

彼此心照不宣。

江玦把视线移向祁阮，沉声吩咐道："小阮，你去告诉张导，我和江聿要临时开个视频会议，林绵不舒服要回房间里休息。"

"那我呢？"祁阮眼睛通红地看向江玦，"我要陪着你。"

江玦面不改色，摸摸她的头顶："乖，你先去陪张导吃完饭。记住，你今晚什么都没看到。"

祁阮憋屈不已，咬着唇，瞪着江玦，在确认江玦不会因为她要哭了而心软后，踩着高跟鞋愤然离开。

江聿搂着林绵快步离开。

林绵被江聿推着，脚步凌乱地往前走："江聿，接下来怎么办？"他们隐婚的秘密这么快就被暴露了，江玦会不会将这件事公之于众？

江聿语调轻松地说道："你回酒店里待着，我来解决。"

林绵怕他们兄弟起冲突，虽然不确定江玦到底是怎么想的，但也不想让兄弟俩起嫌隙，于是说："我跟你一起去。"

"怎么？怕我被欺负啊？"江聿抬了抬嘴角。

林绵抿唇，心中忐忑，一张小脸白得有些病态。到了酒店后，江聿刷开房门，扶着她的肩膀将人推进去，把手臂挡在门缝上，锁住房门和走廊："你要做的事情，就是乖乖地等我回来。"

说完，他不太放心，又补充一句："不管谁敲门，都别管。"

林绵轻启薄唇，心情有些低落地说道："好。"

江聿松开手，跨进房门，来到她的跟前，抬起她的下颌，用指腹在她的下巴上摩挲，浅色的瞳孔往下看。他下达着命令："不许胡思乱想！"

"好。"

江聿还是放心不下，不想离开："之前你也没吃什么，要不我让酒店服务员送一些吃的来？"

江聿安抚人的时候，清亮的嗓音偏柔和，给人一种踏实感。

林绵拉了拉他的手："不用了。"

江聿再三确认后，才缓步离开往外走，皮鞋在地板上踩出沉闷的声音。他扶着门，再次看了一眼林绵，而后带上门离开。

林绵起身，来到窗边，等待了几分钟，看见江聿单手夹着烟，边打电话边往外走。他低着头，垂着眉眼，脸上也没表情，不知道说了什么，将烟送到唇上。

静谧的茶室内，气压极低，明明天气不热，空调却开得很足，冷风凛凛。江玦坐在桌前，手心里一片湿红，血顺着指缝滴在桌面上，一滴、两滴、三滴……汇成一小摊。

江玦棱角分明的脸上凝着丝丝寒霜，金丝镜框眼镜后的黑眸古井无波。江玦抿直薄唇，抽了一张纸巾按在满是碎渣的手心上，用力地、慢条斯理地擦拭，像是在做什么高雅的事情。

祁阮看着心惊肉跳，伸手帮忙却被江玦抬手避开，她对上江玦投过来的锐利的目光，被吓得缩回了手，声音略带哭腔地说道："你受伤了，需要处理。"

她从没见过江玦生气，更没见过他被气得捏碎了茶杯。

江玦平静无澜,将手心精心地擦拭一番,看到纸巾被血迹染得通红,将纸巾丢进垃圾桶里,受伤的手随意地搭在桌沿上,狰狞的伤口暴露在空气中,淡淡的血腥味弥漫。他牵动薄唇,说道:"死不了。"

江聿推门,抬起眼皮看向室内,率先闻到了一丝隐隐的血腥气,挑了一下眉。

祁阮猛地起身,带动椅子在地上摩擦,发出巨大的声响,对江聿的敌意拉满:"江聿,你还有脸来?!"

"我怎么你了?"江聿睨着她,疲于应付,态度很差。

祁阮好不容易抓住江聿的把柄,忍不住讥嘲道:"我说你怎么突然偏袒林绵,原来是收小情人了,你这样对得起你的老婆吗?"

江聿目光幽幽地看向祁阮,语气同样怀有敌意,特别不客气:"我们家的事情,轮不到你来管!"

祁阮被吼得瞳孔一颤,难以置信地瞪着江聿,几秒后,从眼眶里涌出委屈的泪水。

"阿聿!"江玦沉声呵斥道,"给小阮道歉!"

江聿勾勾唇,绕过祁阮,来到茶桌旁坐下,慢条斯理地说:"我说得没错,难道你要娶祁阮啊?"

江玦紧绷着的脸倏地又冷了三分。

"你要娶她,那就是一家人。"江聿态度顽劣地说道,"那我便喊声'大嫂',自当道歉。"

沉默了几秒后,江玦启唇说道:"祁阮,你先出去。"

祁阮的脸色很难看,她睁大了黑眸,被气得直跺脚。

江聿的神色懒懒的,他用指尖拨弄着茶杯,不经意间发现少了一个茶杯,随后停下拨弄的指尖,按在一个茶杯上,抬起浅色的眼眸,定定地看着祁阮。

房门被带上,室内终于归于宁静。江聿半起身拎过茶壶,拿杯子倒了一杯茶递给江玦,随后给自己也添了一杯,抿了一口。

江玦盯着茶杯未动,气氛过于剑拔弩张,仿佛谁先开口,谁就会输。江聿向四处看去,瞥见地上的一摊血迹,眼皮动了动,气息迫人。

江玦把手悬在桌沿上，没去管那些血迹，语气很平静也很犀利地说道："我现在想揍人。"

江聿放下杯子，卸下防备似的看向江玦："我给你揍，但是揍完之后，你不许再打林绵的主意。"

他语调轻松随意，没有开玩笑的成分，完全是陈述事实，仿佛江玦此刻真拎着他的衣领揍人，他也不会还手。

"你知道你在说什么吗？"江玦的声调略沉，犹如优雅的大提琴音，充满了厚重的质感，他用兄长的口吻谴责道，"你结婚了还这么胡闹，你不是口口声声说爱你的老婆吗？"

江聿嗤笑一声，徐徐地说道："不是你告诉我，让我悠着点儿，别被弟妹知道吗？"

江玦的手心上沾满血，他紧紧地握住拳，刚愈合的伤口瞬间崩开，渗出的血染湿了指缝。

江聿摸到烟盒，抽出一支烟叼在唇上，点燃，半眯着眼眸，睨着淡淡的烟雾散开，半开玩笑地说："倒是大哥，完全打乱了我的计划。"

对上江玦冰冷的目光，江聿把烟按灭，从口袋里取出一张证书放在桌面上，斜了斜视线，示意江玦打开看看再说。

江玦审视几秒后，用骨节分明的手拿起证书，徐徐展开，视线落在证书内页上，目光一寸寸地冷了下去，半张脸隐在暗处，嘴角抿成一条线，即便他不说话，压迫感也十足。

"三年前跟我结婚的人是林绵。"江聿下意识地去拨动婚戒，才发现手指上空着，于是收回手按在桌面上，不紧不慢地说明，"这件事跟林绵没关系，当初我们在拉斯维加斯领完证，她就回国了。"

"我回来找她，倒贴她，她对我旧情未了，爱得无法自拔，于是我们就复合了。"他说，"至于何时公开，等我们感情稳定之后再说吧。"

他省略了细枝末节，故意将他们跨越时间和地点的感情说得荡气回肠，不知道江玦感动了没有，反正自己感动了。

江玦的眼底酝酿着风暴，他静静地听完，将证书轻飘飘地丢在桌面上，单手松了松领带，克制的神色里有了一丝慌乱的痕迹。

"上上周你和盛世资产的千金共进晚餐。"江聿从手机里调出几张照片，给江玦看，"上周银行行长的千金过生日，你让秘书送了礼物。"

且不说这些，江玦追林绵的时候，更像是身居高位的人对她进行一些可有可无的撩拨。当然这些也不奇怪，他的这位大哥更看重的是钱和权，简直就是老江总的复制品。

江聿不疾不徐地说道："这些人才对你稳握江氏有直接帮助。"

他的大哥看似被老江总培养成机器人一般，薄情寡义，其实潜藏在表面之下的勃勃野心已初见端倪。而林绵跟这些人不同，大概是长得漂亮，或者知情趣，所以他觉得可以把控，愿意花些心思讨好她。

真相被拆穿，江玦睨了一眼照片，扯出一抹淡笑，直截了当地说："我要开盛百分之二十五的股份。"

开盛是与星盛齐名的公司，但与星盛有所不同——星盛是江氏直接控股，而开盛是江聿全资建立的新公司，目前正在筹备B轮融资。

江聿唇角勾起弧度，讥嘲道："林绵在你的心里估值这个数？"

江玦轻弯唇角，等同于默认，此时江玦倒像撕掉了虚伪的面具，露出了作为商人精明果决的一面。他的嗓音极轻，却隐约暴露出几分野心："我得不到女人，还不能得到金钱吗？"

江聿意味深长地抬了抬嘴角，抽了张纸巾，示意江玦擦擦手。

江聿抽了不少烟，在楼下站了很久，等风吹得身上的烟味淡了，才转身回酒店。

铺着地毯的走廊里静悄悄的，江聿悄无声息地走到房门口，偏头嗅了嗅，又抖了抖衣服，这才拿卡刷门。

门锁被打开，他推开门进去，站在门廊处没着急往里进，先脱掉外套，丢在换鞋凳上，才往里走。室内静悄悄的，像是没人，江聿下意识地唤林绵。

林绵应了一声，从飘窗上下来，快步来到他的身边，蹙起漂亮的眉头，用担忧的眼神在他的身上上下打量，确认他们没起冲突后，松了口气，说道："江玦为难你了吗？"

江聿抬起下巴，示意她看看他的唇角，弯着唇说："你看看，伤

· 138 ·

口是不是快愈合了?"

他的语调太过轻松,以至让胡思乱想了很多的林绵将信将疑地问道:"真的?"

"不然呢?要不我现在回去找他打一架。"江聿用双臂圈住她的腰,把人往怀里带,"林绵,你好像很失望。"

她把手臂松垮地搭在他的手臂上,想提醒他,又怕触及他的逆鳞,最后还是决定暂时先不提了,轻轻地推开他,回到沙发边上,拿起厚厚的剧本,一脸认真地说道:"我还要背台词。"

江聿坐到她的身边,身上清苦的烟味飘到了她的鼻腔里,很淡,不至于难闻。他懒散地靠在沙发上,支着双腿,跟人发消息。

林律问他什么时候回公司,接二连三地发了一堆接下来的行程。江聿一不高兴,把跟林律的对话设置成免打扰模式。

林绵很快进入角色里,没工夫关注江聿在做什么。江聿发完消息后,用手支着头,靠在一边看她。淡淡的灯光下,她的发色被照得很淡,脖颈纤细白皙,犹如婴儿的肌肤,滑腻得让人心痒。

江聿喉结滚动,拿过抱枕压在小腹上,垂下眼眸去看别的来转移注意力。

林绵放下剧本,伸手到桌上去拿水杯。看到林绵坐着够不着水杯,于是江聿搂着抱枕倾身,拿了水杯递给她,顺手接过她手上的剧本。

江聿用指尖拨弄页面,随意地翻动,发现林绵的台词不少,厚厚的剧本上,女配角的部分被她用荧光笔做了标记,有的旁边还做了批注,可见用心程度之深。

他放下剧本,蓦地想起《潮生》这部电影,是林绵跟他认识之前就拍了的,但在国外时林绵没告诉过他,他是后来无意中知道的。那一个月的热恋缠绵让他难以忘怀,以至林绵突然走掉后,他陷入了深深的自我怀疑中,很难熬。

他很多次点开保存的海报,却没有勇气点开影片观看,怕看见她跟别的男人缠绵。想到这里,江聿从手机里找出《潮生》,点击播放。

林绵听见声音,转脸看向他,眼底有一丝迷茫,也有一丝愕然。

她起身，坐到他的身边，伸手去夺他的手机："江聿，不要看。"

然而视频已经被打开，江聿抬手避开她的抢夺，审视着她："林绵，你在怕什么？"

林绵收回手，说："没怕什么，我演得不好。"

这个借口有些假，《潮生》斩获了多项国际大奖，她怎么会演得不好？江聿觉得林绵另有不想说的缘由，忍不住揶揄道："你靠《潮生》拿了最佳新人奖，还说演得不好？"

他用清亮含笑的嗓音徐徐地陈述着事实，可越是这般自然，林绵越是心慌意乱，以至指尖碰倒了水杯，水洒在地毯上。

她欲起身收拾，却被江聿按住了，听到他说："绵绵，你是不是过于谦虚了？"

要是每个演员都有她这种谦虚的精神，影视界早就百花齐放了。

他瞥了一眼林绵，看到她是真的不想让他看《潮生》，不像是含羞作态，反而被勾起了探索欲："该不会是你跟傅西池有很多吻戏，不想让我看吧？"

第六章
婚后焦虑

林绵别开视线,说:"不是。"

其实电影早就在放映中了,她这会儿阻止江聿已经迟了,也显得有些矫情,但真要当着她的面重播一次,她还是无法接受。

江聿刚开始也没那么想看,但被林绵的态度勾起了好奇心,就想一探究竟。他一只手搂住林绵,不让她捣乱,另一只手抬高了手机,用拇指在进度条上拨弄。

影片被他随意地调到一个节点开始播放,故事凑巧地进展到林绵和傅西池第一次约会这一段。由傅西池扮演的小酷哥有着漆黑的眼眸和白皙的肌肤,穿着黑色的夹克和裤子站在大堤上,头发被海风卷得露出饱满的额头。

天空昏暗,乌云悬在天边,空气闷热又潮湿,他宽大的T恤被风吹得鼓起来,露出紧实的腰。

从傅西池的角度看去,观众能看见林绵的小船屋,也能看见整片沉闷的海和从小船屋里跑过来的林绵,以及她那被风吹散的头发。她亮晶晶的眼睛里写满了憧憬,刘海儿被风吹乱,面上懊恼没有梳个更利落的发型。

傅西池丢下烟头踩灭,从堤上跑下去迎接林绵,两个人站在一起,林绵比画着手语。她手腕纤细,不堪一握,加上眼神和动作,让江聿绷紧了面庞。

"你演的是聋哑人?"江聿把手搭在她的腰上轻抚。

林绵"嗯"了一声,说道:"小哑女。"

江聿的心绪被牵动了一下,他按住林绵的脸颊,低下头,亲了一下她的额头。

剧情继续,傅西池和林绵并排往堤上走,两个人靠得近,来回摆动的手臂将触未触,风很大,两个人的神色羞怯不自然,悸动在两个人的手指触碰间产生,犹如夏天的橘子汽水,在"咕嘟咕嘟"地冒泡。

下一次两个人的指尖擦过时,傅西池鼓起勇气,一把握住了她的手指。林绵红着脸偏过头,慢慢地勾起唇角,把初恋的娇羞和小心翼翼拿捏得刚好。

傅西池炫耀他的高大的摩托车,漆身纯黑,犹如一匹骏马。林绵睁大了眼睛,激动地比画着手语。

"你喜欢吗?今天我带你抓风!"傅西池扶着车头,轻松地跨上摩托车,稳住后用手拍了拍车身。

林绵傻傻地戴着头盔,不知道该怎么办。傅西池用一条腿支着地,伸手扶她:"别害怕,我扶着你。"

林绵握着他的手,艰难地爬上了车,双手不知道怎么摆放。摩托车骤然被启动,她重心不稳,倾身往前,整个人抱住傅西池,看到傅西池得逞地回头冲她笑时,她又把脸颊贴在他的后背上,嘴角扬起漂亮的弧度。

画面戛然而止。

林绵漂亮的脸被江聿抬起来,眼睛被迫望向他。江聿的语气严肃又危险:"林绵,傅西池的腹肌好摸吗?"

林绵忽然想起在黎漾的生日那天,有人问她傅西池的吻技好不好,无论她回答什么,都让江聿不舒服。林绵下意识地抬手摸上后颈,感觉上面悬了一把刀,要落不落,于是随口敷衍道:"当时在拍

· 142 ·

戏,我根本没注意。"

"看来你还挺遗憾?"江聿咬着牙说道。

林绵否认,江聿却不信林绵,抓着她的手按在自己的腹肌上,任由她游走、丈量。江聿把呼吸洒在她的脸颊一侧:"手感有没有变?"

林绵倾着身,一只手按在他的腹肌上,另一只手撑在沙发上,半个背被他圈在双臂之间。

林绵掌下的皮肤温度偏高,随着他的呼吸起伏收缩,仿佛下一秒就要变成融化的巧克力,沾满她的指尖,弄脏她的手心。

林绵快速地收回手,佯装镇定,起身后用手撩起头发,不自然地说:"我……先去洗澡了。"

江聿被她推倒在沙发上,看着她慌忙离开的背影,勾起唇角——胆子这么小,当初她怎么第一次见面就敢勾引他?

林绵洗漱完,身上带着一缕水雾蒸腾时散发的香气。浴室里的热气争先恐后地飘入房间里,导致房间里弥漫着沐浴露的玫瑰香味。

林绵回到床边,拽掉发箍,坐在镜子前倒腾瓶瓶罐罐。江聿之前见过这些东西,也帮她涂抹过。幽幽的香气从她的手里散开,犹如一缕烟钻进了他的喉咙里。

江聿看了一会儿,找到水猛灌了一口,随后拿着睡衣进了浴室。

林绵很注重护肤,做完复杂的保养后,回到床上,特地翻了一下江聿那边的枕头,看到之前喻琛送的两盒礼物被放在下面,随后悄无声息地放下,拉过被子躺下,闭上眼睛,清晰地听到浴室里砸在地板上的水声,还挺助眠。

江聿出来时,林绵已经窝在被子里睡着了。她的睡姿一向很乖——半张脸埋进枕头里,乌黑的头发散在身侧,睡颜柔和,睫毛垂下,在鼻翼打下两道浅浅的阴影。

江聿简单地擦了擦潮湿的头发,发尖的水滴落在他的锁骨上,顺着胸腹一路往下滑,没入松散的睡袍里。他走到林绵那边,低头盯着林绵,看到她呼吸温热且均匀,眼皮一动不动,觉得好玩,便伸手拨弄她的睫毛,发现她还是没反应后,从喉间发出轻轻的笑声。

他认真地欣赏了几分钟后，慢条斯理地回到自己那边，掀开被子躺了进去。被子里带着香气的温热气息瞬间将他包裹，让某些被压抑的念头迅速地重现，进而变得越来越强烈。

　　床垫下陷的动静都没能吵醒林绵，可见她是真睡着了。

　　江聿按灭了最后一抹光亮，穿过被子，将林绵带入怀中，嗅到一缕清甜的气息，隐秘的心思便越发不可收拾。

　　"绵绵。"他用下巴抵在林绵的颈间，让她的发丝软软地贴在他的脸上，无意识地轻蹭着，发觉怀里的人轻轻地颤抖后，突然僵住。

　　他探起上半身，将林绵转过来，对上一双泛着潋滟水光的眼眸，视线从林绵的眼睛上往下转移阵地。

　　她鼻尖上的小痣犹如勾人的火种，特地挑选这一刻灼烧，让室内缓慢流通的空气也浸染上一层旖旎的绯色。

　　"没睡着？"江聿把双臂撑在她的脸侧，双臂皮下的青色血管鼓起，就连脖颈的血管也鼓起一道道痕迹，凸起的喉结上下蹿动，男性气息快溢出来了。

　　林绵抿唇，假装闭上眼眸，拽着被子，嗓音干涩地说道："我困了，睡觉吧。"

　　江聿抓着林绵的手指按进枕头里，好听的声音在她的耳畔响起，伴随着低沉的蛊惑："绵绵，今晚还躲吗？"

　　林绵的眼皮动了动，传递着她的紧张情绪："你不睡，我要睡了。"

　　"你也不许睡。"男人从枕头下摸出小包装塞到她的手里，浅色的瞳孔闪着微光，一如三年前。

　　他放低姿态，蛊惑道："绵绵，帮我。"

　　林绵的指尖颤抖，屋外雨声"滴答"，一束光线顺着遮光的窗帘透进来，几乎将室内照得明亮。

　　江聿目光如炬，深深地凝视着她，噙着笑意的声音仿佛一把钥匙，打开了一个光怪陆离的世界。

　　纵情生，沉溺死。

　　第二天一早，窗外放晴。林绵动了动酸痛的身体，腰上的伤像是又加重了一些,每一个关节都变得僵硬。

窗帘被拉开了一些,屋内散去旖旎,没有江聿来过的痕迹。听到邵悦来敲门,林绵下床,发现垃圾已经被处理了,便捡起睡袍穿上,拖着疲惫的身子去开门。

"绵绵姐,你的皮肤好好啊!"邵悦觉得今天的林绵格外不一样,好像冰冷的神颜有了一些女人的娇柔之美。

林绵对着被放在门廊处的大镜子看了一眼自己,偏白的肌肤细腻又透亮,眼尾缀着一抹胭脂色,清秀的脸蛋儿即便不化妆也让人暗叹。

昨晚江聿顾忌着林绵今天开工,没弄出印子。林绵洗完澡穿衣服时,才发觉江聿没那么好说话——他仍旧固执地在她隐秘的肌肤上咬下一枚印记,像是凶兽在猎物的身上留下的标记。

听到邵悦敲浴室门催促,她快速地穿上了衣服,想到一会儿要做造型,便把散在背后的头发随意地拢在一起,露出脖颈处大片白皙的肌肤。

邵悦听到手机振动的声音,提醒林绵Roy打电话来了,Roy是江聿这件事情,她的身边没几个人知道。林绵拿起手机走到窗边,用手指拨开窗帘,雨后的天空碧蓝透亮,看得人心情很好。

"醒了?"江聿语调轻松地问道,"腰还疼吗?"

林绵垂眸,碍于邵悦还在房间里,便没回应,转而问他:"你回去了?"

江聿说:"没有,跟张导约好了出来晨跑,正在回程的路上。"

林绵在窗边站得有些久,也没看到江聿和张导出现在视野里,便说要出发去片场了,挂了电话。

在山里的拍摄被分成A、B两组。林绵出门时遇到了傅西池,两个人便一起站在酒店门口等保姆车过来。林绵望着车来的方向,傅西池则拿着手机发消息,过后收起手机,看向林绵。

她没化妆,但两腮透着粉色,阳光照在她的脸上,真是好看。

"昨天江总来探班了,你知道吗?"傅西池随口一提,"张导一直陪着,半夜才回酒店。我估计张导这两天开心得要死。"

· 145 ·

林绵兴致不高，动了动嘴角，说道："江总是投资人，张导估计很高兴。"

傅西池点头，低声问道："江总是不是来探望你的啊？"

毕竟江总喜欢林绵这件事情被传得沸沸扬扬，起初傅西池也不信，但看到江总真到剧组来探班了，才将信将疑。

林绵语气不大好地说道："当然不是。"

傅西池见林绵不高兴了，便闭了嘴，看向一辆驶来的保姆车，再往后看，没看到自己的车，便拨通了助理的电话，听到助理在那边急得快哭了，说他们的车车胎爆了，一时半会儿赶不过来。

傅西池觉得离谱，叮嘱了两句后挂了电话，叫住林绵："林绵，我的保姆车坏了，你介意载我一程吗？"

他们本来就在一个地方拍摄，林绵不好拒绝，只能让他上车，跟他并排坐着，中间隔了一道走廊。

林绵能感受到傅西池好几次转头看向她，但她不知道该跟他聊什么，加之昨晚太劳累了，索性拉过小毯子，闭上眼睛补觉。车子摇摇晃晃，林绵歪着头，把半张脸埋进深色的毯子里，拿过手机放在腿上。

手机屏幕亮了起来，伴随着一阵阵振动声，但林绵睡得太沉，没听见动静。屏幕从亮起到熄灭，全部落在傅西池的眼里，他看到打电话给林绵的人叫Roy，他在心里嘀咕着"Roy"这个名字，觉得好像在哪里听过。

到了拍摄地点，车子停下。林绵缓缓睁开眼，睡眼惺忪地看了一眼窗外，这才转过头看向傅西池。

"你的手机响了很久，你快看看。"傅西池提醒着，先一步跨下车。

林绵疲倦地点点头，举起手机，半眯着眼睛点开，发现Roy打了四个电话给她，于是她点开微信，发消息给江聿：我睡着了，怎么了？

林绵没有得到江聿的回复，下了车，把手机交给邵悦，直接去了片场。她穿上威亚衣，又让工作人员帮忙穿上钢丝保护绳后，比了个准备好的手势，整个人突然腾空而起。

今天要拍摄的是"荡位"，为了拍摄出的画面漂亮，她需要从很远的地方荡过去。由于飞的跨度比较远，非常考验演员的心理素质，幸亏她提前去培训过一个月。

江聿下了车，跟着张导派来的工作人员一起往里走。

太阳太烈了，片场闹哄哄的，不少群众演员蹲在阴凉处聊天，几个抱着相机的女孩儿凑在一起，大概是在翻找照片，时不时拿纸扇风，你一言，我一语，聊得兴高采烈的。

江聿经过时，刚好听见那几个女孩儿在谈论林绵，于是放缓了脚步，往前走。

"今天傅西池和林绵从同一辆保姆车上下来，你们知道吗？"

"他俩真甜，我要死了！这种隐晦的暧昧，比光明正大的互动有意思多了。"

"就是，就是，我就喜欢他俩那种若有若无的氛围感，要疯了！"

其中一个女孩儿看了一眼江聿，惊讶地捂住嘴。江聿来到她们的面前，客客气气地说："你们好！能不能把傅西池和林绵的照片发我？"

女孩儿大概没想到剧组里除了演员还有这么帅的人，笑眯眯地找照片分享，末了，还问他："你也喜欢傅西池和林绵吗？"

江聿接收了女孩儿传来的照片，用指尖拉着照片放大，看到了傅西池站在林绵的保姆车门口，刚好林绵的视线落在傅西池的侧脸上，显得情意绵绵。

江聿冷冷地笑，回应女孩儿："喜欢。"

女孩儿们惊讶不已，没想到居然还有这么帅的男性支持者，瞬间把江聿当宝贝供着，激动地问他有没有看过俩人的"名场面"，喧闹得引来不少人往这边看。

女孩儿们听到江聿说因为关注得晚没有看到后直呼可惜，又说现在还不算晚，大方地将照片传给江聿。其中一个女孩儿说："你一定要把林绵入戏的那张发给他，让他品鉴品鉴。"

江聿暗暗咬牙，接收着一张张画风唯美、角度暧昧的照片，连自己都要相信他们真的在一起了。

"我加你个好友吧,拉你进我们的群里,好多作者'产粮',超厉害的!"女孩儿很热情,拿起手机让江聿扫码,"你这么帅,又是男孩子,简直就是我们群里的宝贝!"

江聿没接受加好友的提议,蹙着眉问女孩儿:"'产粮'是什么意思?"

女孩儿笑得高深莫测,捂着嘴说:"就是写一些关于他们的小故事,你看过就知道了。"

江聿点头:"除了加群,哪里还能看到'产粮'?"

女孩儿立马从手机上打开一个软件,又教他如何精确查找,在他还没确定要不要看时,热情地帮他点了关注。

江聿听得似懂非懂,看了眼时间,跟女孩儿道别,快速地离开。

女孩儿们低头打字,速度飞快:啊啊啊!我们今天碰到一位超帅的男性支持者,他真的好帅好帅!

群成员都沸腾起来,纷纷表示要看照片。

江聿回到休息室里,交叠双腿,慵懒地靠在椅子上,用手点着照片,一张张放大后,再滑过,发现每一张都好看到以假乱真的地步,随后点开女孩儿重点强调要看的那张。

照片中,两个人目光相交,薄唇贴近,近在咫尺时停住。林绵垂着眼,睫毛随之覆下,光打在半张脸上,凝视着爱人一般看着傅西池,懵懂的眼神里露出直白的渴望。恐怕连林绵都没意识到这张照片到了以假乱真的地步。

江聿忽然想到在伦敦时,林绵也会用这种眼神看他——冰冷中充满了渴望和眷恋。这种眼神对他来说太受用了,他喜欢得不行。这时他的脑子里忽然跳出女孩儿用过的一个词语,但他很快又打消了念头。

江聿不想看,但手指忍不住点开,挨个欣赏完了,又顺着女孩儿教的步骤,摸索到一个叫"吃面"的话题主页里。真是不看不知道,一看便血压飙升,他抿着唇,拨通了江敛的电话。

江敛接到江聿的电话时很意外:"哥,你终于想起你离家出走半个月快睡桥洞的弟弟了吗?"

· 148 ·

江聿一听到他的语气，太阳穴有些疼："少贫嘴！"

"哥，你是不是在外面有别人了？"江敛继续问道。

江聿把手机拿远了些，紧皱着眉头，等江敛安静下来后，缓声开口道："问你个事情。"

江敛听江聿的语气严肃，当即收敛："哥，你问吧，我最近很乖，没做坏事。"

江聿不好意思直说自己去看了话题，委婉地问江敛："那种发了照片，下面一群人感谢'太太'的，'太太'是什么意思？"

江敛安静了几秒钟后，问道："哥，你也关注这个？"

"不是。"江聿催他，"你就说知不知道是什么意思。"

江敛也一知半解，解释道："大概是对一个人的爱称吧。"

"你帮我注册一个账号。"江聿说。

江敛哀号了一声："哥，我没多余的手机号码绑定了，我的号码全拿去注册小号了。"

"你干什么了？"江聿不解——在他看来，江敛每天不干正经事。

江敛冤枉，解释道："还不是因为我喜欢的职业选手因病退役，我跟骂他的人讲道理被举报了。"

江聿不懂江敛为什么每天在网上那么激动。敲门声骤然响起，将江聿拉回现实。敲门的人看到江聿的脸色不太好，以为惹他不高兴了，拼命地降低存在感。

江聿收起手机，悠闲地跟着那人去了片场。张导将江聿接到监视器前坐下，又吩咐人拿了瓶水给他。

江聿接过水瓶握在手里，抬头往半空中看了一眼。林绵被吊在半空中，时不时活动着手腕，衣服被风吹得飘起来，手里的剑在空中晃着。

因为距离太远，江聿只能透过被推近的镜头看林绵的表情。她沉浸在戏里，轻蹙眉头，显得冷血甚至还有些偏执。

他看过剧本，了解到林绵这个角色本就是个冰冷的大美人的人设。她本来可以独自美丽，非要沾染爱情，最后落得个凄惨的下场。今天的戏，就是大美人和渣男对峙的那一幕，也是整部影片情感爆发最强、矛盾最强、最难的一场戏。

　　林绵重新酝酿情绪，举起剑朝渣男刺过去，几个招式后摔倒在地，被渣男的剑直指面门。林绵漂亮的眼睛里写满了悲愤与不甘，眼睛被仇恨烧得通红，剑早在空中就被折断了，如今的大美人，手无寸铁，节节败退，最后一抹红在白衣间绽开。

　　画面美则美矣，就是太虐了。美人傲骨，如寒梅，如雪松，如霜天明月，不该沾染尘世半分。

　　林绵的情绪带入很足，让在现场的人都屏息，一时周围安静得只剩下机器运转的声音。

　　"Cut（停止拍摄）——"大家听到导演一声令下，同时松了口气，拍手。

　　张导兴奋地冲江聿炫耀道："林绵的演技不错吧！"

　　江聿若有所思地勾唇，通过监视器看过去。邵悦正围在林绵的身边，帮她处理身上的泥土。林绵抬起头，视线越过众人，如星辰一般璀璨地落入江聿的眼中，林绵冰冷的眼睛里冰霜退去，只剩下春风和煦般的柔情，红唇弯出浅浅的弧度，头发在脸颊边拂动。她用手指压住乱飞的发丝，眼睛一眨不眨地看向江聿。

　　江聿确信，此时林绵的笑容是属于他一个人的。

　　林绵被邵悦扶着回到休息区里，撑着腰坐下，接过邵悦递来的水瓶，慢慢地喝了一口水。

　　邵悦听到手机突然响起，找出手机，说："闻妃姐打来的。"

　　邵悦看到林绵接过手机按下接听键后，识趣地走到一边。

　　"小祖宗，我听说昨晚江总去探班了？"闻妃的反射弧过长，人都走了她才来问。

　　林绵简单地交代了昨晚的事情，又叮嘱闻妃不要告诉邵悦以及自己的父母。

　　闻妃提起林绵的父母就来气："你的那个妈又打电话给我了，你就重了0.3千克她就跟要了命似的，说话难听死了。"

　　林绵垂眸，听闻妃吐槽完，缓慢开口道："她也打电话训斥我了,还说过段时间要跟组。"

闻妃一听就害怕,忍不住地说道:"别了吧,他们来会逼疯人的。"

林绵也不想他们来,但是她的妈妈太强势了,谁也控制不住。早些年,林绵接的戏全是她的妈妈一手操办的,什么角色接什么角色不接,全是她的妈妈一锤定音。

林绵的妈妈严格管控林绵的生活,大到接戏小到吃穿用度,一手包揽,根本不需要经纪人,后来也是因为林绵的爸爸生病住院,加上经纪人行业的崛起,林绵的妈妈才慢慢放权,将林绵交给经纪人管理。

闻妃是林绵的第一个职业经纪人,跟林绵的妈妈打了不少交道,好几次被气得差点儿甩手不干了,但闻妃心地善良,好几次抱着林绵说:"我说不干就不干,但是你呢?我走之后,你又回到你的妈妈的手里了。"

林绵叹了口气,有个强势的妈妈,自己也没办法。林绵听到休息室的门被推开的声音,以为邵悦回来了,抬眸看过去,看到江聿站在门口,低着头反锁上了门。

林绵仓促地挂了电话,问他:"邵悦在外面吗?"

江聿将林绵打量了个遍,又想起话题里的那些人对她的赞美,里面用"仙姿玉骨"来形容她。他不知道她是不是"玉骨",但深知她是让人沉溺其中的温香软玉。

"傅西池请大家喝水,邵悦也去了。"江聿缓缓靠近,停在林绵的面前,低下身,把手撑在椅背上,将她圈在自己的手臂和胸膛之间。

林绵感受到江聿温热的呼吸拂过自己的耳畔,稍稍往后躲,最后躲不掉了,只能抬起双手撑在他的胸口上,抬起头说:"你靠得太近了。"

一声轻轻的笑在胸腔漾开,江聿用微凉的手指抚上她的脸颊,用指腹在她的耳下轻蹭。许是他的动作太逼迫人,指腹压得有些重,林绵的睫毛轻轻地扇动,在鼻翼投下两道阴影。

江聿没忍住,伸手触碰,感受到林绵柔软的睫毛从自己的指尖上扫过，犹如挠在自己的心口上一般痒："腰疼不疼？"

林绵被他抬着脸，背部绷成一条线，酸痛感袭上来，感觉有些坐不住了。

江聿把宽大的手掌压下来，隔着她的衣服轻轻地揉捏，为她缓解着酸痛感："昨晚是我不好，没轻没重，下次我注意一些。"

走廊里有人在来回走动，脚步声起起伏伏，室内却如另外一个空间。她迎上他含笑的视线，感觉自己的身体快要融化在他的手心里，于是偏过头说："没有下次了。"

突兀的敲门声打破安静，林绵倏地睁开眼，双手去推江聿。江聿先她一秒松开，用浅色的瞳孔望着她笑，漫不经心又得意扬扬。

"门怎么被反锁了？"邵悦在门口说话，紧接着敲了几下门，"林绵姐，你在里面吗？"

江聿抬起眼眸，饶有兴趣地欣赏她不知所措的样子。

"我……"

江聿没等她说完，再次扣住她的下巴，将她的最后一个字碾碎在唇齿间，随后心满意足地放开了她。林绵被呛得咳嗽，艰难地对邵悦说："我在。"

邵悦松了口气，说道："林绵姐，你在里面啊，怎么反锁门了？我给你拿水回来了。"

"这次想让我躲到哪里？"休息室本就巴掌大，唯一能藏人的地方也只有更衣区，他很自觉地起身，往更衣区去。

说是更衣区，其实只是用一块布围起来的简易区域，对于江聿这种身高腿长的人来说着实委屈。

林绵起身，整理了下衣服，往门旁走去时，江聿伸手握住了她的手腕，将人带到跟前，用指腹压在她的唇角上，不轻不重地蹭了一下。

林绵睫毛轻颤，冰冷的脸上浮起一丝怒气。她压低了声音提醒江聿："邵悦就在门外。"

江聿不在乎似的，勾唇揶揄道："你的口红花了。"

林绵抿抿唇，问他："擦干净了吗？"

"还没有。"

"那你帮我擦一下。"林绵抬起下巴,往江聿的手心里凑,这个无意识的动作让江聿咬牙。江聿的指腹从林绵的唇角上揉到了唇瓣上,手法越来越变味。

林绵抬手拍掉江聿的手指后,他又轻轻地扣住她的后颈,把她拉回来,在她的唇上咬了一口。

江聿看到林绵漂亮的脸颊染上绯色,得意地退回到布帘的后面,隐遁了一般。

"林绵姐,你很热吗?"邵悦好奇地问道,"你的脸好红!"

林绵说可能是没开窗户憋的。邵悦心领神会地去开窗,回头看见散在地上的服装,皱起小脸,作势走过去。

"邵悦!"

邵悦被吓了一跳,猛地抬头看向林绵,张了张嘴,问道:"林绵姐,怎么了?"

"我腰有些疼,你去帮我问问医生有没有跌打药膏。"林绵吩咐道。

他们有随组的医生,日常用药在医生那边都能拿到。邵悦寻思把衣服收起来就是顺手的事情,于是往布帘那边挪了一步。风从门口卷进来,带起布帘的一角。

蓦地,一只鞋尖闯入邵悦的眼帘,她僵在原地看了几秒,等布帘飘下来后又看不见了。

"邵悦,"林绵唤她,"快去!"

邵悦满腹疑虑地跑着去随组的医生那里拿了药膏,又匆匆地赶回来,看到服装还散在地上,过去收拾时却没再看见鞋尖,有一瞬间觉得自己是眼花了。

另一边,江聿回到车里,懒散地靠在座椅上,用指尖滑动屏幕,将视线凝在上面,看到自己刚注册的账号收到了不少消息,于是慢条斯理地点开微博,入眼的便是一条不太和谐的评论。

shshsga:林绵是我的老婆。

傅西池什么时候娶林绵：姐妹们快来抬走他，这里又疯了一个人。

与此同时，车窗被敲响，江聿抬眸看过去，发现祁阮正站在车门外。

江聿指间夹着烟，嘴角的笑意未退，视线从手机上懒懒地移到祁阮的身上，他自认为跟祁阮没什么可聊的。

祁阮坐上车后，江聿嘲讽："外面有狗仔队在蹲守吗？"

祁阮很快意识到江聿怀疑她想炒作，于是奚落他："要是有狗仔队，早就曝光了你跟林绵的关系。"

江聿往嘴里送了一口烟，随后将烟按灭，嗓音冷淡地说道："你管好你的嘴，不然解约，我掏违约费。"

本来祁阮还想来感谢江聿解决了她的情敌，现在竟然不知道该说些什么："你疯了吧？你为了她，连我都不签了？"

"你知道她……她跟傅西池……"祁阮迎上江聿锐利的目光，有些说不下去了。

"她跟傅西池怎么了？"

祁阮不敢把捕风捉影的事情抖出来，抿唇，趾高气扬地说道："你就那么喜欢林绵，非她不可？"

与祁阮气急败坏的样子不同，江聿表情冷淡，嗓音也冷淡，像不掺杂任何情绪似的。他听到之后勾唇，说道："是啊，我非她不可，没她会死。"

祁阮愣愣地看了江聿十几秒，觉得他现在的行为不可理喻，无法沟通，推开车门，踩着高跟鞋气冲冲地离开。

车内重新归于安静，祁阮身上腻人的玫瑰香水味却久久不散。

江聿忽然想起林绵，她不怎么用香水，但身上总有股淡淡的独特的味道，刚开始他还以为是沐浴露的味道，后来发现不是，是她独有的清淡的味道，比任何香水的味道都要高级、迷人。

林绵收工时，天色已晚，群众演员坐大巴离开了，现场只有几个人在走动。江聿坐在车内，远远地看着林绵跟着邵悦走向保姆车，林绵弯着唇在听邵悦兴奋地说着什么。

看到江聿跨下车，司机探出头问道："江总，我们不回去吗？"

江聿淡声道："回，请个客人过来。"

林绵坐下后，邵悦弯着腰边说话边收拾东西，听见叩门声后，二人同时看向门口。

江聿站在门口，背后挡了一点儿光，面容被一道光线分割，藏了一半在阴影里，尤为矜贵。他唤她，视线里带了一点儿不容拒绝的意味："林绵，下来。"

邵悦回头愣了一下，还没反应过来这是谁。

林绵把毯子放在座椅上，踩着台阶下了车。江聿伸手握住林绵的手腕，动作亲昵自然，接收到林绵警告的眼神后才收回手，领着林绵回到车上。司机看见后座上的客人，赶紧收回视线，专心致志地开车。

林绵在空中拍了一整天，又累又困。车上的温度适宜，座椅柔软，她没多久便合上眼，歪着额头贴在车窗上，皱着眉，睡得不太安稳。

江聿看了会儿，不动声色地往林绵那边挪，用手掌扶着她的头，把她挪到自己的肩上，让她靠着。林绵还是醒了，缓慢地睁开眼，恍惚了几秒，才察觉靠在了江聿的肩膀上。

"江聿。"她低声唤着他的名字。

"嗯。"江聿侧过头，垂下眼眸看她，等待着她的下一句，可等了十几秒也没听见她往下说，便伸过手抚摩她的脸颊，"做噩梦了？"

林绵扯开他的手，轻轻地抓在手里，摇摇头，意识有些恍惚地说道："我梦见伦敦了。"

"梦见什么了？"

"你带我骑车抓风。"林绵调整了一下动作，放轻呼吸，说道，"你的车真的全处理了吗？"

江聿之前跟喻琛他们聊天时，看到了地上的影子就猜测是林绵偷听了。他以为她不在乎，没想到她还记着，应了一声："嗯。"

"你不是很喜欢，还说它们都是你的老婆吗？你还全处理了？"

林绵想到那些车,有一段时间,她趴在窗户上,只需要听着发动机的轰鸣声,就能断定是不是江聿来了。在她的眼里,江聿又帅又张扬。

江聿的嗓音传过来:"老婆都跑了,还留着那些做什么?"

他们各自默契地把当初的仓促分开当作禁忌,不敢轻易地提起。江聿的大手包裹住她敏感的手指根,不轻不重地捏了捏。

一阵酥麻感顺着神经蔓延开来,林绵的掌心微微发麻。她挪动身体,不小心扭到了脖子,疼得泪水瞬间涌了出来。

江聿侧过身,马上查看,问道:"碰到哪儿了?怎么还哭了?"

林绵眼底漫着水光,脖子因为被扭到而僵硬着不能动,眼尾垂下,看起来有些可怜。她的声音像猫叫一样:"脖子不能动了。"

江聿觉得好笑又心疼,扶着林绵:"你先别动,我看看。"

江聿用手指按开顶灯,倾身贴过来,身上淡淡的玫瑰香水的味道随之环绕过来。

"江聿,你换香水了?"

"这会儿你知道关注我了?"江聿揶揄她,随后又漫不经心地解释道,"之前祁阮过来坐了会儿。"

"她说什么了吗?"

"没说什么,被我气跑了。"江聿侧过脸,唇瓣刚好碰到她的耳朵,"你的老公给你出气了,棒不棒?"

林绵感觉耳朵都麻了,奈何支着脖子没办法避开。江聿占够了便宜,扶着她的肩膀退开,笑着说:"估计跟落枕差不多,你躺到我的腿上,我给你按按。"

林绵想拒绝,耳边一道声音传来:"你是不信任我的手艺吗?"

看着他揶揄的目光,林绵只好侧身靠在江聿的肩膀上,感受着他用双手不轻不重地从她的肩膀捏到脖颈,如此反复,极有耐心。

林绵缓解了不少,被按得昏昏欲睡,眼皮上下碰了碰,忍不住要合上。

"你跟傅西池在《潮生》里的吻戏……"以前他不认识林绵,自然也没办法干涉她演戏。

林绵睁着困倦的眼，理解了江聿的意思，启唇说道："是借位。"

当时她的年纪小，父母不允许她拍吻戏，所以只能借位拍摄。

江聿挑了挑眉，笼罩在眉宇间的愁绪散去，虽说之前他做好了不计较林绵的荧幕初吻的心理准备，但听见她亲口否认后浑身畅快了不少。他问林绵："傅西池今天怎么会从你的保姆车上下来？"

林绵抬眸看他："你怎么知道？"

江聿含糊地说听助理们说的。当时现场那么多人看见，林绵便没多想，想到他们要保持稳定的关系也包括消除不必要的误会，便说道："傅西池的车的车胎坏掉了，我顺便载他一程。"

江聿不咸不淡地"嗯"了一声，微微勾起嘴角，换了只手给她揉捏。林绵贴在他的怀里，温软的香气直往他的怀里钻。

江聿抬起她的下巴，低头，在她的唇边盖上一个吻，动作不太温柔地撕咬，小心翼翼地侵略。

林绵吃痛，用潋滟的水眸瞪着他。江聿笑了笑，又恢复了帮林绵按摩时的正经模样，但只有林绵知道，他正经的外表下藏着多少不正经的想法。

司机轻咳两声，提醒他们快到酒店了。江聿从扶手箱里取出口罩，递给林绵，说道："我先把你送到酒店的门口。"

林绵用手指勾着口罩戴上，看向他："你呢？"

江聿替她把一缕头发掖到耳后，说道："我开出去绕一圈再回来。"

江聿回来时，林绵已经洗了澡，穿着睡衣坐在沙发上看剧本。

窗户被打开了一道缝，窗帘被凉风卷起，很轻很轻地晃荡着。林绵半干的头发散在颈侧，眉眼如黛，卸了妆也是极漂亮的，她倚在沙发边上，夜风带起短短的睡袍，白皙的长腿优雅地交叠，漂亮的脚趾紧贴着小腿。

江聿脱掉外套，解开衬衫的领口，露出喉结下面的大片肌肤，就连平时不太容易看见的小痣也尤为显眼。他随口一提："我刚在酒店门口遇到了曲导。"

"曲导也来影视城了？"林绵把剧本放在腿上，看着江聿解扣子。

"听说他是来探班的,他出品的一个小成本电影正在这边拍。"江聿解开衬衫,露出肌肉紧绷的后背、窄而强劲的腰和长腿,他没来缠林绵,拿着睡衣进了浴室。十几秒后,"哗哗"的水声响起。

林绵抬起眼,看了一眼时间,打起精神看明天要拍的部分。

听到手机振动了一声,她点开,看到了曲导发过来的消息:听小江总说,你也在影视城里拍戏,明天中午咱们一起吃个饭?

林绵用指尖轻点屏幕,回复:好的,曲导。

林绵刚发送出去消息,江聿就拉开门走了出来,身上还没擦干,眉峰上挂着的水滴顺着鼻梁骨滑了下来。

他用毛巾擦了擦,随手丢在椅子上。

林绵端着剧目不斜视,忽地看到剧本被抽走,便仰头看向江聿,眼角扫过他修长的大腿时,顿了一下:"你的腿,是比赛时受的伤?"

江聿"嗯"了一声。

林绵想起江玦说江聿为了戒指都摔骨折了,但印象中江聿赛车战无不胜:"你怎么会摔倒?"

江聿不想多说过去的事,便轻描淡写地带过:"下雨天,后面摔车,被碰到了车轮。"

"是之前我约好陪你参加的那场?"林绵勉强从记忆里找出一些细枝末节,但话音刚落,她就被勾着膝弯抱了起来,她下意识地缠住他的脖颈,"江聿……"

后面的话被埋进被子里,泗在唇齿间,变成低泣。

第二天江聿送林绵去片场,坐在车内时,江聿接到了喻琛打来的电话。江聿看在他贡献了工具的分上,脸色稍微好些:"喻总很闲?"

喻琛没想到江聿说话噎死人,拿出老本事,说道:"小江总还在追妻?"

江聿降下车窗,往窗外瞥了一眼,看到那几个抱着相机的女孩儿换了阴凉处,聊得不亦乐乎,便收回视线:"你的小模特追到了?"

喻琛说别提了,语气里透着出师不利的无奈,这副苦恼的样子倒是让江聿幸灾乐祸。

"不过我听说件事儿。"喻琛不想聊自己,话锋一转,说道,"我听黎漾说,林绵之前跟剧组里的人吃饭,被人灌酒差点儿出事,你知道吗?"

江聿没说知道,也没说不知道,神情微妙,淡声说道:"然后呢?"

"有人给林绵灌醉了,还好林绵跑了。后来那人被抓,听说验伤查出被人揍过。"

江聿薄唇牵成一线,倾身拿起烟盒,单手敲出一支烟,递到唇上咬着,低垂着眉眼。

"我听说林绵当时一直在找揍人的人,不过好像一直没进展,黎漾觉得林绵肯定是当时记错了,哪有那么巧的事情?"喻琛也是听黎漾提了一嘴,喻琛等了半天没听见动静,以为江聿不感兴趣,"你听没听?"

江聿咬着烟点上,仰起头,脖间的肌肤泛着不正常的红,眉眼被笼罩在青烟间。他轻启薄唇,说道:"你怎么跟黎漾搞一起了?"

"说来话长,回去再说。"喻琛支支吾吾,顿了一下又问道,"黎漾让我帮忙查,你说我帮不帮?"

江聿拿下烟,把它夹在手里,悬在车窗上,微屈指节,轻敲烟灰,沉默了十几秒后,说道:"帮。"

江聿挂了电话后,林律的消息跳出来:老板,你到底什么时候回来啊?

江聿自从有了微博后,就泡在林绵和傅西池的话题讨论里,想看看他们能写出什么东西来。皇天不负有心人,他终于挖掘出一篇人气颇高的小作文,满怀好奇地准备欣赏一番。

扫过寥寥几行后,他发现画风越来越不对,内容比他的生活还精彩,接着往下看,只觉得太阳穴"突突"地跳。

他轻哂,切换到主页,从图库里找出三年前赢来的披头士的签名唱片图片,编辑发送。

配文：给她赢来玩的。

江聿收起手机，看向窗外。他没下车露面，收到林绵的消息说快收工了，便让司机把车停到另外一个门口，没一会儿，看到林绵缓缓走过来。

她没有卸掉妆发，面上戴了一个白色的口罩，坐上车后，便摘下了口罩，露出精致得无须雕琢的脸蛋儿，问江聿："你每天待在这儿不耽误工作吗？"

江聿脸色不太好看地说道："这么想赶我走？"

她哪里是这个意思啊？

看到江聿突然不说话了，林绵知道江聿又误会了，沉默了几秒后，在口袋里找出一颗糖递给江聿。

江聿垂眸，意外地挑起眉，说道："哄小孩儿？"

林绵很快反悔，攥住糖果，说道："你不要算了。"这是邵悦给她的，只不过被她装起来忘了吃。

江聿把糖果夺去，顺势拉着林绵轻轻一拽，看到林绵投怀送抱似的栽进他的怀里，很满意地说道："今天你这么主动？"

林绵推着他起身，却被他箍着腰按回怀里。江聿低头，气息靠近，在她的脸颊上轻轻地吻了一下："这种求和的方式我很喜欢，谢谢江太太！"

"曲导订好了房间，我们直接过去就行，你这样可以吗？"江聿放开手，起身拿了瓶水递给她。

林绵穿着白色的T恤，更显面容清丽。她怔了几秒，喝了一小口水，拧上瓶盖，嗓子还有些沙哑，说道："可以。"

江聿握住她的手腕不放，几秒后干脆将她的整只手握住，将脸转向窗外，勾着唇角。

曲导订的餐厅比较雅致安静，距离他们的酒店也不远。其实曲导打算单独请林绵和傅西池的，但江聿提了一嘴，他便猜到了江聿的意思，于是顺口说叫上林绵，这样他们两个大男人也不至于尴尬。

上了二楼包房，林绵客客气气地跟曲导打招呼。

曲导一如既往地欣赏林绵，对她赞不绝口，说就等着《逐云盛夏》开拍。

三个人落座后，江聿跟曲导慢条斯理地闲聊，忽然问及剧组还缺不缺出品人。

曲导当即明白了江聿的意思——江聿这是对《逐云盛夏》感兴趣想投资。经费充沛和经费短缺拍摄出来的效果完全不同，更何况江聿的背后还是星盛，到时候星盛绝对要出力来宣传，票房就有保障了。曲导高兴坏了，笑得脸上堆起褶子："这还不是小江总一句话的事。"

江聿抬了抬嘴角，说道："不过我有个条件。"

曲导和林绵同时看向江聿。江聿带着不容拒绝的架势，慢慢地用词微妙地说道："我们林绵不拍吻戏。"

曲导呆滞了两秒，眼珠子转了一下，似懂非懂，几秒后笑道："林绵不拍吻戏，到时候借位也行，不过……"

江聿用指尖轻点桌面，报了个价位。曲导当即睁大眼睛，蓦地笑了："小江总，爽快！"

林绵听得心惊，江聿明知道曲导坐地起价，却为了不让她拍吻戏败坏家风而一掷千金。她无法淡定，低头抿了一口茶水。

曲导的目光在江聿和林绵的身上徘徊。他做梦也没想到，吃个饭的工夫就谈下一笔巨款投资。

席间，林绵没怎么说话，全是曲导在引导话题。中途林绵去卫生间，看到江聿目光追随，曲导心知肚明地笑着说："这家饭店的隐秘性很好。"

江聿收回视线，点点头。没了林绵在，曲导觉得江聿这人有点儿冷淡。江聿紧闭嘴角，表情很淡，慢条斯理地喝茶，对聊的话题也没表现出兴趣。

曲导停了几秒钟，脑子灵光一闪，话题绕回林绵的身上，果然看到江聿抬眸看过来。曲导眉开眼笑地说道："其实，林绵刚开始不想接《逐云盛夏》，我们联系了三四次她才同意来试镜。她是真的太适合……"

江聿捕捉到重点,淡声问道:"为什么?她不是擅长演文艺片吗?"林绵怎么会不想接?

曲导停顿了一秒后,重新组织语言,这次有些卖弄似的说:"小江总可能不知道,圈里也没几个人知道,林绵拍完《潮生》后去英国待了一段时间是有原因的。"

江聿放下杯子,转过脸看着曲导,等待着他继续往下说。

曲导下意识地看了一眼门口,确认林绵没回来,倾身凑近了一些,压低了声音,说道:"我听说她拍完《潮生》之后入戏了。"

曲导说完,还做了个"你懂的"的表情,暗示江聿这件事情不简单。本来就当闲聊,他也没觉得江聿听了有什么影响,况且这件事情都过了很久了,《潮生》该拿奖的拿奖,该封神的封神,也没有媒体大做文章,全当茶余饭后的谈资,听个响儿。

江聿终于知道,为什么曲导在说之前要看下林绵回来了没有。

见江聿的脸色没什么变化,曲导还以为这个八卦消息勾不起江聿的兴趣,张了张嘴,结果被江聿打断。

"曲导,道听途说的事情怎么能当真?演员入戏不是正好说明她专业吗?"江聿收紧手指,嗓音一并冷下去,过于用力攥紧的指尖微微泛白。他端起茶杯,在曲导的茶杯上碰了一下。

曲导愣住,望向江聿那带着压迫感的眼眸,后知后觉地意识到可能自己的某句话得罪了江聿,但仔细回想了一下,这件事情始终跟他没关系,怎么会惹他不快?

曲导立刻察言观色地说道:"是是是,当事人都没承认的事情,他们确实是在胡传。你看我喝了酒就爱胡说,小江总见谅。"

曲导放低了姿态来讨好江聿,给江聿倒茶,江聿却兴致不高,低垂着眉眼,恢复了方才漠不关心的态度,用手盖住杯口,意思是不用了。

林绵回来时,感觉气氛不太对,偷偷看了一眼讪笑的曲导和冷着脸的江聿。江聿垂着眼,周身的气压很低。这顿饭的后半程,一向热情的曲导都没怎么说话，江聿更是沉默寡言。

林绵不知道哪个环节出了问题，全程态度冷淡，吃了几筷子菜后，就没胃口了。

江聿见她没怎么动筷子，又想到她为了保持体重去控制饮食，天天拍高难度的戏，又饿又疲乏，于是暂时将不快放到一边，叫来服务生，吩咐道："来一份鸡丝米线，少油不要加辣。"

林绵喜欢吃米线，但害怕被妈妈责骂，立刻阻止他："不用了，我不能吃。"

江聿在桌子下握住她的手，不轻不重地捏了一下，状似惩罚地说道："你想吃就吃，大不了我陪你运动。"

林绵摇头，江聿却直接吩咐服务员下单。曲导看到这一幕大为骇然，摸了摸额头上的汗，低头，装作什么都不知道。

服务员送来米线后，江聿更是将好脾气发挥到极致，亲自将米线分到小碗里，递给林绵。

林绵不知道江聿跟曲导说了什么，担心他们的关系曝光，始终客气地拘谨着，但江聿铁了心似的要跟林绵在人前秀恩爱，见她半天不动筷子，声音略沉地说道："不爱吃？不合胃口？"

江聿看着她，取过湿毛巾，慢条斯理地擦完手，拿起筷子，作势要喂她。

林绵知道江聿真的做得出来这种事，于是配合地握着筷子往嘴里送了一口，细嚼慢咽，香味在唇齿间散开。

"好吃吗？"江聿今天表现得格外耐心。

林绵缓慢地吃了一小碗，放下筷子，抽纸巾擦了擦嘴唇，说道："吃不下了。"

江聿知道她的胃口小，也就没要求她再吃。

两个人从饭店回到酒店后，江聿一直沉默着，不似之前动不动就要和林绵牵手贴贴。林绵见他坐着没动，便问道："江聿，你不下车吗？"

江聿扯着嘴角，笑着说道："你先进去，我抽根烟。"

· 163 ·

酒店里人多眼杂,林绵想了一秒钟,便从车上下来,快步朝大堂走去。车门被关上后,江聿将车掉头,直接往酒店外开去。

林绵在二楼的窗边向下看,看到黑色轿车的尾灯在门口闪了闪就不见了,林绵站了很久,思绪一直放空,忽然听见一阵急促的脚步声靠近,赶忙戴好口罩,快步回到了房间里。

刚关上门,林绵的手机便响了。她摘掉口罩,将它丢进垃圾桶里,瞥了一眼来电,是个陌生号码,思索着要不要接。

电话被自动挂断,没一会儿,又打了过来。

林绵想到她的私人电话号码没几个人知道,最近也没什么绯闻让媒体关注,缓了口气,按下接听键。

"林绵?"一个不太熟悉的声音传了出来。

"你是……?"

"林绵,我是宋连笙,你不会忘了我吧?"对方确认她是林绵后,稍扬语调,继续热情地说,"赵阿姨把你的电话号码给了我,说你最近在剧组里拍戏。"

赵阿姨是林绵的母亲赵红云。

林绵乍一听宋连笙这个名字觉得很陌生,在接触的剧组里面的人中筛选了一下,发现好像没有这号人物,也不好意思说不记得了,便淡声回应道:"你好,找我有什么事情吗?"

"我要回老家办喜酒,你有空回来吗?"

林绵的脑子空白了一秒,很快她便从记忆深处找到一个人匹配上这个名字:"你是连笙哥哥?"

对方愣了几秒钟后,说道:"对啊,你该不会才想起来吧?"

林绵没回应,语气不太自然地说道:"你不是早就结婚了吗?"

宋连笙是林绵邻居家的哥哥,因为两家走得近,她在小时候是宋连笙的"小尾巴",上少年宫补习班都是宋连笙负责接送。宋连笙是独生子,也乐意有个小妹来宠着。那会儿宋连笙上高中,有些早熟的孩子开始开他和林绵的玩笑,但林绵不谙世事,仍旧跟在他的身后。

宋连笙大她六七岁,高考后去了外地上大学,因为父母的关系不太好,所以他很少回来。林绵忙于学业和拍戏,两个人的联系逐渐就少了。

两个人上一次联系还是在林绵读高一那年,宋连笙留在外地工作,她瞒着父母坐火车去宋连笙工作的地方。宋连笙请她吃饭,把她安顿在酒店里,跟小时候没区别,只不过,宋连笙晚上带了一个女孩儿给她认识,介绍那个女孩儿时眼里带着光:"林绵,这是你嫂子。"

后来宋连笙送林绵去火车站,在车站门口对林绵说:"我跟你嫂子下个月就结婚了。"

"我们之前在你嫂子那边办了婚礼,因为房子问题一直没领证,这不房子刚办下来,就打算回家办婚礼。"宋连笙的声音将她拽回现实。

"挺好的!"林绵客客气气地说,"还是之前那个嫂子吗?"

宋连笙沉默了几秒后,答道:"是。"

"恭喜啊!"林绵没什么情绪,望着那条江聿回酒店的必经之路,语气淡淡地说道,"不过我最近有几部戏要拍,可能没空回去,我让我妈替我去。"

"林绵,真的调不出假期吗?我们很久没见了。"宋连笙说,"你嫂子很喜欢你,想请你当伴娘。"

林绵忽然抬头,看了一眼刺眼的太阳,嘴角扯出笑意,说道:"不好意思啊,我结婚了。"

这句话的威力十足,宋连笙足足愣了十几秒,感到十分意外,说道:"是吗?我怎么没听赵姨提起?"

既然说出来了,林绵很坦然:"隐婚,我们暂时没打算公开。"

对方立刻理解了,表示不会说出去。林绵道了声"感谢",说自己有电话进来,就结束了通话,随后推开窗户,让整个人沐浴在阳光中,站着放空了十几秒后,打开体重监测软件,检查数据。

她中午吃的米线幸好没有增加体重。

林绵退出体重监测软件时,宋连笙发来短信:这是我常用的电话号码,你方便的话存一下,有空我请你吃饭。

林绵礼貌地回了句：好。

她卸了妆，换上家居服，坐在沙发上看剧本，其实一个字都看不进去。江聿出去将近半个小时了还没回来，是遇到什么人了吗？

她拿起手机，刚点开江聿的微信，就接到了闻妃打来的电话。

"宝贝，中午好啊！"闻妃心情好的时候语气甜得发腻，而她心情好就说明有好事情。

"闻妃姐，有什么好事吗？"林绵慢慢地合上剧本，把它放到腿边。

"绵绵，你怎么这么了解我？"闻妃笑嘻嘻地说，"LR杂志邀请你拍摄杂志封面，绵绵你火了！"

LR作为国内三大金刊之一，影响力非凡，在纸媒衰落的时代仍有着一定的地位。艺人能上三大金刊已是了不起，拍摄杂志封面更是时尚资源的象征。

林绵之前也上过几档杂志内刊，上三大金刊实属第一次。她有些好奇，LR在业内以傲出名，时尚资源好到爆的艺人才有可能上封面刊，而她只能算半个新人，LR是怎么看上她的？

闻妃得意扬扬，抛下另一个重头戏："这得感谢你家小江总啊！他亲自为你促成了S家珠宝和腕表的双线代言人。你马上就红了，我的好绵绵。"

林绵怔住了，S品牌属于红血品牌，百年贵族，名号响当当，而且对代言人的考验极其严格，一般人都是从品牌缪斯开始做，而江聿能同时帮她谈下两个系列的代言，实属惊喜。

这也难怪LR会抢占先机，邀请林绵拍摄杂志封面。

"闻妃姐，星盛那边确认了吗？"

"现在星盛都是小江总说了算，你现在该想想晚上怎么好好谢谢小江总？"闻妃笑话林绵的格局小，感慨道，"本来我是看好你和江玦的，但没想到小江总被你甩了后不但不记仇，还为你铺路，这么好的男人哪里找啊？我决定从今天开始支持你和小江总！"

林绵看着窗外，心想：闻妃口中的好男人抽烟还没回来！

另一头，江聿站在阴影下，一只手接着电话，另一只手搓着一颗奶糖把玩。奶糖是小时候流行的牌子，这么多年了，包装都没换，还是那么童真。他深吸了一口烟，眉眼被笼罩在极淡的烟雾中，薄唇抿成一条线。

林律汇报到一半时，停下来，问道："老板，你还在听吗？"

江聿仰起头，脖颈的喉结突出，小痣四周的暗红还没消退。他半眯着眼眸，烟抽得狠了，嗓音被烟草熏得有些沙哑："说。"

林律寻思老板天天跟老婆腻在一起，还有什么不高兴的？难道是欲求不满？林律战战兢兢地汇报完，收到江聿给出的实施方案后陷入沉默中，也不敢挂电话。

"你帮我整理一份林绵出演《潮生》后所有的采访资料。"

"所有吗？"

江聿"嗯"了一声。

过了一会儿，糖果从江聿的指缝中掉到地上。江聿轻合眼皮，嗓音里透着凉意，说道："你帮我订回程的机票。"

林律刚要挂电话，江聿叫住他："你怀疑过你的女朋友对你的喜欢吗？"

这是什么问题？林律跟女朋友是大学情侣，感情一直很稳定。他思来想去，觉得只有这一个可能："老板，你该不会焦虑了吧？"

江聿弯腰拾起糖果，但看到包装上沾了灰，问道："什么？"

"婚后焦虑啊。像您这种情况，在毫无感情基础的情况下闪婚，很容易变得焦虑和多疑的。"林律觉得挺严重，"要不要我帮您预约一位心理医生？"

他们两个人的聊天简直牛头不对马嘴。江聿说了句"不用"就挂了电话，掐灭烟，收起手机准备回酒店，这时收到了林绵发来的消息：你怎么还没回来？

林绵正准备打电话给江聿，听到开门声后，抬头看了过去，起身时不小心带倒了剧本，没顾得上捡，便捏着手机朝江聿走过去，轻声细语地问:"你遇到人了吗?怎么才回来?"

江聿脱掉外套丢在门口,可身上还是有浓浓的烟味。江聿一向烟瘾不大,身上的烟味不会带回房间里,今天他这是抽了多少?

江聿自知今天烟抽得狠,身上的味道一时半会儿没法消散,便解开衬衫,一起丢到门口,语调冷淡地说道:"没有,我回了个电话。我先洗个澡。"

说完,他拿着睡衣进了浴室里。不多时,水声响起。

林绵拾起剧本,又开了窗,让风吹进来吹散烟味。其实她不反感这种味道,反而有时候很向往,只是邵悦可以进出她的房间,若是闻出烟味,总归不好。

江聿很快出来,光着上半身,裤子松松垮垮地挂在腰上,头发湿漉漉的,水顺着鼻梁往下滴,有些砸进地毯里。

林绵取了条一次性毛巾给他,示意他擦擦头。江聿随手接过来,走到床边坐下,敞开双腿,踩在地板上,将膝盖上的伤疤显眼地展示给林绵,发现她看着不眨眼后,挑眉,问道:"心疼了?"

林绵记得,当时为了一张披头士的签名唱片,手臂被擦破一点儿皮他就抱怨痛,结果从她那儿讨到了不少甜头。她蹙起漂亮的眉头,问道:"你一向很稳的,痛不痛?"

江聿忽略她的后半句,递过来的眼神中的侵略性不容忽视,嘴角勾起,讥嘲道:"我连谈恋爱都翻船了,翻个车有什么不可能的?"

林绵无话可说。不知道为什么,他们相处的气氛又回到了冰点。江聿问道:"你是在努力地找话题跟我聊天吗?"

江聿擦干头发,扔下毛巾,拉着林绵倒在床上:"头痛,陪我睡会儿。"

江聿将手指扣入林绵的指缝里,林绵枕着他的手臂没动,被他温热的身体贴着,很快唤起困意。

再醒来时,天色暗淡。江聿在衣柜里找衣服,挑了件黑色的套上,慢条斯理地扣上纽扣,故意敞开衣领,露出一小片肌肤,简直不正经。

林绵跟他说："闻妃告诉我了，S品牌的代言是你帮忙促成的，LR杂志邀请我拍摄杂志封面也是因为你的帮忙。"不知道为什么，她明知道江聿知道这些事情，却还是想和他分享，大概是因为她能分享的人不多。

江聿从镜子里看了一眼林绵，手上的动作没停，换好衣裤，戴上腕表，矜贵的手腕露出一点儿白皙的肌肤。他低着脖颈，调整表带，语气冷淡地说道："道谢就不用了，之前我就答应过你。"

之前谈到他们的婚姻时，他曾保证过给她资源，但现在他突然这副公事公办的态度，让她愣了愣。江聿转身见她发愣，用冰凉的手指抬起她的下巴，碰了碰她的唇角，说道："晚上张导安排了活动，别等我。"

环境一般的房间内，灯光昏暗，一行人坐在沙发上，酒气和烟雾混在一起。

江聿陷在沙发里，垂着眼，一脸冷峻，用手指在屏幕上滑动，逐条翻着林绵的采访，也没查到林绵入戏这种字眼，江聿甚至开始后悔阻止曲导爆料，当初该让他说下去，说不定线索会更多。江聿翻了几页，加之心情本就不好，越发烦躁。

这时，几个打扮清凉的年轻女孩儿走了进来，带着浓郁的廉价脂粉的味道，比酒和烟的味道更难闻。

江聿蹙了蹙眉，用指尖在屏幕上滑过，忽然视线被一个影子挡住。他抬起眼眸，不满地看过去，看到一个清纯的女孩儿在他的身边落座，他没有在意，看了一眼便收回视线，打字质问林律：访谈视频呢？

林律：老板，再给我三分钟。

江聿一直盯着时间，真的开始倒计时。

身边的女孩儿悄然打量江聿，见他坐着不说话一直看手机，加上身上这股子傲气，猜想他肯定是位矜贵的人物，便主动搭讪道："你好，你也是张导的朋友吗？"

江聿只顾着倒计时，根本没搭理女孩儿。

· 169 ·

女孩儿抿抿唇，又问："我是《京华客》剧组的女配角，你也是演员吗？"

江聿被吵烦了，看向女孩儿，语气格外冷淡地说道："吵。"

张导一个没注意，就看到女孩儿去打扰江聿了，被吓得心惊胆战，喊女孩儿赶紧走，不要吵到小江总。

女孩儿心不甘情不愿地走到别的地方，却忍不住朝江聿递眼神，方才看见张导口中的这位小江总一直在看林绵的采访视频，跟看财务报表一般专注。

江聿坐了会儿，活动了一下手腕，便对张导说了告辞，张导起身要送也被江聿按回到座位上。江聿让服务员取了几瓶最好的酒来给张导助兴。

女孩儿越发渴望接近江聿，又受到身旁姐妹的怂恿，眼见着江聿离开，咬了咬唇，追了上去，在江聿的背后唤他："江总。"

江聿停下脚步，回头看过去，眉目冷淡。

女孩儿来到他的面前，摊开手心，说道："江总，您的打火机落下了。"

江聿一眼识破，说道："不是我的。"

女孩儿的脸上没有显出半分局促，她再次开口道："其实，我是想邀请您喝一杯，可以吗？"

"然后呢？"

女孩儿没想到他接了话，兴奋地扬眉，含羞带怯地说："然后，您想干什么……"

江聿笑起来，落在别人的眼里时带了几分风流。江聿勾了勾唇，说道："你有镜子吗？"

女孩儿疑惑。

"我放着家里的天仙老婆不顾，找你这样的？"江聿说出羞辱人的话语，女孩儿的脸颊瞬间变红，就连眼眶里也涌出泪，她委屈不甘地看着他走远，被气得咬牙跺脚。

漆黑的房间里只有电视机亮着，正在播放《潮生》。江聿陷在床尾的沙发里，将手随意地搭在扶手上，始终平视着屏幕，似乎看得入神，眼中跃动着光。林绵隐隐约约地听见声音，醒来就看见这一幕。

被上天眷顾的人，连后颈都是好看的，江聿宽肩窄腰，有力的臂膀，利落的线条。林绵叫他："江聿。"

江聿转过身，跟林绵对视了几秒钟，钻到林绵的被子里，用手掐着林绵的腰，发了狠地吻下去，像是跟自己作对似的，又变得收敛了一些。

林绵挣扎了一下，又被他按回被子里，换了个方向，细细的肩带从林绵的肩膀上滑落。她有些躁动，微微抬起身，伸手勾住江聿的脖子，脸颊贴着江聿青筋暴起的脖颈蹭了蹭。

她想色令智昏大概就是如此。

林绵意识四散时，江聿掐着她的腰，贴在她的耳边，语气有些重地说道："绵绵，在伦敦时你把我当成谁了？"

第七章
蝴蝶来信

　　林绵第一反应是被掐得疼，话里带着几分求饶，嗓音沁了水一般，又凉又软："Roy。"
　　江聿手上的力道瞬间变松，他古怪地睨着怀里的人。
　　林绵唇红齿白，眼角浸润着一层潮湿的粉色，鼻尖的小痣上覆着一层薄汗，灵动如火种，灼人眼睛。她仰头，脖颈湿漉漉的，偏白的肌肤泛着蜜粉色，汗湿的头发粘在鬓角、缠在颈侧。
　　江聿忽然有种把天上的月亮拉入水中的错觉，听到她说出他想听的名字，觉得她是有意还是无意已经不重要了。此刻她的眼睛里只能装下他的影子，嘴里叫着"Roy"，就够了。
　　江聿喘着气，俯身，亲吻着林绵轻轻颤动的眼睛，让她觉得仿佛踏上云端，又坠入深渊。

　　天刚蒙蒙亮，林绵的闹钟就响了。她窝在他的怀中睡得舒服，听见闹钟声后皱了皱眉，紧接着感觉到一只手伸过来将闹钟按掉，再将她搂紧。
　　过了十分钟，闹钟再次响起。江聿缓慢地睁开眼，眼底布满了红血丝，侧身拿过她的手机，没忍住笑出了声——除去被按掉的闹钟，还剩五个。

江聿侧躺着,看着她的睡颜,用指尖从她的额头沿着鼻梁滑到嘴唇上,按压着她的唇瓣揉了揉。

林绵慢悠悠地醒来,睡眼惺忪地望向江聿,随即意识到他在做什么,神色不自然地往后退,说道:"我要起床了。"

江聿挑眉,声音沙哑地说道:"不耽误。"

说不耽误是假的,林绵起床晚了整整五分钟。她站在洗漱台前启动电动牙刷时,江聿又贴了过来,从她的背后抱住她,没忍住又动了手,压低了声说:"绵绵,看镜子。"

林绵哪里敢看?他低头咬住她细细的肩带,抬起浅色的眸子跟镜子里的她对视,撩拨着人的心弦。

她断断续续地洗漱完,听到江聿说起他乘坐上午的航班返程。从酒店到机场车程一个多小时,所以他要跟林绵同一时间出发。

林绵帮他整理行李,发现他带来的东西不多,唯独少了那把黑伞。

林绵拍完一幕戏份,坐在遮阳伞下。邵悦赶紧送来柠檬水,不知道从哪里弄了把扇子,笑嘻嘻地问道:"绵绵姐,你热不热?"

春去夏来,日头渐高,微风里裹挟着热气。今天这场戏傅西池也在,傅西池便大摇大摆地过来蹭遮阳伞,见邵悦手里的扇子有意思,讨来研究:"这个有意思。"

林绵笑了笑,转头问邵悦:"有人找吗?"她其实想看江聿有没有报平安。

看到邵悦摇头说"没有",林绵点点头,继续眯着眼,看其他人吊着威亚荡来荡去。她想:其实他也没有报备的义务。

"我听说了个八卦消息。"邵悦上完厕所后跑回来,气都来不及喘匀,就想跟林绵分享,但看到傅西池也感兴趣地看着她,缓了一口气,又说,"其实也不算什么八卦消息。"

听到导演远远地在喊傅西池,傅西池应了一声,把扇子还给邵悦,还说:"待会儿我再来听八卦消息。"

邵悦点点头。等傅西池走后，林绵盯着不远处几个穿着古装的女孩儿一会儿，才转头看向邵悦，动了动嘴角，问道："什么八卦消息？"

邵悦搬了小板凳坐到林绵的身边，用眼神指了指穿古装的女孩儿里穿红衣的那个，捂着嘴说："听说那个穿红衣服的，昨晚找小江总表白被拒绝了。"

林绵看了过去，觉得那女生五官倒是清秀，身材也苗条，只不过红色不衬她的肤色，所以导致整个人显得偏黑，不出众。

"我刚去厕所，她躲在里面跟小姐妹哭诉，听说小江总嘴挺毒的，说得可难听了。"邵悦摇头晃脑，幸灾乐祸地说道。

林绵少有地对八卦消息感兴趣，笑了下："怎么嘴毒了？"

邵悦模仿着听来的八卦消息，咳嗽两声清嗓，压低了声音，说道："'你有镜子吗？我放着家里的天仙老婆不顾，找你这样的？'是不是很毒？"

林绵示意邵悦小声些，别让人听见了，唇角也因为她学来的模样弯出弧度。邵悦笑得往后仰，把手撑在地板上，双脚朝天，差点儿摔到地上。

林绵把人扶起来，拍拍她衣服上的灰。邵悦受宠若惊，赶紧阻止林绵："绵绵姐，你别弄脏了手。"

邵悦之前接触林绵，只觉得林绵不太爱笑，是个冰冷的大美人，怕被挑剔便处处拘谨，没想到待在一起的时间越长，越发现林绵只是性子冷，但人很温柔。

林绵拉着她坐下，拧开矿泉水瓶盖要给她浇手。邵悦洗完手又拿纸擦干净，坐回小板凳上，大着胆子打探起八卦消息："林绵姐，你跟小江总认识啊？"

林绵淡淡地"嗯"了一声——江聿派来保姆车带走她是事实。

邵悦压低声音问道："那他真的结婚了吗？"

林绵一顿，沉默了几秒后，点头："对，他结婚了。"

"他老婆是不是很漂亮？"

林绵轻咳了一声，稍稍转过脸说："算是吧。"

邵悦直呼自己吃了柠檬,酸得要命:"年纪轻轻就结婚,还娶了个大美人,关键是洁身自好,真是个好老公啊!他的老婆会幸福死吧!"

林绵握着水瓶,不动声色地看了一眼红衣女孩儿。女孩儿很伤心,边哭边拿着纸巾擦脸,同伴一直在旁边安慰。

江聿的话是说得重,但他性格一向如此倨傲。林绵脑子里又闪过闻妃夸江聿是个好男人,让林绵好好感谢小江总的画面。

林绵找邵悦拿来手机,滑开屏幕锁,看到消息栏里干干净净的,没有收到江聿的消息,界面还停留在昨天她问他什么时候回来上。

林绵看了眼时间,点开航班追踪,输入目的地,看到界面上显示他乘坐的飞机一个半小时前降落,想到他应该是在忙,便直接拨给了黎漾。

"绵绵,"黎漾等电话响了好几声才懒洋洋地接起,一副提不起精神的样子,"你终于想起我了。"

林绵在黎漾的面前是放松的,弯了弯唇角,说道:"你呢?你老实交代干什么去了,听起来像是几宿没睡。"

黎漾干巴巴地笑了几声,用十分嫌弃的语气说:"被一条'狗'咬了。"

"嗯?什么意思?"

黎漾语调抬高,气呼呼地讨伐道:"男人没一个好东西,我的腰疼死了。我告诉你,我真的遇到了一条'狗'。"

林绵听得似懂非懂,又听到黎漾压低了声音吼着:"别啃我了,有完没完?!"很显然,这句话不是对林绵说的。

林绵听明白了,善意地提醒道:"漾漾,快十一点了,你该不会还跟'狗'在一起厮混呢吧?"

黎漾笑了笑,说道:"你现在聪明了。"

"是那个实习生小弟弟?"

"不是。"

林绵很意外——黎漾觊觎那个小弟弟很久了,这才几天,就移情别恋了。

"等你回来了我再跟你说。"

"你找我什么事啊？你这会儿不拍戏吗？"黎漾问道。

林绵侧了侧身，往遮阳伞里躲，说："漾漾，我发你张图片，你看看能不能帮我买到同款？"

黎漾是做摄影师的，时尚资源一大把，找个同款应该很容易。听到黎漾爽快地应下，林绵把图片发到黎漾的微信上。黎漾笑着打趣道："哟，这么快就发展到给小江总送礼物的程度了啊？"

林绵想说不是，其实这条领带是黎漾生日那天被自己弄丢的那条，但当着邵悦的面不好解释。

黎漾说领带是定制的，不太好找，不过可以试试看，顺便发了几条领带款式过来，让林绵挑一条送给江聿。

林绵当真听了建议，仔细地对比了一下，发现款式大都差不多，不算有新意。她忽然又想到一件事："漾漾，你那边有适合男士的耳钉吗？"

黎漾愣了一下，发了不少图片给她选。林绵选了最保守低调的黑曜石耳钉。

"对了，绵绵，那件事情我托人去查了，估计快有眉目了。"

这本来是一件没希望的事情，林绵突然听到可能有新的进展，心情稍显激动。下一秒，她就看到赵女士的电话打了进来，好心情一扫而光，神经瞬间紧绷，指尖停留在接听键上犹豫了好几秒才按下去。

"绵绵，你在跟谁打电话，我打了半天打不通？"赵女士上来就质问道。

"黎漾。"

赵女士说："我听闻妃说，你拿到了红血品牌的两个系列代言，还有一个杂志封面刊？"

她明明都已经知道了，林绵不知道她为什么还要来问一遍。

"是的。"林绵回答道。

"你怎么不告诉我一声？"赵女士好像很不满，"红血品牌哪里能比得上蓝血品牌，还是两个系列不是全系列代言，你们老板就不能争取蓝血品牌吗？"

"妈,我能代言红血品牌就已经了不起了。老板不是神,他不能什么事情都顺着咱们的心意来。"

赵女士愣了几秒后,语气略重地说道:"绵绵,你这是在帮着外人吗?"

林绵垂眸,脸色不太好,甚至有挂掉电话的冲动:"我是在讲道理。"

"对了,你宋连笙哥哥回来办婚礼,你能回来吗?"沉默了一会儿后,赵女士说,"他老婆想找你当伴娘,你可不能答应。他们不看看自己是什么样的人,就想找你当伴娘。"

"绵绵,我们在你的房间里发现了一张诊断证明,你为什么要背着我去看心理医生?"在赵女士的眼里,林绵只是一件完美的商品,又怎么会关心林绵的死活呢?

江聿刚抵达北京,就被老江总叫回壹合。原因无他,江聿抽走祁阮两个高奢品牌的代言,祁阮向她爸一通哭诉,祁父直接将电话打到了老江总那里。

老江总虽然嘴上客气,但其实句句不离指责江聿胡来。江聿左耳进右耳出,根本没把老江总的话放心上,陷在沙发里,垂眸不知道在想什么。等老江总说完,他抬眸,嗓音淡淡地问道:"说完了吗?"

老江总一愣,仰头看向站起来的江聿,发现他长高了,变得挺拔了,跟自己记忆里的孩子不同了,有了自己的思想,也不受管束了。

"等一下。"老江总命令他,"吃完饭再走。"

"你什么时候把你老婆带回家?"老江总提起来就来气,江聿结婚都不通知他们一声,"就是天仙也得让我们见见。"

江聿低笑道:"不让,怕你们催生。"

江聿今天也没什么安排,就留在壹合休息。傍晚快开饭的时候,江敛从外面晃回来,一把攀住江聿的脖子,跟小孩儿一样压弯了江聿的脊梁。

江聿也不知道这个弟弟什么时候能长大,但又一想,还是别长大了,就这样挺好。他抓着江敛的手,作势要来个过肩摔。江敛被吓坏了,攀着他的脖子大喊道:"哥……哥……哥,我错了。"

江敛从他的背上下来,带歪了他的衣领,看到一枚暗红色的吻痕,顿时大喊道:"啊,我不干净了!"

江聿若无其事地整了整衣领,似笑非笑,晃了晃江敛的头,随后听到手机响了,走到一边打开查看。

喻琛:我知道一个大八卦消息,请我喝酒我就告诉你。

他没什么兴趣,回都不想回,接着往下滑,看到林绵的消息时才稍稍感到意外。

林绵:平安到了吗?

林绵:你的糖果没带走,还有平时少抽点儿烟。

江敛从江聿的身后蹦出来,感叹两声:"哥,小嫂嫂也太爱你了吧!"

江聿翘了翘嘴角,说道:"是吗?"

江敛用他道听途说的经验,信誓旦旦地分析道:"这还不是爱是什么?用你没带走的糖暗示她舍不得和你分开,又让你少抽烟,这就很好懂了啊,当然是让你为了她爱惜身体啊!"

"歪理!"江聿虽然嘴上这么说,但心里高兴坏了。

江敛忍不住奚落道:"哥,你一个结婚的人了,怎么比我还不懂?"

江聿抬了抬嘴角,兜着江敛的头晃了晃:"谁说我不懂?成年人含蓄,哪里像你们这些小屁孩儿?"

江敛不服气地说道:"谁是小屁孩儿?"

"哦,不是小屁孩儿?"江聿将他从上到下打量了一遍,笑了笑,"那你早恋了?"

江敛个头挺高,少年人的体魄没给江家丢脸。江敛"喊"了一声,说道:"恋爱狗都不谈。"

江聿盯着江敛几秒,听江敛的语气就能猜到江敛是跟谁学的,忍不住笑着点了点头。

这时江聿的手机响了,是他在伦敦的朋友Troye发来的消息。对方发了两篇在核心期刊发表过的心理学文献和一句话过来:我看过你发来的影片,我想这两篇文献会给你答案。

江聿没点开文献,而是直接给Troye打了电话,跳过了问睡没睡这种寒暄,直奔主题。

Troye主攻心理学,但在没有直面病人时亦无法下定论,犹豫不决地说:"Roy,其实没必要分清楚她到底喜欢谁,你们是真实在一起过的,还结婚了这就够了。"

在江聿的再三催促下,Troye提出了大胆的设想:"通过影片和行为动机分析,也许你的女朋友一开始只是喜欢与角色相似的人,而你恰好跟片中男主角有诸多相似点。"

江聿蹙眉,薄唇抿成一条直线,周身气压极低,嗓音沙哑地问道:"什么意思?"

Troye说:"她可能把对片中的男主角的好感或者喜欢,迅速地无条件地转移到你的身上。我想你们可以谈谈。"

林绵今天收工比较晚。邵悦帮她收拾用品时,傅西池过来敲门,探出半个身子,说道:"林绵,吃不吃夜宵?今晚张导请客。"

林绵摇摇头,只想快点儿回酒店里洗漱休息:"你们去吧,我跟张导说一声。"

傅西池投来关切的眼神,问道:"你不舒服吗?看你精神不太好。"

"没有。"林绵因为过度劳累而脸色偏白,给人一种生病的错觉,又看到群里的工作人员催着集合,便跟傅西池说,"你快去吧,不用管我。"

不知道谁走过来,勾着傅西池的肩膀把人拉走了。林绵松了口气,侧头问正在忙碌的邵悦:"邵悦,你想去吃夜宵吗?"

邵悦惊讶地说道:"我可以去吗?可是,我去了,绵绵姐,你怎么办?"

林绵表示没事,她跟着保姆车回酒店就好:"你跟他们去玩吧。注意安全,早些回来!"

邵悦连忙道谢后,说道:"绵绵姐,如果你想吃什么记得打电话给我。"

林绵点头,忍不住叮嘱道:"不要喝陌生人递来的酒水。要是喝酒了,打电话给我。"

邵悦愣了愣,点头说"好"。

保姆车稳速行驶,窗外一片漆黑,零星路灯闪过,仿佛构成一幅浓墨重彩的山水画。

林绵盖着小毯子睡了会儿,醒来时恍惚了几秒钟,拿出手机看时间,却发现发给江聿的消息还没得到回复。他是没看到还是不想回?

林绵也感觉到了江聿的情绪有些低落,但不知道症结在哪里,又转念一想,他的性格一向如此倨傲,况且他们这种表面夫妻,人前做做样子,人后各过各的。目光在对话框上停留了十几秒后,林绵才切出去点开傅西池的微信,拜托他照看邵悦,让她别喝酒。

傅西池很快回了个"好"。

房间里只开了一排廊灯,影影绰绰,昏暗得有些温馨。房子住得久了,便有了林绵自己的气息,像个简单的家。林绵洗漱完穿着浴袍,坐在床头上,捧着剧本看了半个小时,歪在枕头上眯了一会儿。

一道突兀的铃声响起。林绵被惊醒,在枕头下找到手机,用指尖按下接听键。

傅西池的嗓音有点儿急:"林绵,邵悦喝酒了。"

林绵顿了一下,没问喝了多少,挂了电话后,打开衣柜找衣服,为了不让人认出来,换了套比较家居的衣服,披散着头发垂在背后,戴上口罩,拿着手机出门。

大排档距离酒店不远,不用打车拐个弯就到了。影视城外比较热闹,晚上形形色色的人来来往往。林绵勾了勾口罩,匆匆朝大排档走去,拐了弯就看见傅西池站在大槐树下抽烟。他转身时看见林绵,便冲她招手。

"邵悦呢?"林绵担心傅西池出来了,邵悦会出事,眉头绷紧,后怕感涌了上来。

傅西池不动声色地打量了林绵一眼,说:"这姑娘喝了不少,老有人一直灌她,我还帮忙挡了几杯。"

看到林绵沉默着往前走,傅西池摸了摸鼻尖,弄不懂自己哪里惹林绵不高兴了。

幸好，邵悦喝的是啤酒，没有完全醉，看见林绵时，猛地站起来，差点儿摔倒，一手按着桌子，说："绵绵姐，你怎么来了？"

大家招呼林绵坐下吃东西，林绵客气地道谢，揽着邵悦的肩膀说："我先带她回去。"

邵悦喝得小脸红扑扑的，笑起来憨憨的，反应了几秒钟后，点点头，说道："好，那我先跟绵绵姐回去。"

烟雾缭绕的大排档，酒、肉、调料的味道混合着人类活动的气味，并不是很好闻。邵悦晃了晃身子，被林绵抓着手臂往外走，脚步凌乱仓促。

傅西池追出来，喘着气停下："林绵，我送你们回去吧。"

林绵客气地道谢道："不用了，你继续玩吧。"

"今晚，我没看住邵悦，让你不高兴了吗？"傅西池小心地试探，总觉得林绵变了，不如他们之前在剧组里时关系热络，但又觉得他们好像一直如此——他热络地与她联系，她始终冷冷淡淡的，跟谁都不是很亲近的样子。

林绵没想到傅西池会误会，薄唇牵动，说道："不是，我还要谢谢你通知我，你别多想。"

邵悦的目光在两个人的身上来回看，小小的脑袋有点儿转不过来。

傅西池看了一眼邵悦，欲言又止。林绵握紧邵悦的手臂，防止她晃晃悠悠，刚要离开，被迎面走来的两个人叫住："西池！林绵！"

林绵朝对方看过去，见对方笑着说："真是你们啊！"

林绵一下就想起来了，主动打招呼的这位是马导，是她上次被灌醉时在场的人之一。没想到对方记得她，她像是抓到了一点儿希望，对马导说："好巧，您又有大作要上映了吗？"

马导笑笑，说道："小电影而已。你呢？听说你跟西池在《京华客》剧组里。"

林绵点点头。傅西池跟马导攀谈了起来，又说："林绵的助理喝醉了，让她们先回去，我陪你喝酒。"

林绵看向傅西池，问道："你跟马导早认识？"

"我跟西池老弟岂止认识，我们是故交。他的事就是我的事。"马导笑呵呵地拍拍傅西池的肩膀，揽着人往大排档走，"走，喝酒去！"

邵悦回头看林绵，说道："绵绵姐，你特地来接我，你真好！"

"不是告诉过你，别人给的酒水一律不能喝吗？"

看到邵悦吐吐舌头认错，林绵无可奈何地笑了笑，揽着她往酒店走去。等安置好邵悦，林绵回到房间里，在沙发上枯坐了会儿，犹豫着要不要给黎漾打个电话商量一下。

她切到微信，发现有个好友申请，备注是马导，顿时有种"山重水复疑无路，柳暗花明又一村"的感觉，想也没想便按下同意。不知道对方是不是正在看手机，正当她措辞打招呼时，对方便先发来了消息：林绵，明天有空吗？有个角色想找你谈谈。

林绵想了几秒，用指尖在屏幕上打字：我明天有空，正好我也有些演技方面的问题想要请教。

双方一拍即合，约下第二天的饭局。她松了口气似的倒在沙发上，突然安静下来，才觉得这间房子里哪儿哪儿都是江聿的味道。他的存在感无孔不入地刺激着她的神经，他们在这里做过的那些亲密事情一帧一帧地在她的脑海里播放。

她倏地睁开眼，拿起手机看消息，发现江聿还是没动静，但朋友圈里挺热闹。林绵用指尖按着屏幕往下滑，忽然翻到一个没有备注的好友发的视频。视频画面很晃，估计是灯光原因导致像素低，但仍旧把江聿的半张脸拍进去了。

他陷在沙发里，显得矜贵又随意，明暗交替的光线勾勒出他精致的眉眼和好看的轮廓。他用骨节分明的手指握着酒杯，漫不经心地往唇边送，发现对方在拍他，递过来的眼神冰冷锐利，像是要透过屏幕刺过来。

她关掉视频，快速地滑走，被吓得心跳微微加快——原来他是忙着在酒吧里买醉，难怪没空回她的消息。她也不再等，放下手机，换了睡衣回到床上，拉高被子，试图做个美梦。

翌日中午，林绵提早到了定好的饭店，安排好邵悦在一楼大厅里等待。几分钟后，马导也准时到了，笑着在林绵的对面落座，有一搭没一搭地聊着天气。

定好菜品后，服务员退出去关上门，室内一片安静，只有空调运转的微弱声响。

林绵抿了口茶，看向马导，轻声开口道："马导，您还记得我们吃饭那一次，有没有什么异常？"

马导诧异了几秒后，面色变得凝重，叹了口气，慢慢地说道："我找你来，也是为了这件事情。其实，这件事情我在心里一直过意不去。当时，那个人在走廊里想对你不利的时候，碰巧我刚拉开门准备去厕所，想过出来阻止，但怕事情被闹大。"

林绵紧紧地握着杯子，骨节微微泛白，红唇紧紧地抿着，一双美目里蓄着情绪。

马导继续说道："我当时看你跑了，心想应该就没事了。谁想到有个年轻人突然冲出来，把那人按在地上就是一顿打，下手又重又狠，拳拳要把人往死里揍。要不是服务员出来阻止，后果恐怕……"马导回想起年轻人揍人的手法，仍心有余悸。

然而，让林绵心颤的不是对方揍人的手法，而是那个下狠手的人。她心里突然冒出一个荒唐的答案，目光动了动，睫毛轻轻地颤动，即便克制着仍旧没办法呼吸平稳。她看向马导，问道："您还记得那个人长什么样子吗？"

马导回道："很高很瘦，戴着帽子和口罩，虽然脸看不清，但手上戴了一枚戒指。"

林绵喉头有点儿涩，沉默了须臾，问马导："是江聿吗？"

马导眼神闪烁，低头往嘴里喂了一口茶，闪烁其词地说道："啊……这个我就不知道了。"

马导越是这般闪躲，林绵心里的疑虑越重。她说："是江聿对不对？"

事到如今,马导看了一眼林绵,压低声音说:"你别把我抖出来。当时在场的不止我一个,小江总不让说,看到的谁都不敢得罪他。"

难怪事发之后她回去找饭店里的人,却没有人告诉她当晚发生了什么,就连监控也在那个时候坏掉了。

她曾经问过很多次,但每次都被知情人告知那是她的臆想,不是真实存在的,最后甚至连她自己都怀疑那道惨叫声是她受惊后精神错乱的产物。

林绵不再追究马导此刻出于什么目的说出真相,她端着茶杯,指尖微微有些抖:"谢谢马导。"

马导见她脸色不好,关切地问候道:"你没事吧?"

林绵摇头,勉强挤出微笑:"没事。"

近日连续下雨,山上突发小范围的泥石流,进山的路被阻断,剧组被迫停摆。

林绵心里装着事,跟张导打过招呼后,没提前告诉江聿,订了机票回北京。输入密码后,房门被打开,里面飘浮着一股没人住的气息。

林绵放下行李箱,弯腰换上拖鞋,发现鞋柜里江聿的皮鞋几乎没被动过。她关上柜门,起身朝室内走去,指尖从干净的家具上滑过,看到备用剧本被整理成一沓放在茶几上。

房间里空荡荡的,蚕丝被上一点儿折痕都没有。林绵像猫咪巡视地盘一般将每间屋子检查了一遍,突然发现有个之前没留意的房间的房门紧锁着。林绵转了转门锁,发现打不开,想必是江聿放什么重要物品的地方,便松了手,回到沙发上坐下。看这样子,估计江聿也很久没回来了。

她用指尖在屏幕上滑了几下,拨通江聿的电话,等了一会儿后才有人接听。

"江聿。"林绵先开口。

"林小姐,我是林律。"林律客客气气地说道,"老板正在开会,需要帮您转达吗?"

林绵愣了两秒,记忆里江聿就该骑着摩托车全城跑,嚣张又高调，永远热烈，永远无所畏惧才对，而不是像现在这样被囿于一张会议桌前，被开不完的会、忙不完的应酬束缚住灵魂。

"林小姐？"

林绵回过神来，觉得有必要说一声："麻烦你转告他，我回云庐了。"

林律说："林小姐，老板没有告诉您吗？我们正在出差。"

那头闯进一道清亮的嗓音："谁的电话？"

林律回道："林小姐。"

江聿说了句怎么不告诉他，然后接过电话，语调稍淡地说道："什么事？"

"我回云庐了，你出差了？去几天？"林绵少有地表现出对江聿的关心。

江聿轻哂，揶揄道："查岗啊？"

"不是。"林绵怔了一下，又问，"你什么时候回来？"

江聿沉默了几秒，这次没有揶揄她，规规矩矩地说："还有三四天吧。"

不痛不痒的对话在林律催促江聿开会后结束。她放下手机，活动了一下酸涩的手腕，想着回自己的住处一趟，看到手机里江聿发来了一条消息：我让阿姨待会儿过去，你想吃什么告诉她。

林绵回复他：谢谢。

R：要真诚心感谢我，就过来陪我。

R：林绵，你敢吗？

自从搬到江聿家后，林绵就很少回出租屋。她换了拖鞋，给黎漾也找了双换上。

黎漾弯腰换鞋，说道："你这房子要不退了吧？怪浪费钱的。"

"留着吧。"她不可能一直住在云庐。

林绵趿拉着拖鞋往卧室里去，绾起头发，露出光洁雪白的脖颈，换了家居服，给快要干枯的绿植浇了水。

· 185 ·

黎漾在客厅里转了一圈，用手指撩起窗帘，弯腰往下看，又把角角落落检查了一遍，没看见戒指："绵绵，你说戒指会不会在沙发下面？"

最后很可惜，林绵把家里弄得乱七八糟，还是没能找到江聿的戒指。林绵从冰箱里拿了两瓶水打开，递了一瓶给黎漾，有点儿崩溃地说："漾漾，你说我家客厅就那么点儿地方，怎么就找不到戒指？"

林绵坐在黎漾的旁边，侧过脸，告诉她江聿为了得到戒指在比赛中受伤的事情。

黎漾累得往后瘫倒在沙发上，忍不住感慨道："绵绵，看来，也不是所有男人都是狗男人，比如江聿！"

林绵说："他的戒指很重要，我想找到。"

黎漾冷静下来，说："你家就那点儿空间，找遍了也没找到，会不会有一种可能，他的戒指压根儿就没丢在你家里，只是他随便找的借口？"

林绵倒是没想到这一层，当时她发着烧，听到江聿说戒指丢了，没心思想就信了，现在被黎漾这么一分析，反而觉得有点儿道理，说道："我还是问问江聿。"

黎漾提醒她："对了，你的礼物过几天可以取走了。"

"好。"

林绵拎着礼物，站在江聿的房间门口时，觉得自己疯了。因为江聿冷冷淡淡的态度，她就跑过来找他。个中缘由她也说不清楚，大概黎漾从中怂恿占了主要部分。

林绵用指尖按响门铃，听到有声音在门内响起，但是十几秒过去都没人开门。难不成他又去买醉了？林绵又站了一会儿，决定下楼去开个房间。

刚要转身，林绵就看见房门被打开。江聿穿着睡袍，扶着门望向她。头顶上的灯光照在他湿漉漉的短发上，在他的鼻梁上留下一片阴影，黑而湿的头发，衬得他整个人眉目深沉，只不过他的脸色太冷，瞳孔里无惊无喜。

林绵误以为他不欢迎自己，觉得自己太过鲁莽："我没打扰到你吧？"

林绵的手腕被江聿湿润的手心握住，整个人被带进房间里，靠在坚硬的门上，听到门落锁的声音后，想说的话被碾碎在唇齿间，人也被江聿那潮湿微凉的身体禁锢着。江聿滚烫的吻落下，林绵陷进被子里，咬着唇，眼里弥漫着潋滟的水光，如青山如远黛的眉眼，似雨天的山涧笼罩着缥缈的云雾。

"你怎么过来了？"江聿的动作丝毫不温柔，带着几分故意。

林绵闭上眼睛，睫毛轻颤，说道："你叫我来的。"

江聿贴着她，低笑，有些漫不经心地说道："我叫你干什么你就干什么？"

林绵轻"哼"了一声。

"绵绵，你这样让我像是金屋藏娇。"

林绵忽然想到，那次他当着张导的面说他自己才是金屋里藏的"娇"，于是偏过头不看他："你才是。"

江聿俯下身，把掌心从林绵的肩膀上沿着手臂一点点滑到手腕上，随后扣住，在她的脸颊上落下一吻的同时，抽过领带在她的手腕上绕了两圈，系了个松垮的结，捡了个枕头塞在她的身下："我现在可以藏进你的小金屋里吗？"

仿佛有几百只蝴蝶同时从胸口里飞出去，这感觉让林绵根本没法儿回答这句话。

过后，江聿靠在床头上，往脑后捋了一把头发，额头上的青筋未退，汗意涔涔。他侧身摸过烟盒，自然地敲了一支叼在嘴上，忽然意识到林绵在，又拿下来，把它捏在指间捻着玩。

林绵裹着被子转过身看他，眨着水眸，说道："你想抽就抽。"

江聿被汗浸湿的发尖挡在眼前，眼睛湿润，泛着微光，半垂着眼皮，有种餍足后的倦怠感。江聿忽然感觉到指尖空了。

林绵把烟拿了过来，拥着被坐起来，雪白的肩头露在外面，用手指捏着烟，送到他的唇边，示意他咬住。

江聿懒倦地抬眸，目光在她的脸上扫过，在咬住烟的同时，把她拽进怀里，摸来衬衫给她套上，嗅到她身上那缕勾着他发狂的香气，说道："穿上衣服，别高估我的忍耐力。"

他歪着头，睨着她的胸口，用指尖抓着衬衫的纽扣，一粒粒娴熟地扣上，他这会儿倒像个正人君子。他的半张脸被床头灯照亮，显得气氛旖旎。

林绵低头看着他，指尖触碰到他的黑发，皱着眉，说道："我想洗澡。"她不喜欢黏糊糊的感觉，更不喜欢伴着这种感觉入睡。

江聿低笑，这会儿似乎很好说话，抬起眼皮，说道："林绵，你是水做的吧？"

林绵误解了他的意思，瞥了一眼他的膝盖压着的地方，白皙的脸上泛起浅浅的粉色，两颊尤为明显，宛如扫了腮红一般勾人。

"你是故意跑过来让我伺候你的吗？"他戏谑着，先一步踩在地板上，直起身，扣住林绵的腰，单手将她抱到了胸口，接着用另一只手扣上来将她托住，趿拉着拖鞋大步朝浴室走去，又将她放进浴缸里，漫不经心地垂下眼看着她，抬手碰了碰她的脸颊，"怎么还这么红？"

林绵被他的指尖烫到，偏头躲了一下，下巴却被他的两指掐住，被迫转过来与他对视。

下一秒，江聿低下头，亲了亲她的脸颊："我听他们说有种腮红就是你现在脸颊的颜色。"

"什么？"

江聿轻启薄唇说出一串名字。

林绵知道那个腮红，光听名字就很直白。她愣了几秒，脸上的粉色越发明显，蔓延到耳根和脖颈上，倒真有几分江聿形容的那样。

江聿服侍林绵洗漱完，又把她扛回床上。床单是没办法用了，又不能叫客房服务。江聿最后将衬衫丢在床上垫着，让林绵将就一晚。

看到江聿转身进了浴室，林绵毫无睡意，从床上滑下来，俯瞰江景。

江聿很快从浴室里出来,系上睡袍的腰带,朝林绵走过去,从后面环上她的腰,把下巴垫在她的肩头上,看向她看的那片夜景。

林绵被吓得抖了一下,侧过头,脸颊碰到他的额头,勾起些许痒意。

"那是什么?"江聿抬了抬下巴,指向掉在地毯上的礼品袋。

林绵动了动唇,说道:"我又去我家里找了一遍,没有找到你的戒指。"

江聿没想到林绵还挺挂心他的戒指,不在意似的问道:"然后呢?"

林绵没敢真问他是不是记错了,想到他默默为自己做的事情,用商量的语气说:"可能找不到一模一样的,我赔你一枚吧。"

见他半天没有反应,林绵碰了碰他的手臂,问他:"行不行啊?"

江聿扯了扯嘴角,半垂着眼眸,回答道:"好啊。"

他靠得近,胸膛很热,林绵隔着薄薄的睡袍能清晰地感知到他的心跳。林绵从江聿的怀里离开,用纤细的手指执着黑色礼品袋,示意他打开看看。

江聿的眼底滑过一抹惊讶之色。他接过礼品袋,打开丝绒礼盒,看见了里面的物品——一枚黑色的耳钉。

出乎意料地,江聿垂下嘴角,合上盖子,把它丢回袋子里,连袋子一起还给林绵,语气倏地变得冷漠,说道:"我不需要。"

林绵没接,只是不解地看着他。江聿见她没接,转身将袋子随意地丢在沙发上,然后去床头找烟。

房间里很静,空调运转的声音很小,露台的门半敞着,风像是从四面八方吹进房间里,拂过林绵的脚踝。她感觉到了一丝凉意,但不是来自风,而是来自江聿。

耳钉就像是一个开关,江聿触碰它后,周身的气压变得极低。他低垂着眼眸,浓密的睫毛随之覆下,他侧着头,点燃香烟,薄唇平直,表情冷淡又疏离。

一缕缕白烟从他的唇间飘出。他下意识地抚摸耳垂,冷漠的话语脱口而出:"林绵,我早不戴耳钉了。"

脑海中浮现出Troye说过的话,江聿觉得头痛,仿佛有根线在时刻提醒着,他可能只是一个替代品。

江聿抽了口烟平复一下情绪,眉眼笼罩在烟雾中,清亮的嗓音里夹着几分冷厉。他抬眸,望向林绵,咬着牙问道:"你到底是喜欢我戴耳钉,还是喜欢陈寒戴耳钉?"

陈寒是《潮生》的男主角,一个灵魂自由、无拘无束的追风少年,喜欢摩托车,喜欢大海,大概也喜欢过"小哑女"。

陈寒短暂地出现在小哑女单调的世界里,成为她生命中的一抹光亮,但又悄无声息地消失,终于成了她漫长岁月里的守候和寻找。

林绵呼吸一滞,用不可思议的眼神迎上江聿的目光,红唇牵动,问道:"为什么提陈寒?"

江聿会错意,轻嗤道:"怎么?提都不让提?你就那么喜欢陈寒?想让我继续戴上耳钉扮演陈寒?"

林绵皱眉,无法理解江聿突然的怒火从何而来,也有些生气地说道:"我送你耳钉跟陈寒有什么关系?你要是不喜欢大可不收,不用曲解我的意思。"

空气静止了几秒。林绵站了一会儿,觉得没意思,解开江聿的衬衫,然后拿起自己的衣服一件件往身上套。

短短的十几秒却像是几个小时那么漫长。屋内的空气仿佛凝固了,压抑得让人喘不过气来。她捡起沙发上的礼品,越过江聿,冷着脸往门口去,手腕却忽然被握住,被拽回到江聿的跟前。林绵愠怒地瞪着他,语气不好地说道:"放手!"

江聿轻笑——林绵这个态度,像极了渣男对女朋友的胡搅蛮缠丧失了耐心。他面上笑着,头上的火却止不住地往上冒。

林绵挣开江聿的手腕又要离开,江聿却再次将她拦住:"你敢不敢承认在伦敦时没把我当成别人?"

上次她意识溃散时似乎听见了这么一句,但当时来不及多想,这次总算是听清了。林绵蹙着眉头,脸上的怒气一点点散去,薄唇抿成一条直线,情绪平复下来后认真地问他:"你是不是知道什么了?"

江聿勾唇,嘲笑道:"难道你还有什么事情瞒着我吗?"

林绵轻轻地抖动睫毛,眼底的光倏地黯了下去。江聿那么聪明,能帮她解决坏人,想必要查她也很容易。

林绵坦白道:"三年前我拍《潮生》入戏了,所以才去伦敦疗养散心,也就是遇到你的那个时候。"

江聿的心尖像是被掐了一把——从别人口中得知和听到林绵亲口说出来,效果还是不一样。他拿下嘴里的烟,把它夹在指间,在林绵看不见的地方,手背皮下的血管青筋突起,蜷着的手指微微发抖。

"我入戏跟傅西池没关系。"她重点强调这个。在林绵看来,稳定的婚姻关系,包括消除不必要的误会。

江聿这才做出反应,不咸不淡地"嗯"了一声:"那你有没有把我当陈寒?"

他回想电影里陈寒的种种作为,以及他遇到林绵时她的大胆邀请,心里堵得慌,有种被撕裂般的痛在蔓延,不是很痛,但很折磨人。

"第一次见到你的时候有。"她不想撒谎,"但是后来,Roy和陈寒我还是分得很清楚。"

跟她厮缠的是Roy,带她抓风的是Roy。

江聿指尖一顿,酸涩和狂喜同时涌上来,脑仁被挤得发痛。他按灭烟,丢掉:"现在呢?"

林绵回答道:"Roy,江聿。"

一句话如春风消融冰雪,轻轻松松地抚平了他心头的伤痛。江聿脸上的冷意散尽,盘旋在心头数日的疑虑有了答案,灰霾的天空瞬间放晴。

沉默了很久后,林绵不知道江聿气消了没有,会不会再说些让人难堪的话,认为彼此先冷静一下比较好。

"你要去哪里?"

林绵自认为今晚的耐心被消耗殆尽:"去楼下开一间房,冷静一下。"

"有这个必要吗?"江聿轻轻地笑——怎么听起来像是他在胡搅蛮缠?

江聿不让林绵走,林绵挣开他的手,坐回到沙发上,挺着脊背,脸转向窗外,眼神冷淡,仿佛要融入清冷的夜色里。

江聿开了两瓶水,递了一瓶给林绵。林绵看也没看,接过来放在桌子上。可能是放得太急,水荡了些出来,洒在她的手背上。江聿默不作声,抽了两张纸巾,按住她的手背,帮她擦干。

吵架的余震还在,两个人谁也不提,林绵干脆拿起遥控器打开电视,屋子里顿时变得热闹。

江聿拿着烟,去露台上点了一支,侧身把手肘搭在围栏上,目光看向室内。林绵正低着头回消息,淡淡的光映在她的眼底,比天上的星星还好看。他回到房间里,看着林绵,语气有些委屈地说道:"还要冷静吗?"

林绵抬眸看他。

"明明是我生气,你怎么还气上了?"江聿推着林绵陷入被子里,指尖触碰到一团湿润的布料,俯下身,咬住她的唇瓣,含糊低语道,"哄哄我吧。"

室内灯光全灭,只剩一点儿月色,从半掩的纱帘里照进来。

翌日,刺眼的阳光透进来,照在地板上,成柱状的光线里有尘埃在浮动。这时,闹钟响起,林绵费劲地睁开眼,伸手去关闹钟,却没有摸到手机。

江聿把林绵的手拉回来,嗓音困倦慵懒地说道:"再睡会儿。"

林绵动了动,嗓音也有些沙哑:"我要关闹钟。"

林绵从江聿手里接过手机,用指尖在屏幕上随便点了两下,等室内彻底恢复安静后推了推他:"江聿,十一点了。"

江聿实在不想睁眼,闭着眼睛,慵懒地"嗯"了一声。他俩昨晚吵吵闹闹浪费了许多时间,身体疲惫,直到天亮才睡下。

"没事,再睡会儿。"江聿扣着她的肩膀,把人拉回来,从后面拥住她,掌心贴在她的腰上,不轻不重地揉捏,"腰还疼不疼?"

昨晚的一切太过荒诞，此刻她的意识逐渐清醒。林绵轻轻地晃头，按住江聿的手，转过身面对着他，抬起眼皮。

江聿低头看下来，四目相对，瞳孔里映着彼此的身影，仿佛一下回到了伦敦的小公寓里。

只要江聿没有课业要赶，他就会赖在她的小公寓里，做些快乐的事情，两个人抱在一起睡，有时候中午醒，有时候下午醒，然后慢悠悠地起床，出门觅食。

"江聿。"她喊。

"嗯。"江聿应了一声。

"Roy。"她又喊。

江聿用指尖拨弄她的头发压到耳后，喉结微动，回答道："嗯。"

"马导全都告诉我了。你那个时候怎么会在饭店里？"林绵好奇地望向他。

江聿觉得丢人，无处遁形，尤其是对上林绵的眼神时。他用掌心盖在她的眼睛上，勾了勾唇角，说道："我刚好在那边吃饭。林绵，没有我，你怎么混得那么惨？"

不知道为什么，林绵得知帮她的人是江聿之后，提起那件事情时，她的后怕感竟然减少了些。她牵了牵唇，问道："真的只是吃饭吗？"

眼睛被盖着，林绵什么都看不见，却能精准地感觉到江聿的气息在靠近。

"你还以为我在做什么？"他的气息靠过来。

林绵觉得半只耳朵都在发麻发烫，失去了知觉一般，随后定了定神，说道："江聿，谢谢你。"

江聿松开手，盯着林绵的反应，见她的脸又粉了，顿时有些坏心思浮上来，嗓音慵懒地说道："要不今晚试个别的腮红？"

"不要。"林绵挣脱他的怀抱，下一秒就被拖了回来，力量悬殊，无计可施。

"晚上试试新款。"江聿咬住她的耳朵说。

林绵听懂了，自然也明白他打的什么主意，轻轻地拍了他一巴掌，不知怎么想到了一个名号:"江大寡王,我肚子好饿,起床吃饭吧。"

他又想骂喻琛了。

远方的喻琛没忍住打了个喷嚏。喻琛怀里的人伸出细长的手臂,推了他一把:"你别传染给我。"

喻琛整个人挂在床沿上,捞着怀里的人,重新钻回被窝里,扣住她的手腕,吻上她的后颈。四条腿在被子里打架,争夺着主权。

"喻琛,你烦不烦?!"黎漾一声暴喝,毫不留情地将喻琛的腿踹出被子里。

感受到喻琛的牙齿刺入脖颈里,疼痛感在颈间弥漫,黎漾满脸愠怒地去推喻琛,奈何对方咬得死死的,她要是挣扎只会更痛,于是气焰消减了一些:"你是属狗的吗?疼!"

喻琛这才松口,唇瓣触碰到被他咬过的肌肤,感受到那片肌肤轻微地抖动,他心情大好地盖上一个吻,暂时结束这场"征伐"。

"你能不能别每次都弄出痕迹?"黎漾极为不满,用水眸瞪着他,满是怨气。

喻琛不以为意,甚至引以为傲,重新搂上黎漾,稍显得意地说道:"这不是更好,免得你再惦记那些小东西。"喻琛口里的小东西,就是黎漾工作室里的那些小弟弟。

自从被喻琛拖上贼船之后,她再也没工夫去撩那些小弟弟了——她不是没试过,都被喻琛搅黄了。

"我们的关系你弄清楚。"黎漾善意地提醒道。

喻琛从背后抱着黎漾,眸色变深:"我清楚得很。"

她意识到喻琛要做什么,一把抓住他的手:"你又要做什么?"

喻琛吻着她的耳朵,含糊低语了两个字。黎漾已经来不及阻止,被气得眼泪直打转,重重地咬在喻琛的手臂上,骂了句:"狗男人!"

她最后悔的就是稀里糊涂地跟喻琛鬼混。喻琛不光不生气,还厚颜无耻地笑着说:"那也是你的狗。"

两个人彻底起晚了。

林绵的演员这层身份，说大腕也算不上，但要是大摇大摆地出门，遇到支持者也是常事。

考虑到他们的关系还不能公开，江聿直接让酒店服务员送餐到房间里。他看着林绵化妆，靠过去搂她，亲眼看她一层一层地往脸上抹东西，皱了皱眉，伸手戳了戳她的脸颊，揶揄道："抹这么多，我怎么亲？"

林绵剜了一点儿面霜，抹在江聿的脸上，眨眨眼睛，说道："那就不要亲。"

江聿扣住她的下颌，扫了一眼桌子上的口红："挑一支，我帮你涂。"

林绵随便挑了一支唇釉，递给他，有些怀疑地说道："你行不行？"

江聿收紧拇指，听见林绵喊痛才松开手，江聿慢条斯理地拧开唇釉，却不知道先从哪里下手，左右观察了几秒，决定先从唇中开始抹，表情认真地说："还不如我亲得好看。"

林绵提醒他认真，别涂出嘴角。江聿低身，认认真真地涂抹，收手后，示意林绵照照镜子。

林绵轻轻地抿唇，抬起下巴左右看了看，艳丽的色泽在唇上化开。她表扬他："还不错！"

江聿俯身撑在洗手台上，将她困住，抬着她的下巴欣赏后，认真地评价道："是不错！关键是你的底子好，不涂也漂亮。"

"你平时也会这么哄小姑娘？"林绵从镜子里盯着他。

"别冤枉我，我一个人过了三年。"江聿没个正形，一侧头看见她耳朵上细小的洞，"打耳洞了？"

林绵说拍摄《京华客》需要戴耳环，就让化妆师打了。江聿想起点儿什么，转身离开，很快拿着耳钉盒进来，用指尖拨弄着耳钉。

林绵顿时明白他的意思："你不是不要吗？"

江聿挑眉，用指尖捏着耳钉，动作轻柔地推进她的耳洞里，开玩笑道："不要揭人伤疤。"

林绵吸了口气，说道："有点儿疼。"

"忍着点儿，穿过去了。"江聿放缓动作，扣上后塞，垂眼打量着。林绵薄薄的耳垂被揉红，黑色的耳钉固定在上面，一点儿也不违和。

"挺好看！"他撩着她耳后的头发放下。

突兀的门铃声打断了两个人。他直起身，说道："送的餐到了。"

酒店里的大厨水平很高，简单的几个菜味道不错，尤其是搭配的一道点心——蝴蝶酥，入口酥脆软香，淡淡的咸味中和了酥油的腻，这个口感让林绵很喜欢。

"喜欢吃蝴蝶酥？"江聿观察着她，发现她吃蝴蝶酥时，嘴角微微勾起，看起来很满意。

"口感很特别，你尝尝。"

江聿笑着，俯身就着她的手，咬走一口，慢条斯理地品尝："是不错！不过，我妈也喜欢做糕点，你应该很喜欢。"

林绵的手指碰到江聿的唇角，有些微妙的触感，林绵缩回手，又听见他说："改天带你回去见她，她应该很喜欢你。"

林绵愣神："啊？"怎么就喜欢了？

江聿以为自己太过着急，给林绵压力了，嗤笑一声道："我妈特别喜欢找人当小白鼠，你刚好适合，还是卖力捧场的那种。"

林绵瞪了他一眼，说道："你爸妈是住在壹合原筑吗？"

江聿说"不是"，稀松平常的语气中却带着情绪："我妈才不住壹合。她单独住，在二环，改天带你去看看她的小院子。"

林绵不敢多吃蝴蝶酥，忍痛放下："可是我减肥，也不能当小白鼠。"

江聿笑了，给林绵分了一小份阳春面。林绵看着面提醒道："太多了！"

江聿看着还不够他一口的面条，沉声说："吃，我替你挨骂。"

多年习惯使然，林绵吃完面后，第一时间打开体重管理软件，查看。

江聿从后面瞥了一眼，下一秒，夺走了她的手机，目光在屏幕上认真地扫过后退出软件,指尖长按,等待软件抖动后,直接点了卸载:"这种东西,没有科学依据,不要盲目信任。"

林绵手机里的监测软件还是赵女士强制安装的,美其名曰为了林绵的健康,其实也不过是赵女士的一种管控手段。

他将手机还给林绵,贴在她的耳边说:"怕什么!天塌下来还有你老公顶着!"

第八章
腮　红

　　林绵在过去二十多年的人生里一直被掌控，两次叛逆都跟江聿有关。她觉得这也许是天意，江聿帮她做了她一直想做的事情。林绵没感到害怕，反而松了口气，说道："信你一回。"

　　江聿抬抬嘴角，放眼看向窗外，说道："天气不错，你想做点儿什么？"

　　看到林绵摇头，江聿后知后觉，稍显惊讶地说道："你真是专程来找我的？"

　　"当然不是，我是来工作的。"她撒谎，起身走到露台上，俯瞰江景。

　　白天的江景像是去掉了滤镜，没有晚上朦胧的灯光点缀，颜色寡淡稍显逊色。幸好天空很蓝，天幕很低，云层一朵朵地铺开，视野开阔，让人心情不错。

　　江风拂面，将她的头发吹得贴在脸颊上。江聿靠过来，用指尖拨走她脸颊上的头发，看着她的耳钉，揶揄道："现在是下午两点，林小姐的工作还来得及吗？"

　　林绵的嘴角挂着浅浅的笑意。她貌似认真地凑过去看了一眼他的腕表，摇头道："恐怕来不及了。"

江聿没想到林绵配合,失笑,挑起眉梢,漫不经心地说道:"那林小姐要不要把下午的时间借给我?"

"做什么?"林绵看他。

他故作高深地说:"带你去流浪,去不去?"

"流浪?你怎么不说私奔呢?"林绵仰头,笑意被风吹得朦胧。

江聿正儿八经地摇头,浅色瞳孔里带着笑意,薄唇牵动,语气里透着慵懒之意:"私奔在伦敦不是干过了吗?再来一次,顶多叫流浪。"

他又想到什么,笑道:"陪一个人流浪,多浪漫啊!"

林绵想起来,之前自己突然提了一嘴想看雪,然后他们就去了雪山,甚至还在半山腰上的小木屋里缠绵,像是亡命天涯的眷侣一样,守着黑夜等下一个天亮,那个场景很多次出现在林绵的梦里。

明知道他在信口开河,林绵迟疑了几秒,还是选择暂时信任他。

江风有些凉,林绵觉得有些冷,便拢了拢衣服,对江聿说:"需要提前打电话给我的伙伴们,让他们在桥洞里留个位置吗?"

江聿怔了一秒,反应过来她说的是什么意思,笑得扶着围栏,弓着背,双肩不住地抖动。

林绵疑惑地问道:"这么好笑吗?"

江聿笑得直不起身,摆了摆手,仿佛强忍着笑意:"绵绵,你真有意思!"

林绵的嘴角弯出浅浅的弧度。

江聿回房间里打了个电话,对林绵说:"通知好伙伴了,今晚你跟我,睡最舒服的桥洞。"

司机早在停车场里等候。江聿拉开门,推着林绵先上车,紧跟着坐了上来,林绵身上那股淡淡的香味,瞬间萦绕在江聿的身边。

江聿自然地伸过手臂,扣住她的手腕,把玩似的揉捏着她的手指,过了会儿指尖穿入她的指缝里,掌心相合,扣在一起。

车内安安静静的,空调送出稍凉的风。看到剧组群里有人在发红包,林绵点开凑了个热闹就退出来了。

没一会儿,傅西池发来消息:你回家了?有什么事情吗?怎么突然回去了？

林绵用指尖在屏幕上点着，忽然余光扫到一道锐利的目光，停了下来，装作若无其事地朝江聿那边歪了歪手机，然后继续打字：回来看望家属，过几天回组里。

傅西池：那个读书的小弟弟啊？

林绵失策，没来得及收手机，被江聿看得一清二楚，旁边传来一道咬牙切齿的声音："哪个小弟弟？"

江聿嗓音清亮，语气意味深长。

"林绵，外面那些男人能让你快乐吗？"他倾身捏着她的肩膀，咬着牙问道。

记忆里也就那么几个男人，怎么又蹦出来个小弟弟？傅西池都知道的事情，他居然不知道。江聿的心情瞬间沉下去，比在微博超话打假更不爽。

林绵见状，盖住手机，耐心地解释道："没有小弟弟，是傅西池开玩笑的。"

看到江聿依旧将信将疑，林绵把手机拿给他看："你要不翻翻看，真没有什么小弟弟。"

见她解决问题的态度良好，江聿勾唇，颇有懒懒的痞态："我懂了，外面那些小弟弟不如我，毕竟我才能让你……"后面两个字被林绵捂着嘴堵了回去，他挑眉，凑上去吻她的手心。

林绵瞪了他一眼，接下来的路程，林绵没再回复傅西池。

车子缓缓驶入别墅区，在一处私人别墅前停下。江聿率先下车，站在车门外，等待着林绵下车。

"这是要做什么？"

江聿卖关子，林绵跟在江聿的身后往别墅走去，江聿完全一副驾轻就熟的样子，想必对这里很熟悉。花圃里的花盛开得饱满，院里摆放着咖啡杯，无一不昭示着这栋别墅里有人居住。

林绵感到陌生，抿着唇，目不斜视地跟着他踏上台阶。

"阿聿，你们终于来了！"一道妙丽的身影匆匆地来到门口迎接。

林绵抬头看了一眼，一时愣住。看到对方的目光也在林绵的脸上逗留，林绵赶紧摘了口罩，礼貌地打招呼道："斯嘉姐。"

高斯嘉笑了笑，露出漂亮、雪白的牙齿，用不太标准的普通话说："你认识我啊？"

高斯嘉是很早一批的港星，演过不少家喻户晓的电影，拿过数次国际大奖。林绵和赵女士都很喜欢高斯嘉，林绵走上演艺之路，其中一小部分原因也是受高斯嘉的影响。

只可惜，林绵入行当童星拍戏没几年，高斯嘉便高调结婚，宣布息影回归家庭，当时引起不小轰动，林绵记得赵女士为此闷闷不乐了好几天。

"我和我妈妈都很喜欢您。"林绵没想到，高斯嘉息影多年，岁月很仁慈，没有在她的身上打下烙印，她还如电影里一般明艳、漂亮，这让林绵顿时生出一种不真实感。

高斯嘉笑着，伸出手臂，说道："要拥抱一下吗？"

林绵靠上去跟儿时的偶像拥抱过后，听见江聿介绍道："绵绵，这是我二婶，你跟我叫二婶就行。"

"二婶？"林绵脑子转了个弯——高斯嘉当年嫁给的也是江姓富商。她这才联想到一起，乖巧地喊了一声。

高斯嘉迎着他们进屋，吩咐管家将茶水和点心送到茶厅里，拉着林绵的手说："以后咱们就是一家人了。"

听到高斯嘉说"一家人"时，林绵有些心虚——毕竟她跟江聿的婚姻半真半假。

高斯嘉拍了拍手，略有歉意地说："阿聿啊，你交代的食材都准备好了，我还有一节花艺课得去上，你有什么需要叫我或者叫阿姨都可以。"

江聿姿态懒散放松，有种回自己家的感觉，抬抬下巴，说道："二婶，你去忙自己的。"

高斯嘉说："绵绵啊，你跟阿聿好好玩，我上完课就回来。"

林绵目送高斯嘉踩着旋转楼梯上楼，深深地松了口气。

江聿见状忍不住揶揄道："见家长这么紧张啊？"

林绵摇头，坐下小声对江聿说："她是我小时候的偶像，我现在心跳好快。"

"是吗？"江聿扬唇一笑，忽然伸手按在她的心口上，过了十秒钟，像煞有介事地说道，"跳得这么快？"

林绵示意江聿拿开手，江聿不但没配合，还笑着往下按了按，贴得更近："怎么还越来越快了？"

林绵扯开他的手，说道："你正经一点儿。"

"我不正经吗？"江聿笑得漫不经心，双眼直直地望着她，颇有几分撩拨之意。

林绵用潋滟的水眸瞪他，警告他别胡说。江聿坏坏一笑，抬起手臂，慢条斯理地解开袖子，随意地叠了两圈堆在手肘处，露出好看的手臂线条，用手指按着表带，摘下手表，递给林绵："帮我拿着。"

林绵带了包，将手表放进包里，就被江聿拉着手："你来帮我。"

欧式大厨房里，中岛适合处理一些西餐料理之类的食物，不少食材已经被摆放在上面。

"你要做什么？"

江聿抖开围裙，递给林绵，低身示意她帮忙穿上。林绵拎着围裙，从他脖子上套下来，在他的身后打了个漂亮的蝴蝶结，便站在一旁观摩："要做点心吗？"

二婶之前让阿姨发好了面团并且包油。江聿抓了一把面粉，撒在料理台面上，薄薄的面粉被轻轻地扬起，林绵往后退了一步。

"卸载了那个软件，就不用节食了对不对？本来想带你出去逛逛，想来做点心更适合你。"说完，他低下头，慢条斯理地处理着面团，细碎的头发垂在额前，目光专注而认真。

"我帮你洗水果吧。"林绵有些无所事事，挑了一些草莓放在水果篮里清洗。

江聿忽然叫她，眼神朝水果盘里递。林绵拿起一颗小草莓，动了动嘴角，问道："想吃？"

江聿点点头，停下动作，直起身，等着她喂。等到林绵将草莓塞进江聿的嘴里后，江聿闭上唇，唇瓣从林绵的指尖上扫过。

江聿唇瓣温热的软意残留在林绵的指尖上，她像是被烫了一下，缩回手，把草莓放到盘底："我放旁边了，你自己拿。"

其实江聿也没多馋水果，就是想逗逗林绵，江聿用手臂勾着她，将她困在他的胸膛和流理台之间，歪头，薄唇轻而易举地找到她的唇，动作一点儿也不斯文地吻了上来，甚至透着几分蛮横。

林绵不知道触碰到了什么开关，水声骤然响起，淹没了亲吻的声音。时间过了很久，草莓的酸甜味在舌尖上弥漫，林绵有种咬破一整颗草莓又被碾磨没的感觉。

江聿停下来，拉开距离看她。林绵的唇上此刻仿佛染了一层草莓汁，鲜红艳丽。她仰头看向他，两个人的目光交会时，抓着他的领口，探身凑近，主动吻上了他的唇。

江聿的眼睫颤了颤。因为双手很脏，他没办法抱她，只能用身体将她固定，吻得急切，低语道："绵绵，抬头。"

两个人分开时，林绵的气息乱了。听见江聿再次叫她的名字，她偏过头避开他撩拨的视线，说道："不要了。"

江聿低笑，抬起手臂伸到她的面前，说道："我是想让你帮我卷一下袖子。"

林绵洗了手，又拿纸巾擦干，用指尖抓着江聿的袖口往上推至手肘处："这样可以吗？"

"还行。"江聿活动了一下，又问，"你要试试吗？"

林绵从小就没这方面的天分："不了，我怕毁了二婶的厨房。"

在伦敦的时候，江聿做菜时，也试图让她尝试，后果触目惊心。两个人同时想到了那一锅焦黑的东西，沉默几秒。

"揉团面很简单，比做方便面简单。"江聿忍着笑意，故意提起她的黑历史。

林绵摇头，却招架不住江聿的再三邀请，换到他的位置，手指抓着一小团软糯的面团揉捏："我只需要揉就行了吗？"

· 203 ·

江津在处理其他工序，回头看了眼如临大敌的她。揉面之前，她将头发简单地束住，现在几缕头发飘至颈间微勾着，随着她用力的动作飘晃，一束光线照到她的身上，勾勒出她袅娜的身段，漂亮得仿佛不食人间烟火的仙女。

　　江津冲洗干净手，绕到她的身边，一把拢起她散落的发丝，重新束到脑后。

　　林绵侧头，说道："谢谢。"

　　江津默不作声地走开，把处理好的蛋液递给她，说道："铺平再刷上蛋液。"

　　林绵表示不行。江津失笑，从后面拥住她，用手握着她拿刷子的手背，指腹抵着她的虎口带动她的手腕稍稍用力，轻松地涂满了面皮表层，瞬间面皮散发着金黄的色泽。

　　"好了吗？"林绵后背紧贴着他的胸膛，觉得有些热，更担心随时可能结束花艺课程的高斯嘉下楼看见他们这样——她不想给偶像留下不好的印象。

　　江津握着她的手，将刷子放回盛放蛋液的碗里，偏头，温热的呼吸扑在她的耳朵上。

　　忽然，林绵的耳郭被轻轻地咬了一口，一阵微弱电流般的酥麻痒意蹿上神经，林绵下意识地闪躲："你别这样，二婶要来了。"

　　江津双手拢住她，拖着慵懒的调子，戏谑道："别哪样？"

　　"你……"林绵抿着唇，说不出他轻佻的举动。

　　"我只是在帮你吹走面粉。"江津大言不惭地说道。

　　"耳朵上怎么可能有面粉？"林绵不信，抬眸看向他。

　　江津薄唇勾起弧度，用指尖在她的耳朵和脸上画了一道："这不就有了？"

　　林绵被他触碰的肌肤温度高得不可思议，仿佛要烧起来了。林绵转身去一旁，抽纸巾擦了擦脸上，也没擦下来面粉，才知道又被江津耍了。

　　不多时，屋子里弥漫着奶香烘烤的香甜味道。高斯嘉循着香味摇曳进来，笑着说："好香啊，阿聿来了我就有口福了。"

她站在林绵的身边，用下巴点点江聿："他啊，以前不爱进厨房，也不爱做菜，不知道怎么突然就转性了。"

林绵感到惊讶——江聿不喜欢做菜吗？可是他在伦敦时为她下厨做了一个月的菜，不仅从没抱怨过，还会在她对一道菜表达肯定时，露出得意享受的表情，导致她一直以为他讲究并且喜欢研究吃食。

"他说是为了一个女孩儿心甘情愿地学做菜。那个女孩儿就是你吧？"看到林绵抿着唇笑，高斯嘉不经意问起，"你跟阿聿是在伦敦认识的？"

"嗯，我去伦敦住了一个月。"

高斯嘉扬眉，露出不敢相信的表情，说道："你们是闪恋闪婚？"

林绵以为自己说漏了嘴，抬眼朝江聿递去求救的眼神。江聿无声地做着口型："求我。"

林绵不动声色地挪开视线，心里没底，嗓音很淡地说道："差不多吧。"

高斯嘉黑眸里漾开发自肺腑的招牌式笑容，勾起红唇，说道："闪恋闪婚，我和你们二叔都没这种勇气，你们一定很爱对方。"

林绵没有回答，反而是江聿趁火打劫，把难题抛给林绵，故意捉弄似的问道："你爱不爱啊，江太太？"

林绵弯起唇角，没有作答，态度有些微妙地看着他。江聿唇角扯出笑意，看向高斯嘉，神情半似认真地说道："二婶，我们绵绵害羞，你想知道什么问我，我一定知无不言，绝不漏掉任何一个细节。"

高斯嘉笑话他没羞没臊，转身对林绵说起了正事："最近有个生活类的节目想邀请我复出，需要一名好友陪我，你要不要参加？"

林绵足足怔了几秒钟——在她看来，能跟自己儿时的偶像近距离接触已经很满足了，被偶像邀请一起参加节目，更是做梦都不敢想。

"我能做什么吗？"林绵心情有点儿激动地问道。

江聿笑着，不留情面地调侃道："二婶就是怕跟不上年轻人的喜好，你带着她尽情享受就好。不过，你的档期恐怕暂时排不出时间。"

高斯嘉友善地拍拍林绵的肩膀，笑盈盈地说道："一会儿我把节目企划发你一份，你可以让阿聿或者经纪人过一眼再决定。"

林绵点点头，漆黑的眼睛里泛着一层微光，眼角眉梢都变得生动。

江聿戴着夸张的隔热手套，像两只大熊掌，滑稽地举着手："很想参加吗？"

林绵不隐瞒地说道："有点儿。"毕竟谁不想和偶像参加同一档节目呢？！

江聿思索几秒，随着烤箱发出"叮——"的一声提示，取出烤好的蝴蝶酥，香气溢满屋子。他趁高斯嘉不注意，凑到林绵的耳边说："晚上试试新腮红，我就考虑一下。"

烘焙点心花了几个小时，黑夜如涨潮般漫上来，淹没了最后一缕残光。高斯嘉晚上要陪二叔参加晚宴，便留下两个小辈在家里玩。

听说高斯嘉家的地下影音室做得超级棒，江聿便端着烘好的点心，牵着林绵下台阶，按亮了灯，去挑选电影："想看什么？"他其实不爱看这些，但是林绵喜欢，他姑且能够忍受。

"文艺片还是恐怖片？"江聿拿着遥控器按来按去，"喜剧片或者纪录片？"

光标在《动物世界》上停留了几秒钟，江聿说道："看这个挺好的。"

紧接着，他开始学习主持人，压低了嗓音，说道："春天来了，又到了动物……"

江聿的后半句被林绵打断，她拿过遥控器，在电影库里翻了翻，拒绝了江聿提议的纪录片，翻到一部评分不错的欧洲电影，封面还挺唯美，好像还是真实传记题材，便放下遥控器，说道："就这个吧。"

江聿陷在沙发里，姿态懒散放松，点头，关掉室内的灯："随你。"

屏幕上的光源照在两个人的身上，舒缓的音乐，唯美的画面，故事缓缓拉开序幕。两个人并排坐着，肩膀抵着肩膀，安安静静，谁也没说话。

电影如画，一帧一帧地照在两个人的脸上，时间一下被拉到了二十世纪六七十年代,郊外的庄园里,少年人炙热地追求心爱的女孩儿。

"困了吗?"林绵下意识地伸手扶他的脸颊。这个无意识的动作让她顿了几秒钟,幸好江聿没有发现,她默默收回手,手指蜷着。

江聿这次没有犯困,而是跟着林绵看进去了。当看到主角罗宾因患有小儿麻痹症而被高位截瘫,只能躺在病床上靠呼吸机度日时,江聿伸手将林绵揽进怀里,把头埋在她的肩膀上,很轻很轻地呼吸着。

主角躺在病床上一心想死,而即将临盆的貌美妻子戴安娜不肯放弃,电影突然进入了情感压抑的部分,幸好导演换了个轻松的方式讲述。

江聿侧脸,细碎的发挡住眼睫,他似笑非笑,嗓音很淡地说道:"如果我是罗宾,我死也要跟你离婚。"

林绵有一瞬间感到十分伤感,不确定是因为罗宾、戴安娜的爱情,还是因为江聿口中吐出离婚这种字眼。但无论哪种,气氛都压抑了一阵,不过随着导演用诙谐的方式铺开后续的故事,压抑的气氛便一扫而空——大家都以为罗宾要死了,确实在几个重要的关头,他失去了呼吸机的助力差点儿死掉,但下一秒,便咧开嘴对妻子说:"感觉还不错!"

江聿收紧双臂,紧紧地抱着林绵,温热的体温在彼此间传递。林绵忽然说:"江聿,你想过以后要过什么样的生活吗?"

江聿抬起半张脸,把下巴抵在她的肩膀上,轻轻地皱着眉,认真地思索着她的问题,半晌后开口道:"没想过,大概跟现在一样。你呢?"

林绵小弧度地摇摇头,很坦诚地说道:"对职业规划想过,对生活没想好,不知道天天能睡懒觉算不算?"

江聿认为这大概才是真正的林绵,低笑道:"当然算。"

得到肯定的感觉不错,林绵抬头望着屏幕。戴安娜载着罗宾去了意大利,在乡间路上疾驰,一家人欢呼雀跃。她很羡慕,不由得憧憬地说道:"那我努力做个小富婆,早日实现睡懒觉自由!"

江聿笑出声,用骨节分明的指尖捏住林绵的下巴,迫使她转过脸来看向他,两个人的目光相接时,江聿微微扬起唇角,说道:"你现在也可以。"如果她愿意的话。

林绵是漂亮的鸟,本该翱翔在无垠的天空中。他愿意做一阵风来陪她,也不愿意折断她的翅膀。

若是她愿意飞翔,他可以做托举她的风;若是她愿意休憩,他便是温暖的巢穴。

林绵将视线定格在他的脸上。数秒后,电影里响起了欢快的音乐,罗宾和戴安娜在路边休息,遇到了路人,停留下来办舞会。

江聿垂眸,长睫在鼻翼留下两道阴影,浅色的瞳孔被细碎的发挡住。他凑近,停在距离林绵的唇一厘米的位置,两个人的呼吸交缠,他却没吻下来,仿佛在等待着什么。

林绵屏着呼吸,垂下眼,不敢对上他的视线,顺手抓起一个抱枕,贴上他的脸。

江聿猝不及防地跟抱枕来了个亲密接触,身体向后倒在沙发里,深陷着却不显狼狈,漫不经心地勾唇。

"好好看电影!"林绵拾起抱枕,稍稍躲开他,往旁边坐了点儿。江聿抬眸,睫毛随之抬起,含笑地配合着她。

电影进行到后半程时,林绵有些不敢看了,江聿却看得认真,一脸沉重。地下室温度低,听到林绵说有点儿冷,江聿便起身去打开空调,调到二十多度时,没忍住调侃道:"林绵,也就你大夏天还要开暖风。"

林绵反驳道:"没说开暖风啊,温度稍微高点儿就行。"

江聿嗤笑道:"难伺候!"

以前在伦敦的时候,由于阴雨天比较多,她天生怕冷似的,穿得比别人多,即便在家里关着窗户,也要穿薄薄的开衫。

江聿重新坐回来,拉着林绵枕在他的肚子上。林绵能感知到江聿随着呼吸起伏的腹部有点儿硬,也有点儿舒服。

气氛缓和,在安逸的环境下,人的分享欲逐渐打开,两个人有一搭没一搭地闲谈。

"江聿,你以前不喜欢做菜?"

江聿不咸不淡地"嗯"了一声，根本不在乎高斯嘉揭穿他。

"你为什么说喜欢？"

江聿忽然支起上半身，语调稍扬，说道："林绵，你脑子里装了十万个为什么吗？"

林绵愣了一下，唇角弯出极浅的弧度。

江聿靠回沙发上，牵了牵唇角，捏捏她的肩膀，说道："给我留点儿面子，好不好，江太太？"

林绵"哦"了一声，转过脸看向屏幕，很快来了睡意。

从她躺下来的那一刻起，他就没再看屏幕，而是低垂着眼，用指尖撩起她窝在颈侧的头发，慢慢地捋顺，规矩地拨到一旁。

林绵醒来时，看到电影又换了一部，自己身上罩着江聿的外套。江聿靠着沙发，手搭在她的肩膀上，闭着眼睛，睡得正沉。

林绵悄悄地从外套下探出手，想去够不远处的手机，一点点起身，没想到衣服突然滑到地上，林绵蓦地闭上眼睛装睡。

江聿倏地睁开眼，扶着林绵弯腰拾起外套，轻轻地抖了抖盖回林绵的身上，又看了一眼电影屏幕，侧身拿起手机，点开手机屏幕看时间，发现已经晚上九点半了，一不小心睡了快两个小时。

他靠回沙发里，用手搭着额头，不知道是不是睡多了，脑子很沉，额头隐隐作痛。

林绵见他没动静，以为他睡着了，再次掀开衣服，悄无声息地伸手，却突然被扣住，看见一双戏谑含笑的眼睛，林绵愣了几秒钟，问道："你醒着啊？"

"你要做什么？"他的嗓音有点儿懒倦沙哑。

林绵眨眨眼睛，说道："拿手机，看时间。"

江聿放开她的手腕，倾身捞过手机放进她的手里，顺便贴心地提醒道："九点半了。"

林绵瞬间清醒，滑开手机，果然看到好几通闻妃打来的未接来电，还有数条微信消息，幸好都是组群里的闲聊，不过看到闻妃也留了两条问她怎么没接电话的消息。

林绵抓着外套,起身,回拨给闻妃,余光瞥见江聿活动了一下身体,四肢有点儿僵硬,估计是被她枕麻了。

　　林绵想关心江聿两句时,闻妃突然接通电话,传来声音:"小祖宗,你总算接电话了。江总把你金屋藏娇了?"

　　"别胡说!"林绵扫了一眼江聿,"我看电影睡着了。"

　　"和江总一起看啊?"闻妃打探起八卦消息来,"你们这是把婚姻关系坐实了?"

　　林绵皱眉,转移话题,说道:"你找我什么事啊?"

　　她过来时跟闻妃报备过。闻妃说:"小祖宗,你可能要提前回来,过几天S品牌的手表门店开业,你要去助阵。"

　　林绵"嗯"了一声,又听见闻妃说:"我跟剧组那边协调好了,等助阵完就回去。"

　　"好!"林绵把工作放心地交给闻妃,"谢谢闻妃姐,我明天就回去。"

　　林绵挂了电话后,江聿看向她,目光里有些探究的意味:"明天就回去?"

　　林绵解释道:"闻妃姐来工作安排了,过几天S品牌的手表门店开业,我要去助阵。"

　　江聿点点头,表示理解,说:"我还要待几天,我让林律给你订机票。"

　　"不用给我订机票了,闻妃给我订好了。"林绵说。

　　江聿淡淡地"嗯"了一声,看到时间不早了,打电话告知了二叔他们一声后,便领着林绵离开了别墅。

　　江聿一路上话不太多,没什么精神似的,歪着头靠在车窗上,细碎的头发垂在额前,忽明忽暗的灯光从他的脸上扫过,留下一片片错落有致的阴影。

　　林绵侧头看他,看到他像是很累似的,眼底有点儿青,闭着眼睛,便没打扰他,结果一直到了酒店,他都没醒来。

　　林绵伸手碰他,触摸到一片高热的肌肤,指尖蓦地抖了一下,重新抚摸上他的手腕，发现他的体温很高，随后倾身，摸上他的额头，叫他："江聿。"

江聿缓慢而费劲地睁开眼，迷糊了几秒钟后，看向窗外，嗓音沙哑地说道："到了？"

他有点儿头晕，后脑勺儿很沉，像是有人在后面拽似的，还有点儿隐隐作痛，眼眶很热，视线也有点儿模糊。他用手扶着额头，轻轻地晃了一下，眩晕感袭来，差点儿摔回座位上。

幸好林绵眼尖地扶住他："你好像发烧了。"

江聿"嗯"了一声，打开车门迈下车，缓了两秒后，依旧能四平八稳地走回房间里。

感受到他身上滚烫的温度，林绵猜测他烧得不轻，扶住他躺下，转身去找客房服务员送退烧药和体温计。

听到林绵稍微一转身，江聿就睁眼看她，确认她不会离开后，才垂下眼皮安静地躺着。

林绵脱掉外套丢在沙发上，转身去接水，看到跟在身后的江聿，说："你回去躺下。"真不知道发烧的病人怎么还有精力到处乱跑？

林绵接完水后，又搀着靠在旁边一动不动的江聿回到房间里，示意他躺回去，弯腰将水杯放在床头柜上。

杯子里热气氤氲，江聿见她又要走，一把抓住她的手腕，问道："去哪儿？"

林绵怔了一秒，说道："门铃响了，应该是服务员送体温计和退烧药来了。"

林绵看到江聿又想起身，于是压着他的肩膀，把他按回床上，警告道："你乖乖地躺好！"

林绵走了几步，确认江聿没再起床跟出来，便很快朝门口走去，打开门取了需要的物品，看到来人是酒店经理，酒店经理询问江聿的病情严不严重，需不需要叫车去医院时，林绵礼貌地道谢："应该就是风寒发烧，先吃点儿退烧药。"

经理点点头。林绵关上门，脸上还带着浅淡的笑意，一回头撞上

211

一个温热的胸膛。

"你怎么又起来了?"林绵都不知道江聿是什么时候来到她的背后的。

江聿抬起双手,从背后环住林绵的肩膀,把自己的脑袋压在上面。

林绵被抱着不能动弹,无可奈何,像是发现了什么秘密,说道:"江聿,你知不知道你生病了很黏人啊?"

看到江聿不肯承认,林绵也没逼江聿——绝大部分人生病了都会比平时表现得脆弱,而江聿生病了的特征就是黏人,寸步不离地黏着她。

林绵再次将他扶回床上,把杯子抵在他的唇上,喂了两口水,接着去拆药。

江聿的黏人劲儿又上来了,江聿握住林绵的手,不让她拆,眼睛红而水润,眼球上布满了红血丝,像一只没有安全感的大狗。

林绵任由自己的手腕被他圈着。江聿在林绵的腕骨上量了量,低喃道:"你的手腕戴镯子应该很好看。"

林绵定定地看了他一眼,收回视线,说道:"银白色的吗?"

江聿反应了两秒后,忽然大笑道:"原来你有这种癖好啊!"

哪种癖好?她不过是随口一说,哪知道江聿又想歪了。他舔了舔干涩的唇,压低了声音说:"改天试试?"

林绵无视他,按下电子体温计,递过去。

江聿摇头,抬手摸了一把自己的额头,忽然来了兴致,说道:"要不要打赌?"

"赌什么?"林绵鬼使神差地问道。

江聿挑眉,说道:"猜度数。"

"哪有人拿体温度数作赌?"林绵觉得幼稚。

"我啊。"江聿笑了,漫不经心地说道,"我猜对了涂腮红,猜错了吃药。"

江聿疯了吗?他都生病了还想那些事。但他执意,甚至挑衅似的蛊惑她:"你是不是不敢?"

其实他也不是非执着于涂腮红,就是想逗她玩。

沉默了十几秒后，林绵动了动唇，说道："三十八度六。"

江聿意外地抬了抬眉骨，信誓旦旦地报数道："三十八度七。"

买定离手。

江聿配合地抬起手肘，让林绵把手伸进他的衬衫里埋下体温计，等林绵要退开时，江聿伸手拉了一把。林绵一个重心不稳，栽倒在他的怀里，单手撑在他的腹部上，头上一声闷哼——这种姿势，倒像是她迫不及待地投怀送抱。

江聿摩挲着她的后颈，坏坏地戏谑道："老婆，其实你不用这么心急。"

突如其来的一声"老婆"犹如一滴水落入沸油中。林绵感觉耳边的空气都静止了，散发着高热的温度，靠近他的那只耳朵微微发烫，像是被火烤了一样。

江聿勾起唇角，低头嗅到一缕淡淡的香水味道，莫名其妙地觉得勾人。

"江聿，你别按了。"林绵感觉脖颈很痒。

江聿配合地收手，把手随意地搭在床沿上，瞥着她离开自己的怀抱，又听到电子体温计响起，把电子体温计从衣服里拿出来后，瞥了一眼，握住掌心，先发制人："你输了。"

林绵反驳道："不可能。你握着体温计，是不是想作弊？"

两个人对视了几秒后，江聿败下阵来，摊开手心展示温度——三十八度五。

林绵摸了一把他的额头，皱着眉头没心思管赌局："要不上医院吧？"

江聿慢条斯理地拿下她的手，攥在手里捏着："不至于。"

"吃药。"林绵绷着脸，不容许他胡闹。

江聿支着身体，半垂着眼皮看她打开药盒，抠出一粒退烧药递到自己的唇边，江聿配合地张开嘴，不甘心地问道："你要不要奖励我一下？"

林绵捏着药片，送到他的嘴里，瞪他，又不动声色地起身，站在床旁边，怕他又跟过来，叮嘱道："我去接水，你别跟来。"

江聿偏头看着她笑，说道："好啊，老婆。"偏哑的嗓音里夹着一丝得意的笑，听起来很不正经。

林绵端着杯子离开，先去接了杯稍烫的水，思来想去不放心，给剧组里的医生拨了通电话咨询。医生告诉她先让江聿吃药，时刻观察江聿的体温，若是退不下来，就要去医院。

林绵道谢后，按掉电话，端着水杯，一转身，看到江聿懒懒地倚在门口。可能是生病的缘故，他整个人显得无精打采，肩膀懒懒地支着，问她："你给谁打电话？"

林绵被吓到了，定了定神，说道："医生。我怕你烧坏了。"

江聿笑了笑，跟着林绵回到房间里躺下。林绵照顾人的本事为零，除了监督对方吃药，再无头绪。

江聿见她犯难，拉着她在自己的身边躺下，把头埋在她的胸口上。

"江聿。"她挣了挣说道。

江聿按住她，语气有些坏："乖点儿，不然……"

林绵瞬间明白他是什么意思，狠狠地掐了一下他的胳膊，警告他："闭嘴，睡觉！"

江聿嘟囔，伸手去碰她泛红的耳尖："你好凶！"

退烧药很管用，江聿药劲儿上来后便昏昏沉沉地睡了。林绵醒了两次，抚上他的额头，又用体温计量了量，看到烧总算退下来了。江聿醒来后，她又端来水和感冒药，督促他服下。

江聿烧是退了，但感冒没有好，演变成咳嗽和嗓子疼，来势汹汹。江聿咳得很厉害，肩膀耸动着，看起来很难受。

林绵看着他痛苦的样子，说道："我要不要改签？"她在他生病的时候离开，显得太过不近人情了。

江聿用纸巾按着嘴唇，避开她的方向，摆摆手，嗓子有些哑地说道："不用，我让林律赶紧送你去机场。"

林绵看了一眼手机，说时间还早，江聿却不愿意让林绵多待，一通电话把林律叫了过来，吩咐他送林绵去机场。

林绵走后，江聿拿下压在嘴唇上的手，整个人陷进椅子里，脖颈因为强忍着咳嗽微微泛红，猛地咳嗽了一阵后，拿起手机给林绵发消息："不是赶你走，是怕传染给你。"

从酒店到机场，路程不远。车从市区穿行，经过一个药店时，林绵让司机靠边停车。

林律关心地问道："林小姐，你不舒服吗？"

林绵说道："我给江聿买点儿药。"

她给药剂师形容了一下江聿的症状后，对方挑了几种对症的药品，并且在包装上写下服用的方法。

林绵付了款后，拎着药回到车上，把药交给林律，并且告知按照医嘱服用。

林律应下来，趁着林绵不注意时，拍下药品照片发给江聿：老板，林小姐也太关心你了。

几秒后，林律收到江聿发的一个狗狗摇头的表情包。

林绵侧头看着窗外，看到林立的高楼一一掠过，收回视线，不经意地瞥见林律举着的手机屏幕上有一个熟悉的头像后，嘴角挂着淡淡的笑意，不动声色地挪开视线。

到了机场后，林绵拒绝了林律陪同办理托运手续的好意，拖着行李箱进了大厅里。江聿卡着点打来电话，嗓音有些沙哑地说道："到了？"

大概是林律汇报过了，林绵说："正在办理乘机手续。"

江聿沉默时，低低地咳嗽了一声，开玩笑地说道："真想跟你一起回去。"

"江聿，你按时吃药，快点儿好起来！"林绵语气很轻地叮嘱道。

江聿难得正经地应了一声："好。"

林绵乘坐的航班在下午抵达。走出机舱时，干爽的风迎面吹来，不同于潮湿的海风，内陆的风要干燥清爽很多。

看到闻妃亲自开车来接，林绵放好行李箱，坐上副驾驶座。闻妃递来一瓶矿泉水，目光在她的身上转了几圈，连着"啧"了两声，感叹道："爱情就是滋润人啊，仙女又变美了！"

215

林绵嫌闻妃不正经，抬了抬嘴角，说道："仙女还用变美吗？一直都美！"

闻妃很少听林绵这么调侃，笑了笑，把双手支在方向盘上看她："我发现，你跟小江总结婚之后，开朗了一些。"

林绵拧开瓶盖，抵着唇瓣喝了一口水，慢悠悠地转向闻妃，问道："有吗？"

"当然有啊！"闻妃将她的反应分析得头头是道，断定她陷入爱河了。

林绵收起水瓶，没什么情绪起伏地说道："我爱不了人。"

闻妃愣了几秒后，问道："什么意思？"

林绵不想再谈，仰头靠上椅子，闭上眼睛，说道："字面意思。"

闻妃开了一段，遇到了拥堵路段，在导航上轻点，转头问林绵："回哪里？"

林绵说道："回云庐。"

闻妃笑了笑，在导航上敲下云庐。听到熟悉的导航播报声响起，林绵随口问道："这是傅西池配的导航声音？"

"对啊，怎么样？有意思吧？"闻妃扶着方向盘，哼着歌，"要不，改天我也去帮你争取录一版？"

林绵有自知之明——别看她演戏还行，恐怕没几个人愿意听她偏冷的嗓音。她说道："别了。"

"其他的活动呢？你想不想上？"闻妃问道。

提起活动，林绵就想起了高斯嘉，牵动薄唇，说道："高斯嘉老师邀请我一起参加一档公益活动节目，节目企划已经发给我了。"

一听到高斯嘉，闻妃露出惊讶的表情："高老师愿意复出，那多好啊！等等，我得看看你的行程。"

林绵点点头："好。"

林绵回了云庐，将行李箱摊在衣帽间里，取了套睡衣先进了卧室里换上后，蹲在行李箱旁整理，将衣服拿出来，合上行李箱竖在墙边，做完这些后，才发现江聿回了她报平安的消息。

R：我刚睡醒，你到家了？

黎漾也发消息约她出去玩。林绵用指尖在手机屏幕上轻点，消息还没编辑完成，就接到了江聿打来的电话。

"到了？"他的嗓音比之前还要沙哑，似乎伴随着反复的吞咽声。

"到家了，你吃药了吗？"

"哪个家？"

林绵下意识说："云庐。"

耳边传来他低笑的声音，她才意识到自己被他耍了，抚了一把头发："江聿，你少说话。"

江聿意味不明地"嗯"了一声，说道："你说，我听着。"

其实林绵也没什么说的——她一向话不多，生活中也无趣事可以分享。偏偏江聿不肯挂，林绵就开着扩音，忙活自己的事情。

直到看到手机电量快被耗尽，林绵没想到江聿还没挂，于是拿起手机，说道："我的手机快没电了。"

江聿提醒她："你手机的充电器在沙发的旁边。"

林绵从沙发旁的小置物箱里取出充电器连上手机。江聿问林绵："饿不饿？"

林绵说还好——她平时饭量小，节食习惯了。

伴着江聿那头被子翻动的"窸窣"声，林绵窝在地毯上翻着剧本，倒也觉得自在。听到江聿那边没了动静，估计江聿又睡着了，林绵下意识地放轻了翻页和喝水的动作。

半个小时后，门铃突兀地响起。林绵看了一眼手机，起身快速朝门口走去，扶着门，听见外卖员说："你好，您的外卖。"

林绵疑惑地说道："我没有点外卖。"

"请问您是宇宙级仙女江太太吗？"对方念出名字后，笑了笑，"不好意思，您的名字真有意思！"

想也不用想，这称呼除了江聿没人会叫。林绵简直想捂脸，伸手接过外卖，无奈至极地说道："是我，给我吧。"

她拎着外卖，推上门，回到沙发旁拿起手机，低低地叫了声：

· 217 ·

"江聿。"

江聿"嗯"了一声应她："外卖拿到了？"

林绵想起丢人的名字，觉得有必要纠正江聿："你不要再给我备注奇奇怪怪的名字，很丢人！"

江聿能想象林绵拿外卖的样子，嗓子里发出笑声："好啊，那你叫声'老公'，求求我，我就不用这个名字。"

林绵抿唇沉默——他真是越来越得寸进尺了。

江聿听不到想要的，使劲地撩拨。

在林绵看来，"老公"这个称呼属于越矩的亲密行为，一旦叫出来，她的安全底线就会失守。

"江聿，我先吃饭了。"林绵说道。挂了电话后，她长舒了一口气，手心里有些汗黏着不舒服，便去了趟洗手间，出来后听到手机响个不停，以为是江聿打来的，有点儿不想接，但看到屏幕上显示黎漾的名字，于是迅速地接起。

"绵绵，出来玩。"黎漾那头很吵，几秒后，噪声不见，估计是找了个安静的地方。

"不了，我有点儿累了。"林绵没什么心情。

黎漾说都是林绵认识的那几个人，还说她半个小时后到云庐，让林绵赶紧收拾，说完，便挂了电话。

林绵欲哭无泪——黎漾是说得出做得到的人，她嘴里说出的半个小时已经很宽裕了，估计不到半个小时，她就会杀到楼下。

林绵只能舍弃外卖，回屋里换衣服化妆。

果然二十分钟后，黎漾的电话就打了过来："宝贝，我在你家楼下，出门左转，打双闪的车就是。"

"知道了，马上下去。"林绵摘掉耳钉，放回首饰盒里，拿着包换鞋出门。

黎漾今天穿了件黑色一字肩裙子，露出了雪白的肩头和瘦削的锁骨，懒散地倚在车门上，眼神上下打量林绵。

"我听说你去找江聿了？"黎漾眨眨眼睛，问道。

218

林绵"嗯"了一声，余光瞥见黎漾头发挡着的后颈有些红，指了指，问道："你后颈怎么了？"

黎漾一把按住，笑笑："没什么，刚做了个文身。"

"是吗？"

"真的，不骗你。"

黎漾启动车子，行至途中，听见手机响了，看到一串电话号码没有备注名字，按下接听键，那头的人不知道说了什么。

"我今天没空。"黎漾回他，安静了一会儿又说，"我真没工夫陪你玩，我今晚和绵绵在外面。"

挂了电话后，她随手放下手机，双手握着方向盘，脸色不太好。

林绵把脸转向她，问道："是喻琛打来的？"

黎漾轻哂道："是江聿告诉你的？"

林绵提提嘴角，揶揄道："你怎么跟他置气了？"

"谁置气了？我可没有，凭什么他有空我就得陪着，他没空的话我就得自己找乐子？"黎漾嘀嘀咕咕，用了一段路程的时间平息怨气，恢复了精气神，"你真去找小江总了？你们俩到底是什么情况？和好了还是说开了？"

林绵回答道："他知道我入戏那件事了。"

黎漾顿了几秒后，问道："那件事情呢？你说了吗？"

林绵打断她的话："没有。"

"也是，你们现在这样挺好的。"黎漾感慨道，"其实说穿了，未必比现在好。"

林绵抿唇，把脸转向窗外，漂亮的脸上多了一丝凝重。

到了地方后，黎漾领着林绵从特殊通道上楼，一路上都很安全，也没有狗仔队蹲守。到了房间后，看到大部分人都参加过黎漾的生日会，林绵颔首打招呼，默默地坐到沙发上。

灯光昏暗，空气里弥漫着酒水和香水混合的味道，不算很好闻，甚至有点儿闷。

林绵一直不太喜欢出来玩。黎漾拉着人喝酒，大有不醉不归的架势,看到有人来敬林绵,伸手挡了:"别想让绵绵喝酒,我帮她喝。"

林绵拉着她,让她少喝点儿。黎漾搂她肩膀,晃了晃:"没事。"

林绵看出来黎漾心情不好,借酒浇愁不想让人看出来罢了。她弯了弯唇,目光时刻追随着黎漾,突然听到手机振动了一声,拿出来打开看,发现是一条快递取件的提示短信。

她切出短信,看了一眼满场跑的黎漾,点开江聿的微信,在对话框里轻点,一不小心点到了视频通话,仓促按下挂断键,但请求视频通话的系统提示还是留在了对话框里。林绵有些羞窘,毕竟她的本意不是视频通话,按照江聿的发散思维,他很可能误会。

果不其然,两分钟后,江聿发起了视频通话。听到手机一直振动,林绵迟疑了几秒钟,按下通话键。

她这边灯光弱,画面变成黑黑一团,江聿那边倒是很清晰地显示出他轮廓分明的脸、好看的眉眼、优越的山根、高挺的鼻梁,这些都是他被命运偏爱的证据。

看到他暗色睡衣敞开,露出大片的胸膛,林绵挡了一下手机,提醒他:"江聿,把衣服扣好。"

江聿扯扯唇,说道:"免费给你看,不看?"他真是生病了也不老实。

下一秒,江聿听见了极为吵闹的声音,扣纽扣的手一顿,皱起眉头,问道:"你没跟黎漾在一起?"

她默默将摄像头转过去对准黎漾,画面有些模糊,但能认出黎漾的轮廓。

江聿咬了支烟,懒懒地垂着眼皮,看着画面,轻哂道:"早知道,不放你回去了。"

"你别抽烟!"林绵提醒他。

江聿心不甘情不愿地拿下烟,丢在床头柜上,磨着牙低声说:"早点儿回去。"

林绵说再坐十分钟就走。

江聿的黏人劲儿又上来了:"别挂,我要看着你。"

林绵看在他生病的分上,纵容他开着视频,林绵小心地捂着画面,保守着这份秘密,生怕谁一个不小心偷看到,最后手都举酸了。江聿坐在长桌前,慢条斯理地喝粥,手指捏着瓷勺,一勺一勺往嘴里送,动作优雅,时不时地抬眼看向镜头。

林绵欣赏着江聿喝粥,一抬头看见包房门被推开。喻琛站在门廊里,半个肩膀被灯光照亮,目光在场内巡视,跟林绵隔空对视了一眼后,视线落在黎漾的身上。

他脸上挂着淡淡的笑意,三两步走到黎漾的身边,握住她的手腕,圈住她的腰,说道:"来喝酒怎么也不叫我?"

在场的人没几个知道他们的关系,见两个人暗度陈仓,倍感惊讶。

喻琛并不介意被人观赏。黎漾一把推开他,一脸愠怒地瞪着他,眉目流火,语气不善地说道:"你是谁啊?我喝酒凭什么叫你?你买单吗?"

看到她咄咄逼人的气势,喻琛也不恼怒,勾着几分危险的笑,好脾气地说道:"我买单,现在能喝吗?"

说完,他抬起黎漾的手腕,把酒杯送到自己的唇边,抿了一口。

黎漾顿时反应过来,那是她用过的杯子,上面还残留着她的口红印,喻琛竟然直接印了上去。

虽然喻琛真的很喜欢咬人,但他俩接吻的次数并不多,除了第一次生日,后来黎漾都不太愿意跟他接吻,喻琛也就随她。

"我的杯子,我用过的。"黎漾咬着牙提醒他。

喻琛将人往怀里带,低头贴在她的耳边恶狠狠地低语道:"都吃过了,喝口酒怎么了?"

黎漾的脸一下就红了,她狠狠地撞了一下他的腹部,说道:"别瞎说!"

喻琛说:"晚上去我那儿?"

"不去。"黎漾冷下脸,说道。

喻琛趁着没人,偷偷亲她的耳朵:"那我上你那儿。"

"我来'大姨妈'了。"黎漾说道。

喻琛愣了几秒，随即笑了："我说呢，火气这么大，原来是'大姨妈'来了。"

黎漾没搭理他，点了支烟，往嘴里送，淡淡的烟雾在指间萦绕，下一秒，手指就空了。

喻琛捏着烟，在烟灰缸里按灭，嘴上带着几分笑意："别抽烟了。"

黎漾不知怎么的，突然像被驯服了一样乖巧地窝在喻琛的怀里。

听到手机里传出一声低笑，林绵才收回视线看向屏幕，原来她将摄像头转了过去，让江聿目睹黎漾和喻琛打情骂俏。

"谈恋爱的男人真可怕！"江聿轻哂，嘲笑道，"喻琛单身二十多年真像个禽兽！"

江聿对喻琛的所作所为表示不屑，寻思将那些工具全还给喻琛。江聿丢下勺子，靠回椅背上，慢慢地擦手："十分钟了，绵绵。"

林绵"嗯"了一声，喻琛来了，自己也不用时时刻刻盯着黎漾，林绵挂了视频，拿着包起身跟黎漾道别。

黎漾推开喻琛，起身说："我送你回去。"

林绵抱了下黎漾："你好好玩吧，我叫车。"

黎漾说什么也不让她独自回去。喻琛顺势起身半搂住黎漾，带着笑意说道："我跟你一起送。"

免费的司机，黎漾求之不得。她捞起链条包："好啊！"

上车没十分钟，黎漾就睡过去了。喻琛偏头看了黎漾一眼，薄唇勾着笑。

车内过分安静，林绵一直低头看手机，其实也没什么好看的，随便滑来滑去。

"小江总在上海待得够久啊！"喻琛忽然开腔，打破了安静。

"嗯，一周了。"其实两个人不过是觉得气氛有点儿尴尬，没想真聊。

等红灯时，喻琛想到了什么，倾身打开副驾驶的储物箱，取出一封文件，递给林绵。

"小江总上次落在我车上的，你回去给他吧。"

林绵接过文件放在腿上，应了一声："好。"

　　林绵下了车，叮嘱司机慢点儿开车，又看了一眼熟睡的黎漾，对喻琛说道："漾漾好像喝醉了，麻烦你送她回去。"

　　喻琛扯唇轻轻地笑："放心吧，交给我。"

　　林绵挥挥手，转身朝电梯走去，到家后，先给江聿发了一条消息，没有等到江聿的回复，估计江聿睡了。林绵用指尖拢着头发绾起来，走进房间里换上家居服，这才想起来放在沙发上的文件，拿着文件进了书房里。

　　江聿的书房，自从她搬来后就没进来过。屋里的陈设十分简易，电脑下丢着半包没抽完的烟，烟灰缸倒是被打扫过，干干净净的。

　　她将文件放在桌面上，出门时瞥见书架上摆放着一本特别的书——《伦敦当代建筑》。她停下脚步，转到书架前，用指尖抠着书脊，慢腾腾地取出来，拍了拍书，书里面夹着的几张纸掉到了地上。

　　林绵没料到书里面暗藏玄机，抱着书蹲下，伸手去拾散在地上的几张纸。有张硬一些的纸翻盖在地上，像是什么证书。林绵无意探究，拿起来往书里面放，但不经意间瞥见了印在上面的字——某儿童基金组织。这是一张捐赠证书，蓝色字体，工工整整地盖着红章。

　　林绵指尖一顿，捏着一角抽出来一些，捐赠信息完全在眼前展开。证书上的捐赠时间是她离开伦敦后的第二个月，而捐赠署名一栏落款是林绵。

　　林绵指尖微微发颤，一波波感动夹杂着酸涩堆砌在心口。她深深地吸了口气，吐出来时，呼吸变得沉重——证书上标注着月捐，这也就意味着江聿默默地以她的名义，向基金会捐款长达三年之久。

　　如果不是她一时兴起，想要看看那本《伦敦当代建筑》，是不是就不会发现这件事情？

　　江聿要捐多久？要一直捐下去？

　　这股情绪一直萦绕在林绵的心头，让她焦虑倍生，那种走到高处往下看的悬空感袭来。

　　她闭眼压制了几秒钟，那股感觉才被驱散，她默默地将捐赠证书夹回书里，用指尖推着书脊，塞回留出的缝隙里，轻轻地带上书房的门，假装什么都没看见。

这夜，林绵睡得不太踏实，反复梦见自己浸泡在一个水缸里，冰凉的水漫过了头顶，呼吸渐渐变得困难，她的四肢都没被禁锢，却怎么也游不出水面，仿佛有一根无形的藤蔓缠着她，拉着她往下沉。

她感觉又累又冷，体力快要透支，尖叫一声，猛地醒了过来，望着昏暗的天花板，足足喘了四五口气，才偏头看向窗户。

窗外昏暗一片，连一丝光也没有。她看了一眼时间，发现才五点十分，心有余悸，反正也睡不着了，索性拥着被子坐起来，点开江聿的朋友圈，胡乱地看着。

江聿好像不喜欢发动态，也不怎么喜欢在朋友圈里和别人互动，他虽然没有几天可见这种权限，但动态一页就能翻完。

若不是他们一直用微信联系，她都怀疑他很少用这个软件。

上一条动态是他几个月前发的，他说回国了。

上上条动态，他发了一只小野猫的照片，说自己毕业了。

再往前翻，是一张雪山的照片，大概他又去了一趟，蓝天白云下的雪山，闪着银白的雪光。

再往前，时间是两年前，凌晨两点三十分，他只发了一张烟的照片。

寥寥无几的文字、几张照片，就将他的三年囊括了，而在这些片段里，林绵找不到关于捐赠的只言片语。

她放下手机，缩进被子里捂着头，闷了一会儿，又迷迷糊糊地睡过去，被黎漾打来的电话吵醒。

回笼觉睡得极不舒服，林绵脑子里昏沉沉的，头有点儿隐隐作痛，她支着身体拿过手机。

"绵绵，你在家吗？"

林绵不清不楚地"嗯"了一声，回道："在。"

黎漾松了口气，嗓门儿也降了点儿："吓死我了，我昨晚喝醉后就不省人事了，以为没人送你回家。我以后再喝醉，我就是狗。"

黎漾看来是真喝断片儿了。林绵笑了下，说道："昨晚你和喻琛送我回来的。"

提起喻琛,黎漾支支吾吾不肯多说:"行吧,算他有点儿良心。"

"怎么就算有点儿良心?"一道声音突然闯入林绵的耳朵里,"就算不为你,冲小江总的面子,我也得把人安全地送回去。"

"一边去,看见你就烦。"黎漾跟喻琛吵了两句后,注意力回到林绵这边,"绵绵,你别听他瞎说。"

林绵翘了翘嘴角,问道:"你在他家,还是他在你家啊?"

黎漾犹豫了一秒钟,说道:"他家。"

林绵笑笑——就知道黎漾这人嘴硬心软。她洗漱完、化完妆,时间刚好九点,差不多卡着点拨给江聿。

手机响了几声,却无人接听。

难道江聿还没起床?她结束通话,切入对话框,刚碰到屏幕,就看见江聿回过来电话。

江聿声音恹恹的,带着鼻音,嗓子格外沙哑,像是没睡醒:"我都一年多没感冒了。"

林绵说赵女士说过,身体好这种事情不能炫耀。

江聿不以为意地说道:"我身体好不好,你又不是不知道。"

林绵懒得接他的话,叫他的名字:"江聿。"

江聿懒懒地应了一声:"怎么了?"

风迎面扑来,带了些夏天的气息。林绵推开窗户,盯着晃动的纱帘:"我昨晚用你的书房了。"

江聿以为她有什么正事,语调轻松地说道:"用呗,你想怎么用都行。"

感受到林绵沉默了几秒,江聿后知后觉,问她:"你怎么不说话?"

"江聿,"林绵红唇微动,说道,"我在《伦敦当代建筑》里面看到了捐赠证书。"

谈话戛然而止,双方陷入沉默中,时间仿佛被无限延长,每一分钟都很难挨。屋子里静得能听见时钟发出的"嘀嗒"的声音。

"你看到了。"江聿用的是陈述句,语调没什么起伏,像是不在乎被发现,又停顿了十几秒,解释道,"我每个月都会定时捐赠,不会对你造成不良的影响。"

"我没有这么认为。"林绵皱着眉,说道,"但是,你为什么这么做?"

既然她都一声不吭地离开了,江聿完全没必要以她的名义做这些事情,那江聿这么做图什么?

江聿短促地笑了一下,嗓音清亮,透着几分嘲讽之意:"绵绵,你不会真当我私吞了那笔钱吧?"

"你捐了三千欧元?"林绵问道。

江聿"嗯"了一声。那笔钱让他耿耿于怀,但时间一天天过去,他找遍了他们曾经去过的地方,甚至连续一周出现在第一次借林绵伞的那家小店里,可她始终没出现过。

一个月的时间,让他足以认清现实——林绵凭空消失了,不要他了。

那笔钱,他不缺,也不想留。

在某次偶然的聚会上,他看到Troye手上那枚漂亮的戒指,从Troye嘴里了解到了基金组织,当晚他就将那笔钱捐了出去,之后的每个月,他都会捐赠一笔钱——好像这样,林绵就不曾离开。

在很长一段时间里,他确实得到了安慰。

"江聿,你别为我做这么多。"林绵声音很轻,带着几分挫败感。

"不光为你,也为我自己,如果我收了你那笔钱,那我就真不像什么正经人了。"江聿自嘲道,"而且我的时间没那么廉价。"

林绵的心脏被一根绳索牵动,她皱了皱眉,说道:"我留下那笔钱,不是那个意思。"

"那你是什么意思?"江聿问完,压低了嗓子咳嗽几声,听起来很难受。

时至今日,深埋着的矛盾被挖了出来,不说出真相,就没那么容易揭过去。林绵只能硬着头皮,从唇间挤出几个字:"生活费。"

江聿着实没想到,轻嗤一声:"绵绵,你知道我最便宜的车多少钱吗?"

林绵前段时间查过那辆杜卡迪的价格："四十万元。"

"我送你的那顶头盔，都比你给我留下的钱多。"江聿嗤笑道，"你真把我当送外卖的啊？"

林绵抿唇，林绵当时根本没在意过江聿的身份家世，更没在意过那些摩托车的价格："谁叫我当时没钱。"她的报酬都在赵女士的手里。

本来赵女士要陪林绵一起去伦敦的，但因为林绵爸爸喝醉了从楼上摔下去崴了脚，赵女士只能极不情愿地放林绵走，只给了她一笔为数不多的生活费。

听到江聿良久没说话，林绵以为他又生气了，轻轻地叫他的名字。

江聿磨着牙，从唇齿间挤出一句话："绵绵，以前我觉得你的名字真应了那句话。"

"什么？"

江聿慢条斯理地说道："此恨绵绵无绝期。"

偏偏，爱意见缝插针，恨被爱意消融。

沉默了半响，林绵说："江聿，谢谢你。"

低沉的笑声从听筒里传到林绵的耳朵里："真想感谢我？想养我？"

林绵很认真地"嗯"了一声，听见江聿不怀好意地说："那你叫声'老公'，以后江聿就靠林绵养了。"

林绵还没开口拒绝，就听见门铃响了，林绵说了句闻妃来了，便匆忙挂了电话去开门。闻妃笑盈盈地站在门口，换了鞋进屋里环视一圈后，说道："小江总这婚房也太大了！"

大平层、落地窗、下沉式客厅设计……无一不体现着主人的审美。

"你租的那间房退了吧。"闻妃说，"由奢入俭难，那个房子还不如这个客厅大。"

林绵摇头，那间房子她是不会退的，因为自己不会在这里长住。

闻妃不理解林绵的想法，但毕竟是林绵租房子，闻妃也没再坚持，等林绵收拾好后，两个人便出发了。

S品牌在商场的开业时间是下午一点。林绵和闻妃一起吃了饭，做好造型后赶往活动现场。

因为林绵代言的是S家的手表系列,高贵雅致一直都是S家的风格,所以造型师给林绵选了一条黑色的修身礼服。礼服平肩的设计露出林绵的锁骨和肩头,使林绵在性感中透着一丝克制,恰到好处地展示了林绵的美丽,林绵修长的天鹅颈,配上S家的珠宝,使林绵身上那股冰冷孤傲劲,仿佛是从骨子里透出来的,让人一秒沦陷。

下车时,闻妃拿披肩给林绵披上。林绵轻轻地把披肩拢在肩头上,踩着高跟鞋下车,被闻妃和保安簇拥着前往休息室。

不少人等在两旁,看到林绵颔首打招呼。

林绵很轻地笑了下当作回应,左右来回转着,在门口逗留了几分钟。

"林绵!"一道男声突兀地响起。林绵还没确定声音来源,一道黑影冲到林绵的面前。她猝不及防地被拽了一把,踉跄失重,差点儿摔在地上。

闻妃抓着林绵的手臂,大叫一声,所幸安保人员很快过来,将人按在地上。

年轻男人漆黑的眼底涌动着疯狂。他试图掀开压制他的保安,往前冲了一步,又被狠狠地按在地上,于是仰起头,看着林绵,笑得痴迷:"林绵,我好喜欢你!"

林绵被吓得面色苍白,眼里充满了惊惧,下意识地握住闻妃的手,说道:"闻妃姐,我们进去!"

闻妃也被吓坏了,搀着林绵快步朝室内走去。

被按在地上的男人,嘴里不停地喊着:"林绵……老婆,你别走!"

一阵恶寒从林绵的脚底升起,顺着林绵的脊梁骨直冲天灵盖。林绵身体轻颤,手在发抖,指节因为用力而微微泛白,完全没意识到自己用多大力气抓着闻妃。

等进了室内,确认四周都安全了,闻妃才扶着她的双臂安慰道:"绵绵,没事了。"

林绵倏地松开手,唇瓣抿着,脸上的血色隐隐退去,胸口因为紧张而快速地起伏着。她觉得浑身发冷,拢了拢披肩。

"刚才那是什么人啊?"闻妃也被吓得半天才回过神来,着急打电话找人。

跟着面色极差的林绵去休息室时,闻妃这才注意到林绵的手腕被刮出了一道浅浅的红痕——估计是男人拉林绵时,指甲不小心划出来的。闻妃心疼坏了,拉着林绵的手赶紧检查,幸好没有出血,便找来消毒液给林绵处理了一下:"吓死了,幸亏那个人没带凶器。他们已经报警了。"

林绵点点头,看到伤痕消退了一些,但还是红得明显。待会儿就要上台了,林绵作为代言人,自然要佩戴并且展示手表,而此刻手腕上的红痕,分明就是败笔,这让闻妃急坏了。

品牌方的负责人听闻林绵遇到不明人员的偷袭,特地过来安抚。

闻妃有点儿生气——说到底还是安保人员松懈了,但她不能给品牌方的负责人甩脸色,只能忍着。

"呀!林小姐的手受伤了。"品牌方的负责人皱着眉,说道,"待会儿您要佩戴手表,这可怎么办啊?"

手上的伤痕太明显,会影响手表的佩戴展示。出了这种意外,品牌方的负责人一心想着活动,不高兴的情绪很明显,板着一张脸。

气氛有些沉闷。林绵表情淡淡的,抬眸看向品牌方的负责人:"麻烦你,请问能叫化妆师过来吗?"

品牌方的负责人迟疑片刻,叫来化妆师。听完林绵的想法后,化妆师迟疑地问道:"这能行吗?"

品牌方的负责人看了一眼手机,想到距离林绵出场没多长时间了,于是咬了咬牙,说道:"能不能行都只能这么办了。"

化妆师点点头,蹲下来打开化妆箱,按照林绵的办法,拿起工具快速地操作起来。十分钟后,品牌方的负责人眼睛都亮了,忍不住感慨道:"这也太好看了!"

一枝宛如从皮肤里长出来的枯萎的玫瑰出现在林绵纤细白皙的手

臂上，得益于化妆师精湛的手艺，玫瑰如浮雕，栩栩如生，用暗金色眼影填充的花瓣代替了原本鲜红的花瓣，与她的黑色礼服相得益彰，低调却不失华贵感。

闻妃松了口气，脸上的担忧一扫而空，露出惊喜的笑："绵绵，你是怎么想到的？"

林绵说她也只是突发奇想，没想到化妆师画得这么好。化妆师笑笑，说道："你的皮肤白，画这个真的好好看。我能拍张照吗？"

征得林绵的同意后，化妆师拿手机拍了两张照片，收起工具，感叹道："真的太美了！"

林绵唇角弯出淡淡的弧度，没说话。

活动十分钟后开始，林绵踩着高跟鞋，袅袅婷婷地走到台上，看着镜头，摆好姿势，微微抬起下巴。她五官精致秀气，一缕卷曲的发丝挂在脸颊边，目光冰冷疏离，完全配得上美神的称谓。

林绵很少出席这种商业活动，这还是她拿了银穗奖后的第一次现身，镜头在她的身上舍不得移开。

她微微抬起手腕，展示佩戴的S品牌的女式腕表，手腕上那枝玫瑰瞬间闯入大家的视野里。

现场的反响前所未有地热烈。林绵红唇勾出极浅的弧度，身上冰冷的气质宛如枯萎的玫瑰被注入了灵魂。

林绵不知道的是，她一出场，手腕上的玫瑰就引起了广大网友的注意。

有人猜测是文身，被人反驳说S系列不采用有文身的代言人；有人猜测是贴纸，被人反驳说没有贴纸能那么好看；有人猜测林绵下午遇到了袭击，可能是受伤了，也被人反驳说那个人很快被按住，又没有凶器，有那么娇气吗？碰一下就受伤？

总之，网络上的消息层出不穷。

闻妃趁着网上讨论度高，让修图师精修了几张照片，发了出去。"林绵"和"林绵的枯萎的玫瑰"的话题迅速地得到广泛的关注。

等江聿开完会出来，林律将手机交给他，并且汇报了林绵被袭的事情。

"怎么不早告诉我？"江聿脸色骤然垮下来，语气冰冷地说道。

"老板，你在开会，我想等你开完会……"

江聿被气得踹了一下椅子，目光深沉地看向林律："你什么时候可以替我做决定了？"

林律低着头，无话可说。

江聿绷着下颌打开视频，脸色犹如黑云压城，眉宇间笼罩着厉色。他拨通林绵的电话，可等了好久都没人接。

他很少动怒，但看到林绵被那个男人差点儿拽倒，火气"噌噌"地往上冒，脸色难看到了极点——连个人都看不住，保安有什么用？

江聿满脸怒气地解开西装外套，单手抓着领带松了松，怒气在胸口萦绕。他抿着唇，拨通喻琛的电话。

半个小时后，林绵从舞台上下来，活动了一下酸痛的脚踝，快步回到休息室里。

林绵先看见喻琛发来的消息：我的车在这个地址，你活动结束后直接过来。

大概猜到是谁让喻琛过来的，她回复了一句"好的"，切出去看到江聿打来的几条未接来电，回拨过去。

"江聿，我之前在参加活动，没带手机。"她举着手机，揉脚踝的手轻轻地顿了一下，冲江聿眨了眨眼睛。

"我知道。"江聿嗓音偏沉，听得出不悦，"你的手怎么回事？"

林绵如实相告，林绵隔着屏幕都能感觉到江聿的情绪低了几度，又怕江聿过度担心，动了动嘴角，说道："其实没事，不疼。"

"你不疼，我心疼。"江聿冷不丁地说出这句话。

林绵张了张嘴，却不知道怎么接下去，干脆陷入沉默中。

"有没有被吓到？"江聿重新调整了情绪，语气稍缓地说道。

"有。"林绵坦白地说道，"手抖了好一阵。"

她看到那么大个陌生人突然冲出来，脑子一片空白，要不是顾忌着形象，差点儿要失声尖叫了。

"可惜我不在场。"江聿咬着牙，阴恻恻地说道，"我要在场，非踹他两脚再把他送派出所。"

林绵想象了一下那个画面，笑了笑，调侃道："我怕你和他一起进派出所。"

"那我一定多踹他两脚。"江聿轻哂道。

"是你让喻琛来接我的？"

江聿淡声道："他接你，我比较放心。"

"谢谢你。"

江聿正经不了几秒钟，恢复了那种漫不经心的口吻，说道："等我回家，奖励我。"

"我挂电话了啊。"林绵故意威胁他。

江聿知道林绵脸皮薄，笑着不再为难她："挂吧，到家了告诉我。"

林绵浅笑："好。"

喻琛把林绵送到云庐，林绵下车后，喻琛把胳膊支在车窗上，探出头再次询问道："真的不用去医院？"

林绵摇头，牵动红唇，说道："真的不用，今天谢谢你。"

喻琛说："没事，改天让小江总请我吃饭。"

林绵站在原地，目送喻琛的车离开后，边给江聿发消息边往家里走去。

到了家后，林绵踢掉高跟鞋，赤脚踩在地板上，解除了高跟鞋的束缚后，脚步都变得轻盈。她在地上转了个圈，撩起头发用头绳束住，绕去厨房里拿了一瓶冰水拧开，一口气喝了小半瓶。

听到手机在客厅里响个不停，林绵放下水瓶，跪在沙发上捞起手机，看到是品牌方的负责人打来的。她不知道对方满不满意今天的活动，做了一下心理建设，按下通话键。

令林绵没想到的是，对方一改从前的态度，说道："林小姐，对不起！今天是我们的安保工作没做到位，让您受伤了。"

林绵陷进沙发里，拿过抱枕托着手臂，神色淡然地说道："没关系。"

"为了表达我们的歉意,我们给您准备了一份礼品,请问您方便签收吗?"

对方的态度出乎林绵的预料,她拒绝道:"礼品就不需要了。"

对方却告知她,礼品已经安排同城快递送到闻妃提供的住址,也就是她租住的房子那里。

傍晚霞光褪去,夜色漫上来,风吹动树叶"哗哗"作响。

电梯门打开,林绵走了出去。三十分钟前,她接到同城快递员打来的电话,她让他将快递放在门口,她自己过去取。对方表示物品贵重,务必本人签收。

签收了快递后,林绵进屋,打开快递,看到盒子里摆放着两个礼品盒,一张卡片覆盖在上面。

林绵伸手捏着卡片一角翻过来,卡片上的手写字赫然映入眼帘:"江先生、林小姐,略备薄礼,诚心致歉。"

林绵发出一声哂笑。她将卡片丢回纸箱里,拿出礼盒一一打开,两只男女同款的手表呈现在眼前。

林绵认出这是S品牌手表系列的情侣款手表,兴致不高地盖上礼盒,放回纸箱里,等着江聿回来亲自处理。当然为了做足样子,林绵握着手机,慢条斯理地给品牌方的负责人回了消息:谢谢您,礼品收到了,让您破费了。

发完消息后,林绵勾着唇轻哂一声,将礼品丢在玄关处。

一个小时后,林绵洗完澡,换了一身浅色的睡衣,柔软的头发垂在背后,脖颈间的水汽没有散去,几缕头发缠绕在颈侧,敞开的领口露出一小片白得反光的肌肤。

闻妃把她的活动图发来,又转发了几条热门微博,几乎全是夸S品牌会找代言人的。

"林绵和S品牌的契合度太高了,那枝枯萎的玫瑰简直是神来之笔。"

林绵薄唇微微弯着,一条条地往下翻。门铃声骤然打破安静,一声接着一声，很显然不是有人按错了。

应该没人知道林绵回自己这边住，她心里存疑，轻手轻脚地走到门后，掀开猫眼看出去，看到了是江聿后快速地打开门锁。江聿单手扶着行李箱，立在门外，满脸倦色地看向她，紧皱的眉头倏地舒展。

"江聿？你怎么突然回来了？"林绵惊讶地接过他的行李箱，拉着他进屋。

房门落锁，林绵被圈进一个温暖的怀抱里，鼻子贴着他的衬衫，嗅到了一点儿淡淡的药味。

"我听见某人说想我了，特地赶回来被老婆养。"

第九章
悬 月

　　林绵原本还担心他感冒没好,来回奔波会加重他的病情,听见他还能开玩笑,瞬间松了口气,用环在他腰上的手轻轻地捏了一把他的后腰:"少胡说!"

　　江聿戏谑的声音从林绵的头上传来:"我有胡说吗?"

　　"你不想我?"江聿笑起来,"还是不想养我?"

　　他伸过来一只手,抬起她的下巴,与她对视,牵动薄唇,说道:"江太太,你可是答应过我的,不许反悔。"

　　林绵弯着唇,眼睛里映着他的影子。江聿垂眸看了一会儿,用指腹在她的唇角上摩挲,低下头靠近时,忽然想起自己还在感冒,转而亲了一下她的脸颊,又咬了她一口,托着她的腰把她抱离地面:"你要赖账,我就把你丢下三千欧元不想养我的事情捅出去!"

　　林绵突然腾空,慌张地抱住他的脖颈。江聿把脸抵在她的胸腹上,他温热的呼吸透过她的衣服往她的骨头里钻。

　　江聿将她抛在沙发上,一只手环着她的背,另一只手撑在她的身侧,半个身体压在她的身上,江聿把头深深地埋在她的颈窝里,呼吸很快,带着难以克制的惬意。

　　"江聿!"林绵感到很沉也很热,伸手推他,提醒道,"你先

· 235 ·

起来。"

江聿收紧手臂，力道很大，勒得林绵发疼，江聿闷闷的嗓音里带着几分恼意："让我抱一会儿。"

江聿的薄唇在林绵的脸颊边轻蹭，如羽毛般拂过，痒痒的。

"你要不要去洗澡？"林绵抬手摸摸他的头发，貌似安抚。

江聿在她的脖颈间埋了几分钟后，嗓音沙哑地说："你这儿有我能穿的睡衣吗？"

林绵怔了一下，想说他的行李箱里面有啊，他怎么还要她的睡衣？

江聿不等她多想，捏捏她的肩膀，说道："帮我套睡衣。"

随后他像下了很大的决心似的，撑着沙发起身，转过身朝浴室走去。

想到这儿没什么他能穿的睡衣，她在柜子里翻了翻，找到了之前买的特大号的男友衬衫和一条灰色的家居裤。

林绵拿着衣物，敲敲浴室的门，说道："衣服我放在门口了。"

话音未落，浴室的门被拉开一道缝隙，潮湿闷热的水汽争先恐后地飘出来，林绵闻到了沐浴露的香气。

江聿懒懒地伸出手，手臂上挂着水珠，手指因被热水冲刷而骨节泛红。他垂眸扫了一眼衣服，又扫了一眼林绵，仿佛在说"你这是要给我穿什么鬼衣服"。

林绵解释道："我家没你能穿的衣服，你将就下吧。"他总不能穿她的睡衣。

江聿牵动薄唇，语气戏谑地说道："你养我的第一天，就打算亏待我？"

林绵："你怎么还蹬鼻子上脸了？"

江聿嘴角的笑意更甚，他扫了一眼林绵，点点头，发尖落下的水珠滴到了她的手背上。

江聿用湿漉漉的手握住她的手腕，往前一拽，低头凑到她的脸颊边，眉毛上的水珠滴在了她的锁骨上。

浴室门被合上，林绵感觉脸上都挂着一丝潮气，快步回到沙发上，拿起手机看了看微博。

江聿赤着上半身走出来，随手将没穿的衬衫丢在沙发上。

林绵回头，目光从江聿的上半身移到灰色运动裤上，想着对于江聿来说衣服还是有点儿小。

他的腹肌很好看，线条分明，自然不夸张。他睨了一眼林绵，只见她靠在沙发上，膝盖托着剧本，一副若有所思的样子。

江聿坐到林绵的旁边，拉过她的手，低头检查她的手臂，伤痕几乎消退了，只剩点点红色的痕迹。

但哪怕只是一点儿浅红的痕迹，在林绵白皙的手臂上也很明显。江聿皱着眉头，被气得想骂两句脏话："踹他两脚都嫌少！"

林绵弯唇，忽然想到了他怼祁阮的那句话："再晚点儿，你都看不见了。"

江聿眨了眨眼睛，有点儿不怀好意地说道："嫌我回来得太晚啊？本来还要多处理两天的工作，我压缩到一个下午处理完赶回来。绵绵，你是不是没良心？"

他侧身把她揽进怀里，将头顺势靠在她的肩膀上，抱着她的腰，不满地挠了一下。

林绵本就怕痒，禁不住他挠，东倒西歪地躲着。江聿像是发现了新大陆，开始故意挠她痒痒。

林绵一个重心不稳，倒在靠枕上。江聿俯身追上来，沐浴露的香气也随之萦绕过来，充斥在周围的空气中。两个人四目相对时，林绵眼里泛着光，睫毛抖动的频率很快，眼神闪烁，不敢与江聿对视，忽然她闭上眼睛，手指挡在他的唇上，说道："江聿。"

江聿突然停下，目光深沉地看着她，语调不正经地说道："想要我怎么伺候你？"

林绵心里泛起了一股细密的痒意，宛如微弱的电流往骨头里面钻。她刚想移开手，就被攥住了手腕。

"别躲！"

下一秒，林绵的手腕被按进抱枕里，两个人温热潮湿的呼吸一并落下。

江聿的唇移到林绵的唇边时，他倏然停住，喉结连着滚了好几下，嗓音有些沙哑地说道："你害怕感冒吗？"

　　林绵的目光游走在他的眼睛上、鼻梁上、嘴唇上。她坐起来，双手绕着他的后颈，说道："不怕。"

　　翌日一早，林绵是被敲门声惊醒的。她浑身都疼，在听到敲门声后极不情愿地舒了口气，轻轻地移开抱在江聿腰间的手，随手拿起那件江聿没穿的黑色的衬衫，裹在身上，趿拉着拖鞋往外走。

　　她捡起被扔在地上的衣服，团成一团丢在沙发上，又将男式皮鞋收进鞋柜里，听到门铃声依旧响个不停，估计也就闻妃能这么早过来。

　　林绵在拉开门的同时，揉了揉泛酸的脖子，一抬头跟赵女士四目相对。林绵瞬间呆滞，身体像失灵一般，丧失了反应。

　　赵女士的视线在林绵的身上来回扫。林绵感觉一股寒气从脚底冒起，慌乱地整理着衬衫领口，回过神来后，故意抬高了音调，问道："妈妈，你怎么来了？"

　　赵女士瞪了林绵一眼："你这穿的什么东西？赶紧去换了！"

　　林父扫了一眼林绵，脸色不太好，转过脸，背对着她们走出门去，咳嗽了两声。

　　林绵抓着衣领，点点头，转身就往房间里走，抓着沙发上的衣物落荒而逃。

　　赵女士换了鞋，轻车熟路地进门收拾："绵绵，我发现你家里最近整洁了不少。"

　　林绵的嗓音从卧室里飘出来："我一直在剧组里啊。"

　　赵女士没说什么，进了浴室里。

　　林绵捂着江聿的唇，求他再委屈一次躲进衣柜里。

　　江聿抬起没睡醒的双眼，幸灾乐祸地看着她，双眸里对她的提议写满了拒绝："不要。"

　　她小声地跟江聿讨价还价。江聿伸手拂开她鬓角的头发拢到耳后，仰起头在她的唇角上印下一吻，用不带商量的语气提醒她："绵绵，我们结婚了。"

·238·

"算不得数。"林绵脱口而出道。

江聿的目光变得幽冷，他轻扯嘴角，说道："那昨晚……？"

林绵哑然。

"又想一走了之？"他讥笑道。

林绵急于否认，江聿却拉开她的手，坐起来，下床。

林绵拉住他："你做什么？"

江聿轻哂道："不是让我躲起来吗？"

他挣开林绵的手，越过她，朝着衣柜走去。林绵看着江聿的背影，心里有些不是滋味，往前一步拉住了他。

与此同时，浴室里爆发了一声尖叫。赵女士拎着一条男式皮带，冲到客厅里，喊道："林绵，你给我出来！"

林绵打开门，只露着一条门缝，看见赵女士手里的皮带，面不改色，语气淡然地说："是我男朋友的。"

赵女士的脸色急转直下，她瞪大了眼睛，难以置信地说道："你说谁？"

"我男朋友。"

"是那个叫江玦的？"这是赵女士唯一能想起来跟林绵有关系的男人，而且她也识货，知道这条皮带价值不菲。

"绵绵，是不是他逼你？"赵女士调查过江玦，知道江玦是江氏娱乐的大儿子、江氏集团的继承者、林绵的上司。

"不是。"林绵走出来，反手带上门，推着墙角的行李箱，塞回房间里。

赵女士这才注意到林绵的房间里有人，一口气差点儿没顺上来，恶狠狠地盯着那扇门。

"你们才交往几天就同居了？"赵女士用"恨铁不成钢"的眼神看向林绵。

见林绵闷不吭声，赵女士气没处撒，冲林父一通吼："你女儿跟人同居了，你管不管？管不管？！"

林绵脸上的表情有些冷。她推开门，往卧室里看去："你好了吗？"

江聿穿戴整齐，宽肩窄腰，身材挺拔，正低着头扣袖扣。林绵走过去，抬手给他整了整衣领。江聿垂眸，问道："你确定？"江聿的眼神分明在说"你知道这意味着什么吗？"。

林绵点点头，拉着他的手出现在赵女士的面前。赵女士用锐利的眼神在江聿的身上来回扫，却又不知该说什么，转头看向林父，发现林父正神情严肃地打量着江聿。

江聿露出笑意，眼神疏离，嘴倒是很甜："爸、妈，早上好！"

赵女士尖声尖气地嚷着："他是谁啊？"

林绵双唇微颤，声音淡淡的："我的丈夫，江聿。"

江聿补充道："已婚三年，合法的。"

室内一片寂静，甚至有些压抑。赵女士脸色极其难看地坐在沙发一角上，林父紧绷着脸，一言不发，林绵和江聿并排坐着，四个人你看看我，我看看你，谁也没开口说话，像极了升堂会审。

赵女士用了十分钟来确认林绵跟江聿隐婚的事实。

林绵没敢告诉赵女士江聿是最近回来找她的，按照统一的口径，说结婚后虽然两个人分居两地，但江聿会时不时回来探望，夫妻关系和谐。

听见林绵说"和谐"这两个字时，江聿偏头，意味深长地看她一眼，眼里闪过一丝狡黠。

江聿靠在沙发上，姿态懒散，双腿交叠，看似平易可亲，但骨子里透着几分不好接近的疏离感，对眼前的岳父岳母，江聿除了礼貌客气，也没表现出多余的热情。

沉默把对视的时间无声地延长。江聿手握着拳，抵在唇边，偶尔轻咳两声。

林绵贴着他的手臂，都能感觉到他咳嗽时牵动着胸膛震颤。林绵侧过头，漆黑的眼眸里透着几分关切："要喝水吗？"

江聿放下手，抬起眼，眼底闪过一丝戏谑之意，慵懒地说道："谢谢老婆。"

后两个字，他像是故意炫耀似的，拖长了散漫的语调。

林绵余光瞥见赵女士和林父嘴角在抽搐，强忍着笑意，起身，垂下眼看江聿，说道："我去拿水。"

江聿"嗯"了一声，不情不愿地放开林绵。林绵一离开，他便开始接受赵女士和林父审视的目光，那炙热的眼神仿佛要将他看穿。但江聿毫不畏惧，轻轻地抿着薄唇，冷淡又从容。

"你是江玦的弟弟？"赵女士满脸不悦地问道。

江聿淡声道："是，如假包换。"

赵女士细想了一下江玦的身份背景，再将江聿从头到脚打量一遍，神情复杂，不好冲林绵和江聿发作，只得将怒火转到一声不吭的林父身上："你的好女儿背着我们嫁人了，我看你是到死也憋不出一句话。"

林父脸色难看，狠狠地瞪了赵女士一眼，语气严肃地说道："嫁都嫁了，我能怎么办？难道还要他们离了不成？你不嫌丢人，我还嫌丢人。"

赵女士没想到一向沉默寡言的林父居然当众不给她脸面，声调突然抬高，说道："林燕国，你什么意思？你女儿翅膀硬了，瞒着我们做了这么大的事情，你不教训她，反过来教训我？"

林父紧闭双唇，瞪了一眼赵女士，偏过身，懒得看她，随便她怎么说。

赵女士面色通红，恶狠狠地看向林绵，视线宛如会剜人的刀子，胸口也随着呼吸急促地起伏。

林绵递了一瓶水给赵女士，看到赵女士恶狠狠地接过来又重重地放到桌子上，早就习以为常。林绵将水杯递给江聿，顺势在他的身边坐下。

江聿的指尖触碰到温热的杯壁，他微微挑眉，压低了声音，说道："温水？"

林绵点点头——他感冒还没完全康复，喝点儿热的对身体好。

江聿握着杯子，嘴角勾起弧度，毫不避嫌地抓住林绵的手，十指交叉，放在他的腿上，声音里带着笑意："老婆，你真好！"

赵女士故意捏响矿泉水瓶，提醒两个人注意影响。江聿抬眸看向赵女士，脸上笑着，语气中却无半分歉意："妈，本来还想等林绵拍完这个戏我们就回去探望你们的。"

赵女士板着一张脸，强忍着没冲江聿发脾气，语气硬邦邦地说道："用不着。"

江聿不恼，似笑非笑地说道："当然需要，我的父母还想跟你们一起吃饭呢。"

林绵看向江聿——这人胡诌得还挺像那么回事！

赵女士恼得很："你爸妈也陪你们胡闹，瞒着我们……"

"喀喀喀……"江聿捂着胸口，偏过头咳得双肩抖动，像是难受极了。

"妈妈，"林绵打断赵女士的话，声音急促地说道，"你就不能少说两句话？江聿还病着呢。"

赵女士瞪圆了眼睛，张了张嘴，终是没发出声音。

"他前几天出差发烧，昨晚刚到家。"林绵在他们面前少有地表现出愠怒，"你们就不能让他休息一下？"

江聿接过林绵递过来的纸巾按住嘴唇，像是很难受地喘了口气，嗓音沙哑地说："我不发烧了，就是嗓子疼，难受。"

"嗓子疼就别说话了！"林绵低斥，端着水杯送到他的唇边，耐心地喂了他一口水。

江聿抿着温水，视线停留在林绵的脸上，唇角微微勾起。

两个人一唱一和，拿着江聿生病发烧做文章，林绵旁若无人般地把注意力全放在江聿的身上。

赵女士和林父反而从被女儿瞒婚的父母变成欺压生病女婿的坏人。赵女士被唬得哑口无言，甚至陷入了自我怀疑中。

江聿端着水杯，慢条斯理地抿了几口水。他没撒谎，他本来生病就没痊愈，加上舟车劳顿，晚上又折腾了一番，此刻他眼里隐隐泛着红血丝，半耷着眼皮，眼下有一点儿瘀青，样子有些可怜。

半晌没开口的林父把视线转向江聿，问道："工作很忙？"

江聿放下杯子，意味深长地说道："是有一些，我刚回国接手公司事务，很多东西需要重新适应。"

林父拍拍膝盖，点点头，语气严肃地说道："年轻人，忙点儿好。"惹得赵女士睨了他一眼。

江聿拿着手机回了趟卧室,几分钟后出来对林父和赵女士说:"爸、妈,我让秘书定了饭店,待会儿一起吃午饭。"

林父跟赵女士对视,使了个眼色,抿了抿唇。赵女士叹了口气,起身继续帮林绵收拾卫生。房子里突然多了江聿,气氛也变得格外凝重。

林绵谎称江聿不舒服,强拉着他回卧室里休息。林父摆摆手,示意让他们回房间。

到了门口,林绵几乎是被江聿推进房间里的,后背抵在门上,被推着往后连退两步。门被重重地关上,与此同时,传来江聿反锁房门的声音。

她刚想问江聿锁门做什么,江聿微凉的唇瓣就已经贴了上来。她整个人被搂着腰抱了起来,双手惊慌地搂住他的脖颈,彼此交换着呼吸。

江聿吻得有点儿凶,带着几分急切,几秒后才松开一些,两个人鼻尖抵着鼻尖轻轻地喘气。他勾着唇,问道:"我演得怎么样?"

"他们还在外面。"林绵捶他的肩膀,"你先放我下来。"

江聿将她放到地上,一言不发地看着她,捏着她的手臂,把声音压得低低的:"你这是在哄我吗?"

林绵眨眨眼睛,问道:"什么?"

"带我见你父母。"

林绵仰头,漆黑的眼里映着他的脸。她不紧不慢地说道:"江聿,我没有想要一走了之。"

江聿勾勾唇角,强压着狂喜之情,故作淡定地"哦"了一声,说道:"那还是哄我呗。"

林绵没说是,也没说不是。

江聿忽然低头抵近她的黑眸,眼底笑意明显,像是会蛊惑人似的,牵动唇角,问道:"是不是?"

林绵眼神闪躲,回答道:"是。"

江聿高兴地扬起唇角,捧着她的脸颊,在她的额头上印下一个吻,用手指拨开门锁,低笑道:"我去陪会儿咱爸。"

江聿拉开门,不紧不慢地走到林父的身边坐下。林父戴着老花镜,正在看手机,被放大的图片让人想装作没看到都难。看到江聿落座,林父扫了他一眼,继续看手机。

过了几秒钟,江聿牵动薄唇,问道:"爸,您喜欢喝茶吗?"

林父就这么点儿爱好,没事在家煮点儿工夫茶,倒腾倒腾茶具,但赵女士看不上眼,总对他的爱好挑三拣四。

"爸,您帮我掌掌眼,这是我一个朋友送我的。"江聿用指尖在屏幕上轻滑,点出一张茶饼的图片给林父看。

林父扶了扶眼镜,接过手机,放大图片,几秒后眼睛都亮了,将手机还给江聿,掩饰不住兴奋之情:"你那朋友跟你关系很好吧,这可是上好的茶饼,价格不菲。"

江聿弯唇,故意配合似的说道:"这么好啊?改天我拿来让爸煮来尝尝。"江聿暗示要把茶饼送给林父。

"这个不兴喝,要收藏的。"林父拍拍膝盖,露出淡淡的笑意,见赵女士出来,恢复了严肃的神色。

林绵和江聿陪着赵女士和林父吃了一顿饭,赵女士虽然脸色依旧不好,但也没表现出咄咄逼人的样子。

赵女士不能也不敢对江聿做什么,只能将怨气发泄到林绵和林父的身上。

趁着林绵和江聿前后脚去了卫生间,林父低声劝赵女士:"孩子们都结婚了,看起来很恩爱,就小江那条件,你还有什么不满的呢?"

"条件……条件,你就只知道条件。你知道林绵结婚意味着什么吗?"赵女士狠狠地瞪了他一眼,"我培养她二十多年,是希望她给我争光,而不是像现在这样,葬送前途。"

林父也不高兴,耷拉着脸,说道:"你不要把你没做成的事情强加在孩子的身上。她早晚都得结婚,现在这样不是挺好的吗?"

赵女士不同意——林绵必须完成自己没完成的理想,当一个出色的演员,这才是自己呕心沥血培养林绵的目的。

"好什么?!她现在这样,以后会没有戏找她的。我告诉你,林绵结婚这件事情，谁也不能说！"

林父不以为然。林父挺看好江聿——江聿年轻有为，关键是人还高大帅气，比他的茶友们的女婿好多了。

一顿饭还算圆满地吃完，送走父母后，林绵累得浑身都提不起力气，回到家后，瘫坐在沙发上休息。

江聿解开衬衫顶端的扣子，在她的身边坐下，搂着她的腰，将人揽入怀中。

林绵半个后背倚靠在他的怀里，感受到熟悉的香气萦绕，很淡很淡，却莫名其妙地觉得放松。

今天事发突然，她将江聿带到父母的面前，似乎把他们的关系复杂化了。林绵思索着，若是以后他们分开怎么办，但随即又想，以后再说吧。

"我爸好像对你挺满意。"

"我靠我的人格魅力征服了他们。林绵，你说你眼光多好，我都有点儿羡慕你。"这话说得多少有点儿厚颜无耻了，但是林绵习惯了。

江聿见她没动静，低头摸摸她的脸，见她困倦地眯着眼，手指拨拨她的鼻尖，问道："困了？"

昨晚胡闹了一整晚天亮才睡，早上又被敲门声惊吓了一通，林绵已然体力不支。

偏偏江聿精力不受损，反而越发顽劣，得寸进尺。

林绵不由得生起气来，但没什么威慑力："江聿，你还让不让人睡觉了？"

"你睡你的。"江聿喑哑的嗓音在林绵的耳边撩拨，"我做我的。"

林绵觉得自己的手心很烫，不敢动，也不需要动，困倦的眼里蒙上了一层水汽，浓黑的睫毛轻颤着，泛着潮气。

她叫他的名字："江聿。"

江聿咬着牙，嗓音因为急促的呼吸变得有些沙哑："绵绵，心疼心疼我吧。"

林绵微微抬起唇角，貌似奖励，回头吻他。

林绵不知道自己是什么时候睡着的，醒来时天色暗了，屋子里没有开灯，天边蔓延着烈焰似的火烧云，无边无际。

林绵翻了个身，又细又白的手腕懒懒地搭在床边上。她偏过头，见江聿站在她的书柜前，宽阔紧致的后背好看，忍不住看了会儿。

"绵绵，还要多久我才能转过身？"江聿揶揄道。看到江聿手里捏着的唱片，林绵觉得眼熟。

林绵刚睡醒，光线有些暗，她的视力不算太好，几秒后才看清了唱片，掀开被子，踩在地板上，光着脚走到江聿的身边。

江聿抬眸看向她，眼底闪过一丝戏谑之意，抬手将唱片举高。

"披头士的唱片。"他直接说出了唱片的名字。

架子上摆放着她收集来的几十张唱片，唯独披头士的这张被她随手放在众多唱片的中间，连她都忘了到底放在了哪个位置上，没想到还是被江聿翻了出来，举在手里，像是抓住了她的把柄一般。

林绵扶着他的肩膀，踮脚伸手去够唱片，却被一股力道搭着腰收紧。两个人摔倒，撞上柜子，唱片"哗啦啦"地掉了一地。

林绵倒在他的怀里，心有余悸，眼睁睁地看着心爱的唱片七零八落地掉在脚边，皱起眉头，问道："你是来拆家的吗？"

江聿说道："巧了，我弟之前也这么说。"

"那你还挺有自知之明。"林绵推开江聿，低头拾起唱片，幸亏唱片都有包装，没被摔坏，不然她会心疼死。

江聿顺手接过唱片，塞回架子上，唯独对披头士的唱片舍不得放手。经过这一闹，江聿也不存心捉弄她了，不疾不徐地说："我以为你早把它丢了。"

林绵莫名其妙地看了他一眼："为什么要丢？"披头士的签名唱片，谁会跟这种好东西过不去？

江聿扯扯唇，说道："因为是我赢回来的。"她宁愿留着他赢回来的唱片也不要他，他怎么想都有点儿扎心。

"林绵，你还说不是对我念念不忘？"江聿目光深沉，浅色的瞳孔里泛着光，映着她的影子。

林绵没说话，而是从他的手里夺过唱片，塞回架子上。她攀着他的肩膀，凑过去亲了下他的脸颊，说道："江聿，你好幼稚！"

她说这句话的时候，偏冰冷的嗓音微微上扬，倒有几分少女撒娇的样子，让江聿恍惚了一下，像是回到了伦敦。

江聿笑着伸手，抱着林绵入怀，看着她如一尾鱼从怀中滑走，扑了个空，唯有指尖留下一缕淡淡的香气。

江聿扯唇，无声地笑了笑，听到手机响了，回到床边找手机。

酒吧里灯光迷离，重金属音乐震耳欲聋，空气里飘浮着酒水混合着香水的旖旎气息。

江聿陷在卡座里，轮廓分明的侧脸被昏暗的灯光照亮，鼻梁高挺，脸上没有表情时，倨傲又帅气，一副谁也别惹我的样子。

喻琛今晚不想开房间，就想在卡座里坐着玩一会儿，端着酒杯环视场内，但视线也没聚焦到哪里，更像是在出神。

"喻总，心情不好？"江聿见喻琛半晌没说话，视线从手机上抬起来，扫了他一眼。

喻琛收回视线，慢条斯理地吞了一口酒，轻嗤道："女人真难搞！"

江聿失笑，唇角稍扬，说道："我不觉得啊，我们家林绵就挺好的。"

喻琛最烦江聿戳他的痛处，终于找到机会幸灾乐祸："是是是，你们家林绵好，丢下你跑了三年，怎么样？小江总，她逃你追好玩吗？"

江聿朝他递了一记冷眼，也不恼，嘴角带着笑意，说道："你忌妒别人的样子真丑！"

喻琛往嘴里送了一口酒，脸上逐渐浮现出躁意："你自恋的样子又好得到哪里去？"

喻琛摸出手机一看，屏幕上干干净净的，比他的脸还干净，他有些生气地把手机盖在桌面上,看到黎漾一条消息都没给他发,更烦躁了。

江聿用手指在屏幕上慢条斯理地滑着,看着不像是在玩游戏,界面花花绿绿的。喻琛问道:"你在玩什么?"

江聿头都懒得抬,扯动唇角,说道:"情侣睡衣,你也要买?"

喻琛的脸都被气绿了。真是哪壶不提开哪壶,一想到黎漾没心没肺的样子,他就被气得牙痒痒。

"江聿,你真是爱死林绵了!"喻琛发狠似的撂下一句魔咒。

江聿抬眸,嘴角勾起弧度,像是在夸喻琛终于说对了一件事情。手机突然振动,江聿看到林绵打电话来了,起身往外走,来到一片稍显安静的角落里,回拨给林绵,听到系统提示占线,蹙眉等待了几秒。

那头电话被接通,他听见林绵焦急的、带着哭腔的嗓音,眉心重重地跳了跳,脸色倏地沉了下去。

喻琛见江聿回来,忍不住奚落道:"至于吗?一个电话还要躲起来接!"

江聿没说话,弯腰捞起外套,沉着一张脸对喻琛说:"林绵爸爸摔了,我先走了。"

喻琛连忙问道:"要不要紧?"

江聿说:"不知道,送医院了。"幸好江聿没喝酒,开着车接了林绵,然后驾车回了林绵的父母家。

林绵哭过了,眼睛红红的,靠在副驾驶的座椅上脸色凝重,整个人紧张到微微发抖。

江聿用双手扶着方向盘,薄唇抿成一条线,手背青筋突起得很明显。等到红灯时,他偏头,用手扣住林绵的后颈,将人拉过来亲了亲唇角,低声安抚道:"别担心。"

林绵回手抱了抱江聿,看到红灯还剩30秒,双手抱牢江聿,把头埋在他的肩膀上,他衬衫上的味道在这一刻莫名其妙地安抚人。

林绵和江聿抵达医院是一个小时后的事情了。住院部的走廊很长很空,气温微凉,空气里充斥着浓郁的消毒水的味道。

两个人找到骨科住院部时,林绵远远地看见赵女士和一位年轻男人正站在门口说话，忽然停下脚步，眼睛一眨不眨地盯着赵女士面前的男人。

男人似乎有感应，目光越过空空的走廊朝林绵看过来。那是一张清隽俊朗的脸，浓眉星目，鼻梁高挺，身上有股淡淡的书卷气。

"林绵。"男人面含笑意，先开口叫她。

林绵眨了眨眼睛，想要回避的意思很明显，却被江聿握住手腕。江聿语气不大好地问道："他是谁啊？"

说话间，男人已经快步来到他们跟前，目光在江聿的身上扫视一眼，随后客气地伸手，说道："你好，你就是林绵的老公吧？"

江聿脸色稍微缓和，沉默颔首。

"宋连笙。"林绵声音淡淡的，藏着点儿情绪，"我邻居家的哥哥。"

宋连笙笑起来眉眼弯弯，一副彬彬有礼的样子。两个人互相认识过了，林绵握着江聿的手，对宋连笙浅笑着点点头："我们先去看我爸。"

这时恰巧医生过来找赵女士，宋连笙主动提出陪赵女士去医生值班室。赵女士再强势，说到底也是个家庭主妇，林父这一摔让她方寸大乱。宋连笙陪着赵女士送林父做检查，办理入院，忙前忙后像极了家里人。

"不用麻烦了，我陪她去吧。"林绵的语气客客气气，显出几分生疏。

宋连笙阻止林绵，笑得温和，说道："还是我去吧，你们去陪陪林叔。"

宋连笙和赵女士离开后，林绵收回目光，松开江聿的手，推开房门让他先进。江聿单手扶着门，把她先推进门。

林父半靠在病床上，精神没什么问题，就是左腿打了石膏吊起来，活动不方便，林绵进去时，他正在看新闻。

林绵看着林父那样，眼眶又湿润了。

林父安慰道："我就是断了腿，也没别的事情，不许哭。"

江聿用手摸了一把林绵的眼角，他温热的手指让林绵微微一愣。

他们问了缘由才知道，林父高高兴兴地出门跟人下棋，也不知道是谁在楼道上浇了水，于是林父脚下一滑，滚了下去。得亏当时宋连笙从外面回来，将林父背起来送到了医院。

林父嘴里嘟囔着："要好好感谢小宋。"

林绵点点头。一直不吭声的江聿在反复听见"宋连笙"这个名字后，朝林绵递去探究的眼神，却被林绵不动声色地避开。

听到林父想喝水，林绵端着水杯去水房里接水，留下江聿陪着林父聊天。转出病房后，林绵循着指示往前走，突然听到背后传来一道声音："林绵。"

林绵回头跟宋连笙的视线碰了一下，停下脚步，对方快步跟了过来。

"今天，谢谢你。"林绵脸色淡然，嗓音亦如此。

"林绵，你什么时候对我这么客气了？"宋连笙含笑的话语里透着几分亲昵，"你以前不这样啊！"

林绵觉得走廊不是个叙旧的好地方，便将谈话的地点换到了右手边的安全步梯间。

医院人少，步梯间就显得格外安静。林绵站在暗处，宋连笙靠着门，两个人谁也没先开口，像是在僵持着什么。

夜风不知道从哪里灌了进来，撩起林绵的头发，她抬手压了压，拢到耳后，眉眼里透着几分冷淡疏离。

宋连笙看了一会儿，听到手机在兜里振动，拿出来瞥了一眼，按掉后塞回兜里。

"你不是说再也不见了吗？"林绵嗓音又冷又淡地说道。

宋连笙"嗯"了一声，也不知道是不是应答，又说："林绵，你真这么狠心？"

她狠心吗？当然不。她自认为当初宋连笙才狠心，她这点儿不算什么，顶多是维持成年人不撕破脸的体面而已。

"我不想再谈过去。"林绵表情很淡，脸上没什么情绪起伏，"没有意义了不是吗？"

宋连笙沉默了几秒，点点头，听见她又说："今晚谢谢你送我爸爸来医院，发自真心的。"

宋连笙愣了几秒钟，扯了扯嘴角，说道："不用，毕竟我也吃了十几年林叔做的饭。"

林绵薄唇轻轻地抿着，没再继续话题。

"我的婚礼，你会来吧？"宋连笙朝她递来澄澈的眼神，不带有一丝杂质。

"不会。"林绵回答得干脆利落。

宋连笙或许早猜到了，并没有表现出有多意外，低声道："那你呢？你的婚礼会邀请我吗？"

林绵抬眸，漆黑的眼中写着疏离和冷漠，仿佛是从骨子里散发出来的冷意。她没回答，拒绝的意思很明显。

宋连笙拉开门离开。笨重的门被缓慢地合上，一阵风吹了进来，吹得她的脸颊有些冰凉。林绵靠在墙壁上，闭着眼睛，睫毛轻轻地颤动着，深深地吐了口气，接了水再回到病房时，看到房间里只剩赵女士和林父。

林绵放下水杯，问道："江聿呢？"

林父说："他出去接电话了，这么久没回来，是不是忘了病房在哪里了，你去找找。"

林绵若有所思，拿着手机往外走，又被林父叫住："小宋走了？"

"应该是吧。"

住院部没有设置吸烟的地方，林绵猜测他可能下楼去室外了，于是乘着电梯到了一楼，果然看见他站在花坛旁，挺拔的背融于沉沉的夜色中。

江聿一只手插在口袋里，另一只手捏着烟时而放下时而送到唇边，夜风将他的衬衫吹得紧贴着背，露出分明的骨骼线条。

"江聿。"林绵叫了他一声。

江聿微转脚步，朝她看过来，站定在原地，眉眼笼在白色的烟雾间，路灯照得他的脸半明半暗，让人看不清他的表情。

林绵朝他走过去,风里面裹挟着烟草的味道。江聿弯腰,将烟头抵在花坛边缘上按灭后,弹进了不远处的垃圾桶里。

江聿站直,两条手臂自然地垂着,高大挺拔的人连影子都比常人大一些。林绵走到江聿的跟前,完全被笼罩在他的影子里。

林绵双手环抱着他的腰,把脸贴在他的胸口上,他衣服上的烟草气味混合着他的气息,反而给他平添了一丝男人味。

江聿扣住她的肩膀,单手滑下去,搂住她的半个后背,手心上下抚摩,问道:"怎么了?"

"晚上我带你回我家里住。"林绵细声细气地说。

江聿抬了抬嘴角,揶揄道:"你家里藏着什么秘密吗?需要你提前贿赂我?"

林绵意识到他口中的贿赂是指这个拥抱,唇角带着淡淡的笑意,说道:"那你去找找。"

林父不让林绵和江聿陪床,赵女士便给了林绵钥匙,把两个人赶出了病房。

林家离医院不远。江聿将车停在楼下,仰头看了一眼不算高的楼层,顺带看了一眼天上涌动的云层。

林绵解释道:"这是我爸单位的房子。"

江聿点点头:"还是职工小院,挺不错。"

到了家,林绵开门,听到隔壁传来拨弄门锁的声音时,指尖一顿。隔壁的房门被拉开,暖融融的灯光从屋顶上倾泻到地板上,一位妇人扶着门,问道:"林绵,你回来了啊?你爸爸没事吧?"

林绵客客气气地回她:"李姨,我爸没事,多亏了连笙哥哥。"

妇人"嗐"了一声,说道:"我听连笙说的时候也被吓坏了,你爸没事就好。对了,你们吃饭了吗?要不我给你们做点儿?"

林绵摆摆手,刚好门锁被打开,回绝道:"谢谢李姨,我们吃过了,不用麻烦了。"

妇人这才将视线放到江聿的身上,打量了一遍后,抬了抬下巴,问道:"他是你朋友?"

半晌没吭声的江聿牵动唇角,回道:"李姨,我是林绵的老公。"

妇人愣了愣,屋内传来一道男声:"妈,你在跟林绵他们说话吗?"是宋连笙的声音。

林绵收回视线,跟李姨道谢后,拉着江聿进门,关上门后弯腰找拖鞋。

"宋连笙跟你住得这么近啊?!"江聿像煞有介事地开口道,"那你们这样算青梅竹马吗?"

林绵抿唇,其实也算吧,两个人从小一块儿长大,宋连笙几乎占据了她的童年和青春期,甚至青春萌动……

林绵收回思绪,从储物柜里取出新拖鞋递给江聿。

不算大的房间被收拾得井井有条,干净整洁。江聿晃进林绵的房间里,环视了一周,室内装饰得简简单单,不像是女孩子住的房间。

床也不大,顶多就一米五,床单素净,床头摆放着林绵穿着学士服的照片,大概是她大学毕业时照的。

林绵上学时就很漂亮了,跟现在的气质没什么区别,站在人群中很显眼,仙女似的让人移不开眼。

江聿捧着照片看了一会儿,忽然一时兴起,说道:"有小时候的相册吗?我想看。"

林绵点点头,指了指书架。她从小到大最多的就是相册,无论是学校活动还是演出,赵女士都会保存照片。

江聿起身将几本厚重的相册取下来,放在腿上慢慢地翻动,看到赵女士把照片按照年龄分好了类,便一张一张地翻看。原来林绵在小时候就很漂亮,乌发红唇,漆黑的眼睛炯炯有神,脸部线条分明,像是得到了上天偏爱的小孩儿。

只不过从林绵三岁开始,她的照片不再是单人照,每一张照片里总有一个小男孩儿做陪衬。

两个人站在一起还真是青梅竹马。江聿用手指在照片上点了点:"这是宋连笙?"

林绵"嗯"了一声。

原来他们的关系比江聿想象的还要好,那为什么在医院里他们表现得如此疏离？江聿快速地翻动,一直到林绵读高中之前,她跟宋连笙的合照几乎占据大半本相册。

"你小时候是不是很多人给你写情书？"

"还真没有。"或许是宋连笙的缘故,没人敢跟她告白,所以别的女孩儿青春期有的烦恼,她都没有。

少男少女的照相姿势十年如一日没变,只是两个人逐渐长开,男孩儿挺拔修长,女孩儿亭亭玉立,颇有几分郎才女貌的样子,站在一起有几分般配。

江聿薄唇抿成一条线,脸色稍显凝重,指尖忽然顿住,抽出照片拿在手里仔细看。

那是林绵为数不多的单人照,看起来应该是林绵读初中时参加文艺演出时拍的。她穿着白色的连衣裙,扎着双马尾,婷婷少女初长成。

估计是不经意拍下来的,少女面含羞涩地望着镜头,露出浅浅的笑意。不知道是不是错觉,他觉得少女盈盈的目光里,写满了崇拜和爱慕。

江聿心有所感,用指尖捏着照片翻过来,果然看到背面有一行用黑色水性笔写的小字,字迹还挺像小女生的字迹。

林绵洗完澡后推开门,先看见江聿手上的照片,脚步一顿,脑子里想到些什么,下意识地伸手来夺。江聿像有先见之明似的,身体往后倒,堪堪靠一只手撑在床上稳住身体,嘴角带着笑。

她迎上他戏谑的眼神,定了定神,说道："都是小时候的照片,没什么好看的。"

江聿看向她,不这么认为："绵绵,你该不会暗恋过宋连笙吧？"

林绵目光微闪,淡声道："没有,你别瞎说。"

"我没瞎说。"江聿晃了晃手里的照片,像抓住了把柄似的,"那这张照片,怎么解释？"

他轻飘飘地将照片放到林绵的手心里,照片背面的小字赫然在目,那是她当时一笔一画写的。

· 254 ·

连笙哥哥，毕业快乐，上大学不许忘了绵绵。

她当初怀着青春的悸动写下的那行字如今看来太过难堪，仿佛将她的少女心事曝光在阳光下。林绵感到羞耻而无措。她沉默着，将照片塞回相册里，装作若无其事地说：“小时候谁没干过这种事情啊？”

江聿若有所思了几秒，点头轻轻地笑道：“也是，我小时候还暗恋过王二花。”

林绵看他：“王二花是谁？”

江聿扯了扯唇，说道：“我读幼儿园时的同桌。”

林绵：“那你的青春期可真早！”

江聿似笑非笑，故意拖腔带调地说道：“但是，我的青春期启蒙是从你开始的，林老师。”

林绵面上一热，脑子里闪过他们在伦敦时的那些画面，荒唐的、炙热的……确实都跟江聿有关。她要收走相册，江聿却一把按住，抬起眼皮看她：“我还没看完呢。”

林绵说没什么好看的，又问江聿：“你小时候没照片吗？”

"应该有，也可能没有，我妈好像不热衷于这个，改天我带你回去找找。"他漫不经心地说道，"不过，我肯定不会把照片送人。"

林绵一把捂住他的嘴，让他别再调侃这件事情了。

"不过，我还是吃醋了。"江聿用清亮的嗓音徐徐地说道，"宋连笙几乎霸占了我老婆整个青春期，还拍了那么多张合影。"

"我们俩连一张正经合影都没有。"江聿揽着林绵的肩膀，指手画脚地说道，"改天，我们去拍婚纱照。"

他回头指了指挨着林绵的床头的那片白墙，说道："做个巨大的婚纱照贴满这面墙，怎么样？"

"不怎么样，好俗！"林绵笑着，推开他下床，哪有人将婚纱照做一整面墙的？

"这有什么，我……"江聿的声音戛然而止。

她看了他一眼，拉上窗帘。江聿慢条斯理地解开衬衫。

两个人匆忙地回来，都没带换洗的衣物，林绵有衣服将就，可江聿没有。林绵忽然提议道:"要不,我去拿我爸的衣服给你穿。"

江聿似笑非笑,眼底闪过一抹狡黠的光。他握住林绵的手腕,将人拉到自己的腿上坐着,贴在她的耳边低声说:"除非,你想叫我……"

他怎么这么不害臊啊?!林绵挣扎了一下,耳朵通红。

江聿紧紧地按住她,环抱着双臂,把下巴搁在她的肩头上,舍不得松开手。他的情绪来得快,他也从不会遮掩,以前是,现在更是肆无忌惮。

林绵提醒他:"家里不方便,你别……"

江聿咬着她的耳朵,嗓音里透着沙哑:"林老师想知道我在伦敦时是怎么过的吗?"

江聿低头嗅到了她颈间淡淡的香气,狠狠地吞咽了几下,薄唇停在她的耳侧,说道:"白天上课,晚上就……"

"就什么?"林绵轻颤睫毛。

江聿抓着她的手,用低哑的嗓音哄骗道:"老婆,你帮帮我吧。"

相册从床边滑到了地上,摔出重重的响声,林绵想低头去看,却被江聿兜着脸阻止。江聿捏着她的下巴,扭过来亲了一口,弯着眉眼,说道:"我三年都是这么过的,老婆怎么补偿我啊?"

睡之前,江聿躺在床上,搂着林绵对宋连笙耿耿于怀。他忽然伸手屈指,敲敲墙壁,惹得林绵莫名其妙地看着他:"你做什么?"

江聿又敲了两下,这次用的力道大了些,扯着薄唇,说道:"你家这墙跟他家挨不着吧?"

"当然挨不着。"

江聿轻哂道:"那就好,我还以为你跟宋连笙连晚上睡觉都要敲墙对暗号。"

林绵对江聿的发散思维是服气的,林绵托着下巴看着他左动动右动动,像是没住过这种房子似的,充满了好奇心。

"你怎么知道这些?是不是你小时候跟人敲过墙对过暗号?"林绵眨眨眼睛,问道。

江聿嗤笑道："我可没有乱七八糟的发小儿。跟谁敲？周公吗？"

林绵顿时想到了一个："祁阮不算吗？"

江聿摇头："算不上。"

林绵是被饿醒的，觉得胃里面空空的还有些泛苦，悄悄地翻了个身，胃里面还是空得难受，闭着眼睛忍了几分钟，不光睡意全无，胃还隐隐作痛。

几分钟后，林绵悄无声息地掀开被子，没发现身后的人缓缓睁开了眼，望着她的背影没出声。

林绵捂着胃坐起来，摸黑伸腿到地上找鞋子。屋内暗沉沉的，看不清东西，她费劲地穿好鞋子，听见江聿说道："你干什么去？"

林绵僵了一下，回头看江聿。江聿用骨节分明的手指打开床头灯，室内骤然明亮。

林绵不适应地眯了眯眼，说道："我饿了，你也饿了吗？"

"你家还有吃的吗？"江聿动动嘴角，问道，"你打算吃什么？"

林绵猜测冰箱里应该有吃的，但她不确定："方便面，你要吃吗？"

江聿笑着问道："你会煮方便面吗？"

林绵哑然，重新坐回床上："算了，我还是不吃了吧。"她可不想因为"女演员半夜煮方便面烧了厨房"这种新闻登上话题榜。

"不吃了？"

林绵看着江聿，突然生出一个想法，俯身去拉江聿："江聿，你帮我个忙吧。"

江聿裹紧被子，躺得笔直："你不要指望我给你煮方便面，我睡着了。"

他说着闭上眼睛，发出均匀的呼吸声。林绵笑了笑，捏他的鼻子，说道："你指导我也可以。"

"求我。"江聿倏地睁开眼，用浅色的眼眸深深地看向她的眼睛，故作口型。

257

林绵看懂了，但装作不懂，摇摇他的手臂："求你。"

冰冷的嗓音就算说出求人的话也带着一股命令的意味。江聿躺了十几秒，叹了口气，起身——谁叫林绵是他的老婆呢？

喻琛说得对，他真是爱死林绵了。

看到林绵等不及先出去了，江聿真担心她半夜把厨房点着，于是掀开被子，拿起衣裤往身上套。

几分钟后，江聿趿拉着拖鞋进了厨房里，接手林绵的工作，洗锅开火："荷包蛋还是煎蛋？"

林绵不想太麻烦，回道："荷包蛋。"

江聿点头。煮方便面对他来说易如反掌，很快一碗香喷喷的方便面出锅，屋子里弥漫着香香的味道。

林绵看到荷包蛋埋在方便面里，她的胃在叫嚣着。她看到江聿只盛了一碗，问道："你不吃吗？"

江聿放下碗，拉开椅子在她的对面坐下："比之前有进步。"

林绵一时没懂他是什么意思，迷茫地问道："嗯？"

江聿倾身往前，把手肘支在餐桌上，用指尖意有所指地点了点，说道："卸载了那个软件以后，知道半夜起来找方便面吃了。"

林绵有些窘迫地说道："我没吃晚饭。"

江聿皱眉。他去找喻琛那会儿，还以为她会在家里吃饭，估计是又睡忘了。他忍不住奚落道："活该饿！"

林绵假装听不见，盛了一些面条到小碗里，解决完。其实即使没了软件监控体重，她也不敢多吃，生怕回剧组里被导演说胖了。

江聿用手指点了点桌子，语气稍显严肃地说道："吃完，不许剩！"

林绵摇头："吃不下。"她吃了一小碗，胃里面有了东西，再也不是空荡荡的了。

"你就这么浪费我的劳动成果。"江聿看了一眼，表示不满，然后拿起她的筷子，将剩下的半碗面条挪到自己的面前，津津有味地吃了起来。

他垂着头,软软的头发垂下来挡住前额,眼睫微垂投下两道暗影,还像是三年前的大男孩儿。林绵猜测他现在一定没不耐烦。

江聿吃完面条,拿着碗去厨房里洗干净,这才折回床上躺下。

窗帘被撩开,清冷的月光洒在窗台上。

听到背后江聿的呼吸放缓,林绵舒坦地闭上眼睛,忽地手腕被握住,声音从耳后传来:"你方才求我的时候,我放水了。"

林绵没想着他还惦记着这件事情:"然后呢?"

"你平时叫宋连笙哥哥长哥哥短。"

林绵有种不好的预感,没搭腔。

下一秒,江聿漫不经心地说道:"要不你也叫我一声哥哥?"

江聿的话音落下时,她感受到环在腰上的手臂收紧,她陷入一个温热的怀抱里。

她就知道他没安好心,拉高了被子,埋住半张脸,声音透出来,有些闷:"不。"

江聿支起上半身,足以能看清她的一举一动,江聿勾着被子往下拉,露出她漆黑的眉眼。他眼里带着笑,撩拨的意味很浓:"不想叫哥哥,看来是想叫老公。"

最后两个字化作只剩口型的气声滚进她的耳朵里,燃起一片火。

林绵闭上眼眸,虚张声势的语调顿时失去了几分气势:"江聿,你还睡不睡了?"不像是生气,更像是在撒娇。

"睡啊。"江聿偏不吃这套,拖长了调子,笑了下,"等你叫完,我就放你睡。"

林绵闭上眼睛,睫毛被江聿的指尖拨弄,眼皮忍不住颤动着,忍无可忍,倏地睁开眼,瞪着水眸,说道:"江聿!"

江聿把手指压在她的唇上,故作姿态地说道:"嘘,小点儿声。"

林绵不解地看向他,眼波流转。

眼睛里漾开笑意,江聿移开手指,漫不经心地说道:"仙女不能生气,万一隔音不好……"

林绵不搭理他,他越来越得寸进尺,怕是今晚不听见满意的答案他是不会轻易地放过她的。

江聿用手指在她的脸上按了个遍,又去攻击她怕痒的部位。林绵把手按在被子上,眼睛里透着一点点羞涩,只不过屋子里有些暗,看不见罢了。

"江聿哥哥,别闹了。"

室内一片静谧。林绵弯了弯唇角,静静地等着江聿的反应。大概过了三四秒钟,他彻底回过神来,将她搂紧。林绵后背贴着他的胸膛,隔着薄薄的布料都能感觉到他的心脏跳得很快。

第二天一早,林绵打开门时,碰见宋连笙站在走廊里。他手里拎着喜字,听见开门声,倏地看过来。

两个人四目相对,林绵点点头,说道:"早。"

宋连笙双手不空,嘴角咧着笑,说道:"早啊,去医院看林叔?"

林绵点头,站在门口背对着宋连笙等待江聿。临出门的时候,因为江聿的手机被忘在卧室里,他返回去拿。

"连笙,你在跟谁说话啊?"一个清甜的女声传来。

"林绵?"女声由远及近,带着几分不确定,"是林绵吗?"

都被人问名字了,林绵也不好意思不打招呼,侧过身朝女人看过去,唇角带着浅浅的笑意。

"真是你啊!"女人穿着一身碎花裙,头发慵懒地披在肩头上,可能是人逢喜事,脸色红润,身上透着一股温和的气息。

宋连笙赶忙介绍道:"林绵,你见过的,这位是苏妙妙。"

苏妙妙是宋连笙读大学时谈的女朋友,之前林绵见过她一面。

"妙妙姐。"林绵没什么情绪,动了动嘴角。

江聿边走边扣着袖子,跨出门时发现走廊里站了不少人,笑着看向林绵:"这是……?"

林绵解释道:"连笙哥哥要在家里办婚礼了,他们正在装饰婚房。"

江聿点点头,手臂自然地揽着林绵的肩头,目光在宋连笙和苏妙妙的身上停留了两秒,说道:"恭喜啊,新婚快乐!"

"林绵,你也带男朋友回来了啊?"苏妙妙的视线在江聿的身上扫了两秒。

"我们结婚了。"江聿冷淡地回复道。

苏妙妙脸色僵了一秒钟,随即笑了:"好巧啊,你们办婚礼了吗?怎么都没告诉连笙一声?"

林绵说还没办婚礼,双方简单地寒暄两句后,林绵声称要去医院先离开。坐上车后,林绵将脸转向窗外,悄无声息地吐口了气。

江聿忽然倾身过来,手指勾住林绵的安全带扣上,"咔嗒"一声,继而响起自动调节的声音,江聿懒懒的调侃声一并落下:"林绵,你有事瞒着我。"

不是疑问句,而是陈述句,语气像是窥破了什么秘密般笃定。

"没有啊。"林绵神色淡然,眼睛眨了眨。

江聿重新坐好,没再坚持谈论这件事情。

林绵拿着手机,用手指有一搭没一搭地在屏幕上滑动。剧组群里每天都很活跃,几分钟前,剧组负责人通知,山里发生泥石流阻断的公路已被清理干净,再过几天就可以恢复通行。也就是说,过几天她就要回剧组了。

大家纷纷回复"收到",林绵用指尖在屏幕上轻点,也跟着大家回复。

发完消息后,林绵抬头看向江聿,说道:"过几天我要回剧组了。"

江聿不咸不淡地"嗯"了一声。

停下车等红灯时,江聿侧头,目光从她的手机屏幕上扫过,定格在她的脸上,江聿伸手捏住她的下巴,让她转过来与他对视。

"为什么感觉你跟宋连笙怪怪的?"江聿的话里别有深意,锐利的目光仿佛要透过林绵漆黑的瞳孔一望到底。

林绵从他的手指上挣开,自然地拢了下头发:"有吗?可能是很久没见的缘故吧。"

红灯跳转,江聿的注意力重新回到开车上,林绵也没什么心情回消息,收起手机端坐着。

车内的气压莫名其妙地变低。

傍晚时分,宋连笙和苏妙妙来探望林父。宋连笙提议晚上一起吃顿饭,林绵并不想去,但宋连笙称酒店都订好了。

林绵朝江聿投去求救的眼神,江聿似笑非笑,像煞有介事地说道:"我都可以。"

林绵想要的结果不是这个,但回想到早上在车上的时候,觉得江聿有意与宋连笙接触,就是为了试探她的反应。

宋连笙订的酒店就在医院附近。酒店高端大气,环境雅致,很清静的感觉。宋连笙和苏妙妙早早等候着,见林绵和江聿走进来,起身迎接。

江聿不说话时,薄唇抿成一条线,给人一种难以接近的矜贵感。宋连笙比较有亲和力,也爱聊天,有一搭没一搭地聊着工作上的事情。林绵兴致不高,敷衍应付。

说实话,这家酒店装潢、环境都很好,服务也不错,唯一的缺点就是味道一般。林绵尝了几口,便没了胃口。

江聿的目光一直在她的身上打转,他见她停下筷子,侧身靠过来,问道:"不合胃口?"

林绵附在他的耳边,小声说:"我想吃方便面。"不是她夸,江聿煮的方便面,比桌上几道看似华丽的菜好吃多了。

林绵的手在桌子下被江聿握住,随意地搭在江聿的腿上。

"你还指望我天天煮啊?"江聿用手指故意似的轻轻地按压林绵的手背,压低了声音,说道,"一声哥哥恐怕不够。"

林绵感觉手心有点儿热,手背有点儿痒,江聿的骨节有些硌人。

苏妙妙的目光在江聿和林绵的身上打转,她放下筷子笑着说:"林绵,你的眼光真好,在哪里找到这么帅的老公啊?!"

林绵唇角弯出浅浅的弧度,不想给江聿贴金:"帅吗?我不觉得。"

江聿勾着唇,没有反驳,一副"我老婆说什么就是什么"的态

262

度。他姿态悠闲，往后靠在椅背上，手指捏着林绵的手背稍稍用力，像是在惩罚她没有夸奖他似的。

有了这一段小插曲，现场气氛活跃不少。宋连笙叫了红酒，让服务员分了杯。江聿要开车，贯彻不饮酒原则，争当好市民。林绵直勾勾地盯着红酒，被馥郁的香气吸引了注意力。

江聿见她目不转睛，大概猜到了她想做什么，捏捏她的手背，用眼神暗示她不可以喝酒。

林绵朝他投去一丝渴求的目光，让江聿完全招架不住，心弦被拨动。

他滚了滚喉结，说道："一点点。"

看到宋连笙俯身将酒杯递过来，林绵想抬手却被江聿抢先一步接过来，听到他客气地说道："谢谢。"

宋连笙愣了一下，随即看向林绵。两个人视线相对，林绵不动声色地把视线移到江聿的身上，嘴角弯出浅浅的痕迹。

宋连笙自讨没趣似的重新坐回椅子上。苏妙妙看向宋连笙，说道："连笙，我能喝点儿吗？"

"你想喝就尝一点儿。"宋连笙低声叮嘱道，"不过，你现在处在生理期不能多喝。"

林绵放下杯子，把手虚虚地搭在与江聿交握的手背上，低声细语地跟江聿交谈："你那份，我帮你喝了。"

江聿用指腹在她的手背上轻轻地摩挲，若有所思般地看着她。

他们几个都是自己人，喝起酒来也没什么讲究。林绵抿了一口，馥郁的香味在舌尖上散开，连呼吸都染上了几分红酒的气息。

上一次喝酒，还是江聿请她吃客家菜，当时他也只同意给她一小口，但她贪杯所以醉了。

江聿像是看穿了什么，低声轻嗔道："你想借酒浇愁，别找替我喝酒这种借口。"

林绵抬眸，睫毛轻轻地颤动，神色淡然，辩解道："我不需要借酒浇愁。"

江聿表示不信,扯了扯嘴角,若无其事地端起茶杯送到唇边。

中途江聿借口抽烟出去一趟,回来时看到林绵盯着他。闻到他身上并无淡淡的烟味,林绵侧身贴过来问他:"你去买单了?"

江聿饶有兴趣地盯着她,问道:"你怎么知道?"

林绵主动握住他微凉的手指,送到鼻尖嗅了嗅,有点儿柠檬味洗手液的味道。她从红唇间飘出一句:"没有烟味。"

这句话极大程度地讨好了江聿。他紧绷的面色松缓,抿着的唇角稍弯:"吃了聪明糖啊,江太太!"

苏妙妙见状,找林绵说话,聊到《潮生》时苏妙妙很激动,问林绵能不能帮她弄一张傅西池的签名照。

林绵没立刻答应,表示要问问傅西池本人,于是在微信上联系了傅西池。

很快傅西池回复:可以,签名加唇印那种都行。

江聿看见了聊天记录,低声对林绵说:"签名还可以有唇印那种?"

林绵不知道他在想什么,迟疑着点头,说:"不常见,一般不会签。"

江聿若有所思地说道:"那你回去也给我签一个……唇印版的。"

林绵觉得他太幼稚,下意识地脱口而出道:"签在哪儿?"

问完后对上他那双不太正经的眼眸,林绵瞬间就后悔了,她真的没有撩拨的意思。

但江聿误会了,扬着眉,意有所指地问道:"你想签在哪儿?"

林绵感觉江聿今天憋着一股劲儿,与以往不同,又说不上来哪里不同,但就是有那种直觉。

她端着酒杯送到唇边,偷偷瞥了一眼江聿。

江聿放任不管林绵喝酒的后果就是林绵喝醉了。

她用手肘抵着桌面,把脸埋在手肘里,头发勾缠在手臂上,让人完全看不清她的表情。

林绵瘦,背又薄,难受地弓着,长发挽了一半,但嶙峋的蝴蝶骨如即将展开的翅膀。

江聿拍拍林绵的肩膀，但林绵醉意上头，半点儿反应也没有。

宋连笙有点儿上脸，脸红通通的。他指了指趴着的林绵，语调温和地说道："早知道她酒量这么差，就不让她喝了。"

也不知道宋连笙哪句话刺激到了江聿，江聿眯眯眼睛，搭在林绵肩头上的手忽然一顿，眼里透着几分冰冷，不太友善地说道："我让的。"意思再明显不过了，他这个当老公的让喝，宋连笙一个外人没资格说这种暧昧不清的话。

苏妙妙没听懂这层含义，但宋连笙未必不懂。他嘴角僵了几秒，很快恢复如常，讪讪地笑了一下。

苏妙妙扶着宋连笙往外走，苏妙妙正准备回头问江聿他们怎么走，就见江聿低头在林绵的额头上吻了一下，扶着林绵坐直靠在椅背上，江聿弯腰勾着林绵的膝弯，忽然把林绵抱住。

林绵仰起头，柔软蓬松的发丝全坠入江聿的指缝间，林绵眨了眨眼睛，不知道说了什么，江聿薄唇勾起。

江聿扶着她的肩膀，在她的面前半蹲下，扭过头拍拍她的肩膀，示意她快些。

柔若无骨的手指搭在他的肩头上，林绵迟疑了几秒钟，往前一趴，整个身体压到他宽阔的背上，她把下巴乖巧地搁在他的肩头上，柔软的发丝飘了几缕在他的身前，勾勾缠缠。

林绵像一只慵懒的猫趴在他的肩头上，滑落到他胸前的手臂白皙纤瘦，不堪一握。

像是在欣赏偶像剧似的，苏妙妙看得入神，让宋连笙不由得循着苏妙妙的视线看过去。江聿的脸侧着，薄薄的唇上带着笑意，乍一看有些漫不经心，仔细看会发觉有几分不自知的纵容。

"他们是怎么认识的啊？"苏妙妙随口一问看向宋连笙。

宋连笙挽着她的手臂，嗓音低沉地说道："不知道。"

"你们不是青梅竹马的发小儿吗？她怎么没跟你说？"苏妙妙嘟嘟囔囔道，"她当时来找你，你让我帮忙……"

"别胡说。"宋连笙阻止了她的后半句。

苏妙妙愣了一下,噤了声。

尽管苏妙妙的声音不大,但还是被江聿听了去。他背着林绵,双手托着她的双腿,侧头嗅到她的呼吸里带着一丝温温的酒气,勾勾缠缠地往他的喉咙里钻。

江聿滚喉结,低声开口道:"林绵,你去找过宋连笙?"

明知道背上的人没办法回答,他仍旧不死心,沉声问道:"什么时候?"

可能是他走得太慢了,或者感觉到背着不舒服,林绵沉吟了一声。江聿还以为她听见了,紧绷着下颌,侧过脸看看她是不是真的醒过来了。然而,她只是应了一声,又趴在他的肩头上睡了过去,呼吸浅浅,闭着眼睛耷拉着睫毛,像只小猫咪。

昨天在病房里,他本想找个地方抽烟,无意间听见林绵和宋连笙的对话,心里始终揣着疑问,今晚又听到苏妙妙闲谈似的提起林绵去找过宋连笙,两个问题萦绕在心头,让他感觉不太好受。

江聿想追究,又觉得小题大做没必要,毕竟宋连笙都要结婚了,可是不弄清楚,自己心里始终有个疙瘩。

江聿自认为不是什么优柔寡断的人,但这一刻犯难了,患得患失让他惶恐躁郁,这种感觉陌生至极。

他将林绵放到副驾驶座上,关上门,抽出一根烟点燃咬住。

四周静谧无声,烟草燃烧的声响微乎其微,却成了唯一的声源。

他眯着眼睛注视着苏妙妙和宋连笙站在车旁边吵架。两个人情绪很激动,宋连笙嘴上说着什么,伸手去拉苏妙妙的手,对方反应很大,甩开他的手朝着车的另一边走去。

宋连笙在原地顿了几秒钟,追了上去,却被苏妙妙推得踉跄后退,扶着车才没摔倒。

停车场里的风有点儿大,吹得青白色的烟雾飘进江聿的眼睛里。江聿被熏得眯了眯眼睛,转了个方向躲风,再睁开眼时,宋连笙和苏妙妙早已不知所终。

江聿咬着烟"啧"了一声,听见开车门的声音,丢下烟朝林绵走过去。

车上的人一脚踏下车,被一阵风带着往下坠,幸好落入了一个温热柔软的怀抱里。

"江聿。"林绵还能认得人,就是眼睛有些花。

"要干什么?"江聿扶着她。

"哥哥。"林绵攀着他的腰身,扑到他的怀里,勾着他的身体往下沉,冰冷的嗓音里带着几分不自知的娇嗔。

江聿的心脏狂跳,全身犹如程序被按下了暂停键。

在伦敦那会儿,林绵好像真的很大胆,主动留他过夜,情到深处时也会勾着喊哥哥喊Roy,他喜欢听什么她便喊什么,毫无顾忌似的,与现在冰冷的样子判若两人。

那时候他也兴奋,但都不敌她这一声威力大。他愣了半晌回过神来,带着她脚步凌乱地往车里去。

夜色微沉,他的呼吸急促。江聿将她按在座椅上,用手指拨开她散在脸颊上的头发,指腹在她细白的脸上摩挲,手指滑到她的耳下托住她的脸颊,嗓音低哑地说道:"绵绵,去酒店还是回家?"

江聿安排了护工,赵女士不用二十四小时陪床,晚上可以回家休息。林绵的小卧室根本施展不开,他们要是闹出动静,会很尴尬。车子行至一半时,导航上显示距离酒店大概还有十分钟的车程。

江聿把车窗降下,手肘随意地搭着,目光盯着红灯放空。

"江聿,"林绵的这个答案迟了长达十分钟,"我想回家。"

林绵确实好多了,艰难地坐直,抚了一把脸颊和头发,感觉胃里面翻江倒海般难受,倒不是胃疼,可能因为她从来没喝过这么多,有些不适应。她偏头抵在车窗上,细碎的光从她的额头、鼻尖上掠过,高挺的鼻梁将光影切割成影子。

她缓缓抬眼,眼底浮动着微光,嗓音很轻,也很认真:"我要回家守护我的宝藏。"

江聿偏头看她,见她一本正经的样子,失笑道:"你的宝藏在哪儿?"

　　林绵皱了皱眉,忽然露出了很脆弱的一面,让江聿觉得陌生。他的脑子里闪过一个念头:这可能才是她真实的一面。

　　幸好是红灯,江聿一脚踩停,偏过头,用手一下一下地抚摩她的头发。

　　林绵蹭了一下他的手心,皱着眉头,低喃了一句:"在床下。"